2019년 봄. 자백과 함께여서 행복했습니다.
다음에 더 좋은 작품으로 찾아뵙겠습니다.
여러분 모두 행복하시길 바랍니다.

2019. 05. 임희철

자백

2

임희철 대본집
자백 2

초판 1쇄 발행 2019년 5월 24일
초판 2쇄 발행 2022년 2월 10일

지은이 | 임희철
펴낸이 | 金滇珉
펴낸곳 | 북로그컴퍼니
주소 | 서울시 마포구 와우산로 44(상수동), 3층
전화 | 02-738-0214
팩스 | 02-738-1030
등록 | 제2010-000174호

ISBN 979-11-89166-92-2 04810
ISBN 979-11-89166-90-8 04810(세트)

임희철 대본집

자백

2

북로그컴퍼니

귀를 간지럽히는 봄바람이 창문을 열어놓은 카페 안을 휘돌고 나갑니다.

계절이 바뀌는 것조차 느낄 여유를 가져보지 못했던 지난 6개월의 작업실 생활...

어떻게 여기까지 올 수 있었을까...

신기하기도 하고, 대본 작업을 끝낸 지금은 안도감만이 머릿속에 가득합니다.

카페 안 탁자 위에 커피 한 잔과 노트북이 놓여 있습니다. 외롭고 고된 글 작업을 함께해온 저의 동지들... 지금도 그 동지들 중 하나인 노트북 모니터를 물끄러미 바라보고 있습니다. 대본집 인사말을 써야 해서입니다.

인사말은 드라마 대본을 쓰는 것보다 더 어렵습니다.

그래서 짧게 쓰는 걸로 결정하고 시작해보겠습니다.

2017년 3월 27일...

'1. (과거) 공사장 건물 밖/ 아침'이라는 첫 지문을 쓰기 시작한 날입니다.

이후로 첫 방영일인 2019년 3월 23일까지 2년이라는 시간이 걸렸습니다.

다른 작품들도 그렇듯이 〈자백〉도 드라마화되기까지 많은 우여곡절이 있었습니다.

드라마 작가로 데뷔한다는 것...

많은 글쓰기 지망생들의 분노를 자아낼지 모르지만, 저는 처음 글을 쓸 때만 해도 제 작품이 드라마화될 거란 사실을 믿어 의심치 않았습니다. 하지만 처음 가졌던 그 자신감이 무너지는 데는 몇 달 걸리지 않았습니다. 어마무시한 수정 작업이 기다리고 있었고, 그 수정 작업 끝에도 편성이 되리라는 보장이 없다는 걸 알았을 때, 글을 쓸 의욕도 점차 식어갔습니다.

이름 있는 기성작가들의 작품들이 편성 대기 중이라는 방송국 편성표를 보았을 때는 처음 가졌던 근거 없는 자신감이 부끄러워 견딜 수 없을 정도였습니다.

사실, 드라마라는 것을 처음 써봤고, 드라마 보조작가 생활조차 해본 적 없는 저로서는 편성이 갖고 있는 무게감을 알 리 없었습니다. 그렇게 제 작품에 대한 확신이 무너져갈 때쯤, 손을 내밀어준 제작자가 있었습니다. 그 후, 주연배우가 캐스팅되고, 편성이 되고... 돌이켜보면, 신인작가의 글이 세상에 나오기까지 그 제작자님의 추진력이 모든 일을 다 했다고 해도 과언이 아닙니다.

이 지면을 빌려 민현일 제작자님께 진심으로 감사하다는 말을 전합니다.

감사 인사를 전하고 싶은 분들이 어디 제작자뿐이겠습니까.

위험한 도박인 줄 알면서도 신인작가의 글을 과감하게 편성해주신 최진희 대표님, 박지영 상무님, 김진이 CP님 이하 tvN 드라마 관계자님들.

평범한 대본을 유려한 영상으로 표현해주신 김철규 감독님, 윤현기 감독님 이하 스태프 여러분들. 드라마를 보며 영상에 감탄해본 게 얼마 만인지 모릅니다.

이준호 님, 유재명 님, 신현빈 님, 남기애 님을 비롯해서 출연한 모든 배우분들.

연기 구멍 1도 없다는 게 어떤 뜻인지 비로소 느끼게 해주셨습니다.

자신의 작품을 뒤로하고, 신인작가와 함께 해주신 최현진 기획작가님, 중간에 합류해서 정신없는 와중에도 끝까지 작품의 디테일을 책임져준 서상욱 보조작가님. 건강상 끝까지 함께하진 못했지만 작품의 흐름과 완성도를 다듬어준 신보람, 김선영 보조작가님. 정말 감사드립니다. 특히, 주연희 기획피디님... 〈자백〉이 혹시라도 좋은 평을 얻는다면 그 공의 대부분은 주연희 피디님 덕분입니다. 그리고, 대본집 출판 결정을 해주신 북로그컴퍼니 분들께도 감사의 인사를 드립니다.

마지막으로 제 가족...

평생 이쁜 동반자인 강민희 님, 보석 같은 딸, 효진 양.

그대들이 있어, 지금까지의 험난한 과정과 모든 시련들을 극복할 수 있었습니다.

사랑하고, 사랑하고, 또 사랑합니다.

일러두기

1. 이 책의 편집은 임희철 작가의 드라마 대본 집필 형식을 최대한 따랐습니다.

2. 드라마 대사는 글말이 아닌 입말임을 감안하여, 한글맞춤법과 다른 부분이라 해
   도 그 표현을 살렸습니다.

3. 말줄임표는 두 개, 세 개, 네 개 등으로 다양하게 표현되어 있습니다. 이는 대사 시
   호흡의 양을 다양하게 표현하고자 한 작가의 의도를 반영한 결과입니다.

4. 쉼표, 느낌표, 마침표 등과 같은 구두점도 작가의 의도를 따랐습니다. 마침표가 없
   는 것 역시 작가의 의도입니다.

5. 이 책은 작가의 최종 대본으로, 방송되지 않은 부분이 포함되어 있습니다.

차례

용어정리

S#	장면(Scene)을 표시하는 것으로, S 뒤에 장면 번호를 적어 표기한다.
인서트	화면의 특정 동작이나 상황을 강조하기 위해 삽입한 화면. 인서트 화면이 없어도 장면을 이해하는 데에는 별다른 지장이 없으나 인서트를 삽입함으로써 상황이 명확해지는 한편 스토리가 강조된다. 인서트 화면으로는 대개 클로즈업을 사용한다.
(E)	대사와 음악을 제외한 효과음(Effect)을 뜻하며, 보통 등장인물은 보이지 않고 소리만 나는 경우에 사용한다.
(F)	필터(Filter)의 약자로 전화기 너머의(필터를 거쳐 들려오는) 목소리나 마음 속으로 하는 얘기 등을 표현할 때 쓴다.
(CUT TO)	가까운 공간 안에서의 각도 전환.
F.O	페이드아웃(Fade-Out). 화면이 점차 어두워지면서 장면이 바뀌는 것을 말한다.
F.I	페이드인(Fade-In). 어두웠던 화면이 점차 밝아지는 상태를 말한다.
클로즈업	배경이나 인물의 일부를 화면에 크게 나타내는 것.
내레이션	장면 밖에서 들려오는 목소리를 나타낸다.
디졸브	앞 장면은 서서히 사라지고 다음 장면이 서서히 밝아지면서 두 장면이 겹치며 전환되는 것을 말한다.
몽타주	따로따로 편집된 장면들을 짧게 끊어서 붙인 화면.
플래시백	회상을 나타내는 장면. 지금 일어나고 있는 사건의 인과를 설명할 때 쓰이기도 하고, 인물의 성격을 설명하기 위해 쓰이기도 한다.
플래시컷	화면과 화면 사이에 들어가는 순간적인 장면. 극적인 인상이나 충격 효과를 주기 위해 삽입되는 매우 짧은 화면을 지칭한다.

9회

S# 1. 새하늘고아원 안/ 오후

명부 속 이름 하나를 가리키는 도현.
도현이 가리키는 손끝을 보면.... 허재만.

도현　　허재만씨도 여기 출신이었군요...

기춘호　그렇네. 어려서부터 가족같이 지낸 사이라는 게 틀린 말은 아니었네.

원장　　누구라고요 허재만?

도현　　(명부를 원장에게 보이며) 혹시... 알고 계시나요?

원장　　그 아이라면 당시에 실종된 아이인데.

도현　　(의아한) 실종이요?

원장　　예. 고아원뿐만이 아니라 마을 사람들까지 죄다 나서서 찾았는데 못 찾았어
　　　　요. 경찰에 실종 신고도 했고. 그 후로도 봤다는 얘긴 들은 적 없고.

기춘호　그럼... 교도관이라는 허재만은....

원장　　(놀라며) 교도관이요!!! 그럴 리가...

도현　　!!! 혹시 생김새도 기억하십니까. 뭔가 특이한 점이나.

원장　　예쁘장하게 생긴 아이였어요. 애들한테도 인기가 많았던 걸로 기억해요. 아!
　　　　그러고 보니... 큰 흉터가 있었어요.

기춘호　흉터요?

원장　어릴 때 크게 화상을 입어서 (손으로 귀 부분을 만지며) 여기 귀에서 밑까지 흉터 자국이 꽤 컸었어요.

마주 보는 도현과 기춘호.

기춘호　그럼 뭐야? 지금 허재만은 가짜고 조기탁이 허재만으로 신분 세탁을 한 거란 말이네.
도현　... 가야겠어요.
기춘호　왜 그래?
도현　한종구씨가 위험해요.

서둘러 뛰어나가는 두 사람.

S# 2. 한종구 구치소 건물/ 오후

공중에 뜬 채 버둥거리는 발.
카메라 위로 움직이면 끈으로 목이 졸린 채 손으로 목을 잡고 컥컥대는 한종구.
한종구, 온몸을 뒤흔들다 이내 잠잠해지며 고개가 툭 꺾인다.
카메라, 빠지면 3층 건물 옥상에 줄이 연결되어 있고, 이층 벽 앞에 한종구가 마치 처형된 모습으로 축 늘어져 있다.

S# 3. 도로 위 + 도현 차 안/ 오후

도로를 질주하는 도현의 차.
액셀러레이터를 거침없이 밟는 도현.
엔진 소리 상승하면 보조석 손잡이를 잡는 기춘호.
도현 전화에 뜨는 음성 메시지 알람, 엔진 소리에 묻힌다.

S# 4. 한종구 구치소 건물 옥상/ 오후

옥상 위에서 한종구를 보고 있는 허재만(이하 조기탁으로 호칭). 싸늘한 미소를 짓는데...
쾅! 옥상 문이 열리는 소리가 나고.
조기탁, 소리가 들리는 쪽으로 고개를 휙 돌리면,
문을 열고 교도관1이 뛰어 들어온다.

조기탁   여기! 여기! 빨리!!

어느 틈엔가 한종구를 끌어 올리고 있는 조기탁.
교도관1, 조기탁과 합세해 한종구를 끌어 올린다.
죽은 듯 늘어진 한종구.

S# 5. 도로 위 + 차 안/ 오후

맹렬하게 달려가는 도현 차. 위태롭게 다른 차들을 추월하며 속도를 낸다.
거칠게 운전하는 도현, 조수석의 기춘호, 심각한 표정..

S# 6. 한종구 구치소 건물 옥상 안/ 오후

서둘러 교도관1이 심폐소생술을 실시하고
옆에서 지켜보는 조기탁, 인상이 싸늘하게 바뀌는.

S# 7. 한종구 구치소 앞/ 늦은 오후

끼익- 급정거를 하는 차량과 함께 서둘러 차에서 내리는 도현과 기춘호.

S# 8. 한종구 구치소 민원실 안/ 늦은 오후

급하게 들어오는 도현, 기춘호.

도현 596번 한종구 수감자 접견 신청합니다.
직원 잠시만요.

초조하게 접견 허락을 기다리는 도현.
직원, 한종구 접견 건으로 통화 중이다.

직원 (전화 끊으며 조심스레) 접견이 안 된다고 합니다.
도현 아직 시간은 충분한데요.
직원 그게 아니고... 지금 여기 없답니다. 한종구씨가.
도현 네?

불길한 예감으로 뒤에 있는 기춘호를 돌아보는 도현.

S# 9. 기산대학병원 중환자실 앞/ 밤

제복 입은 교도관이 병실 앞에 대기 중이다.
헐레벌떡 복도에 들어서는 도현과 기춘호.
도현, 교도관 앞으로 다가가 변호사증 내밀며.

도현 담당 변호사입니다

비켜서는 교도관.
기춘호, 도현을 따라 들어가려고 하는데.
교도관, 막아선다.

교도관	신분증 좀 보여주시죠.
기춘호	(넉살 좋게) 형삽니다. 들어갑시다.

하는데 복도 끝 저 멀리서 들려오는 구둣발 소리.
바로 조기탁이다. 교도관복을 입은.
알 듯 모를 듯 비릿한 미소를 지으며 다가오는 조기탁.
조기탁을 노려보던 기춘호, 달려들 기세인데 도현, 말리는.

조기탁	들여보내드려요. 596번, 친구분들이십니다.

친구라는 말에 어이없는 표정의 기춘호.
조기탁을 노려보는.
두 시선이 허공에서 강렬하게 부딪친다.

S# 10. 기산대학병원 중환자실 안/ 밤

한종구가 산소호흡기에 의지한 채 누워 있다.
침대 측면 안전봉과 한쪽 발목에 수갑(일반 수갑보다 큰, 양 발목 보호 장비)
을 찬 채, 누워 있는 한종구를 바라보는 도현.

도현(E)	(믿기지 않는 듯) 한종구씨... 당신이 자살을 시도할 리 없습니다. 분명 당신이 알고 있는 사실들이 드러나는 게 두려운 사람의 짓이겠죠.

한종구의 발목 수갑 상태를 확인하고, 수갑 주위를 핸드폰으로 사진 찍는
조기탁.
다이어리를 꺼내 기록하고 있고.
팔짱을 낀 채 창가에 기대선 기춘호, 조기탁의 행동을 지켜본다.
그러다 조기탁 귀밑으로 시선이 멈추는 기춘호. 그 표정 위로,

| 원장(E) | 어릴 때 크게 화상을 입어서 (손으로 귀 부분을 만지며) 여기 귀에서 밑까지 흉터 자국이 꽤 컸었어요. |

상처 흔적은 없는 조기탁의 귀밑, 유심히 보는 기춘호와 도현.
기춘호가 자신의 얼굴을 살펴보는 느낌에 조기탁의 표정이 예민해지고.

도현	한종구씨를 최초로 발견하셨다고요.
조기탁	(담담하다) 네, 당시 순찰 중이었습니다.
기춘호	마침 순찰 중이었다? 하필이면 수감자 출입금지 지역인 옥상을?
조기탁	뭐 교도관이 매일 하는 것 중에 하나가 순찰이긴 한데... 가끔은 외진 곳을 순찰하죠. 이번처럼. 제가 조금만 늦었어도... 죽었을 겁니다. (피식...)
기춘호	(웃는 조기탁에 찡그리는) !
도현	(보면)
조기탁	자기 친모까지 죽인 살인범인데 차라리 자살하게 그냥 둘 걸 그랬나...
도현	하필 그 시간에 마침 그곳을 순찰하시고... 천운이었네요. 한종구씨가.
조기탁	(웃으며) 천운은 그대로 죽는 거죠.
도현	(보면)
조기탁	교도관 일을 하다 보면 참 많은 수감자들을 보게 됩니다. (필수를 언급하듯, 노골적으로) 그중에서도 독방에서만 십여 년씩 썩는 수감자들을 보면 가끔은 그런 생각이 들죠. 깔끔하게 죽는 게 낫겠다... (이죽거리듯) 물론, 변호사님은 잘! 모르시겠지만 말이죠.
도현	(매섭게 조기탁을 노려보는...)
기춘호	독방에 가본 거같이 말을 하네. 교도관 양반. 그렇잖아?
조기탁	(빤히 보며) 이제 그만들 나가시죠. 특별히 허락한 거라 오래는 힘듭니다.
도현	혹시 흉터 수술하셨습니까, 허재만씨?
조기탁	네?
도현	어렸을 때 화상을 입어서 귀밑까지 큰 흉터가 있었다고 하던데. 흔적조차 보이질 않아서..
조기탁	(날카롭게 보는) 누가 그런 소릴 합니까?
도현	제가 여기 오기 전에 어딜 좀 다녀왔거든요. 천양시에 있는...
조기탁	!!!

S# 11. 기산대학병원 중환자실 복도/ 밤

조기탁이 나오며 교도관과 '수고한다' 정도의 인사를 나눈다.
복도를 빠르게 걸어가는 조기탁.
도현과 기춘호도 병실에서 나온다.
사라지는 조기탁을 끝까지 놓치지 않고 보는 기춘호와 도현.

S# 12. 기산대학병원 주차장 안/ 밤

잔뜩 굳은 얼굴로 자신의 차에 올라 출발하는 조기탁.
그런 조기탁을 지켜보던 도현, 춘호 차에 오르면,
그제야 차에 있던 폰에서 녹음 메시지를 확인하는 도현

도현 !!! 한종구씨가 메시지를 남겼네요.
기춘호 (도현 보면)

도현, 스피커폰으로 메시지를 재생한다.

한종구(F) (낮은 목소리로) 왜 이렇게 전화를 안 받아! 조기탁, 그 새끼. 여기 있다고!
빨리 나 좀 어떻게 해줘. 차중령! 차중령 죽을 때, 내가....

기춘호 !!!

S# 13. 조기탁 차 안/ 밤

조기탁, 운전 중이다.

살기 가득한 조기탁의 눈빛.

이때, 조기탁에게 걸려오는 전화.

빤히 발신인의 번호를 보는 조기탁. 화를 가라앉히고는 전화를 받는.

조기탁   네.

황비서(F)   대체 무슨 짓을 한 거야!

조기탁   ... 죄송합니다.

황비서(F)   왜 시키지도 않은 짓을 해!

조기탁   한종구가 제 정체를 최도현 변호사에게 밝히려고 했습니다. 어쩔 수 없는 선택이었습니다.

황비서(F)   그럼 제대로 했어야지! 깨어날 가능성은?

조기탁   ... 현재로선 없습니다.

황비서(F)   (한숨) 알았다.

조기탁   그리고 저... (하는데... 끊어졌다)

일방적으로 끊긴 전화에 불편한 기색이 역력한 조기탁.

S# 14. 유광기업 회장실 안/ 밤

부동자세로 오회장 앞에 서 있는 황비서.

오회장   깨어날 가능성은 없다... 무슨 근거로 확신해? 조금이라도 문제 될 거 같으면 바로 처리해.

황비서   ... 네. 알겠습니다.

오회장   국방위 위원 건은 어떻게 돼가고 있어?

황비서   여전히 두 명 부족합니다. 박의원께서 알아서 하신다고 하지만 아무래도 저희 쪽에서도 준비를 좀 해놔야 될 것 같습니다.

오회장   (고개를 끄덕이며...) 당장 한중령 통해서 반대쪽 있는 의원들 신상 좀 파봐. 사돈에 팔촌까지 싸그리 다. 분명 한두 놈은 걸리겠지.

황비서   예, 알겠습니다.

오회장을 향해 90도 인사를 날리고 서둘러 나가는 황비서.

S# 15. 도현 사무실 안/ 밤

도현과 기춘호, 소파에 앉아 있는.

도현   정리를 하자면 김선희와 고은주의 살해 용의자 조기탁은 경찰청 자료에서조차 삭제된 인물이었어요. 어떻게 그게 가능했는지는 모르겠지만 허재만으로 완벽한 신분 세탁에 성공한 거죠. 그래서 우리는 계속 제자리를 걸었던 거구요.

기춘호   (쓰게 웃으며) 다시 원점으로 돌아가야겠지. 김선희의 마지막 행적이 확인된 2월 3일부터 사체가 발견되었던 2월 9일까지 조기탁의 행적을 조사해보면 뭔가가 나올 확률이 높을 거야.

도현   그러자면 조기탁, 그러니까 허재만 교도관의 근무 일정부터 확인해야겠죠?

기춘호   그렇지! (하고는 일어나 어딘가로 전화 거는) 어, 난데...

S# 16. 진여사 집 거실 안/ 밤

뉴스 파일을 복사 중인 유리.
3초... 2초... 1초. 마침내 복사가 완료되면,

유리   (의자를 돌려 진여사를 보며) 파일 다 받았으니까 시작해볼까요.

진여사   그럴까요?

유리   여기 답이 있을까요?

진여사   있어야겠죠?! 자, 김선희씨가 뉴스에서 보고 찾아간 인물은 과연 누굴까?!

유리   (손가락 풀며) 뉴스에 나올 만큼 영향력이 있고!

진여사   (유리 동작 받아 손가락 풀며) 김선희씨에게 필요했던 돈이 많고! 김선희씨의 협박이 통할 만큼 약점도 많고!

유리   (엄지 척 올리는) 그것도 아주아주 구린내가 진동하는 약점이요!

동의의 고갯짓을 하는 진여사와 함께 각자 모니터 하나씩을 차지한 채 다운 받은 뉴스 파일을 보기 시작하는 진여사와 유리.
간간이 화면을 멈춰 고민하기도 하고, 뉴스 속 인물을 보며 메모도 하고... 몰입하는 두 사람의 모습에서.

S# 17. 도현 사무실 안/ 밤

도현의 사무실 팩스로 도착하는 허재만의 근무 일지.
허재만의 근무 일지를 확인하는 도현과 기춘호.
2월 3일 비번. 2월 4일 주간. 2월 5일 야간. 2월 6일 비번. 2월 7일 주간. 2월 8일 야간... 표시돼 있다.

기춘호   3일과 6일이 허재만이 비번이야.
도현   이틀만큼은 알리바이를 확실하게 해뒀겠군요.
기춘호   그랬겠지. 주소지가 서북구 율현동이니까... 김선희의 마지막 행적인 주연동까지는 차로 가면 15분. 사체가 발견된 은서구 재개발 지역까지는 차로 가도 최소 30분이야.
도현   당시 근무지였던 북부구치소까지는 차로 50분 거리구요.
기춘호   ... (끄덕이고) 일단 허재만 명의의 차량 CCTV 기록을 뽑아봐야겠군.

이때, 울리는 기춘호의 핸드폰.

기춘호   어~ 서팀장. 지금?? 아니 그건 아닌데... 안 좋은 일이야? 알았어, 금방 갈게.
도현   (보면...)
기춘호   금방 갔다 올게. (서둘러 나가는...) 근표가 무슨 일이 있는 모양이네.
도현   네? 네...

도현, 급하게 나가는 기춘호에 갸웃하지만 이내 근무 일지를 다시 보며 생각에 잠긴다.

S# 18. 술집 안 /밤

기춘호, 안으로 들어와 다가서며,

기춘호　무슨 일이야. 왜 바쁜 사람 오라 가라 그래?

서팀장과 신재식이 심각한 표정으로 앉아 술을 마시고 있다.

기춘호　(앉으며) 뭔데 그래. 답답하게.

기춘호에게 술 한 잔 건네는 서팀장. 표정은 여전히 심각하다.

기춘호　(먹으려다 잔을 내려놓고 일어나는) 먹고들 가. 난 할 일이 남아서.
서팀장　형님! (기춘호 의아한 표정으로 보면) 축하드립니다. 제 밑으로 오셨어요.
기춘호　뭐야?
신재식　복귀 축하해.

서팀장, 형사증을 꺼내 기춘호에게 내민다.

서팀장　형님 환영합니다. 아까 서로 연락이 왔는데 내가 직접 전해드리려고 가져왔어요.

기춘호, 형사증을 보는. 어쩐지 감개무량하다.

S# 19. 도현 사무실 안/ 밤

사무실에 혼자 남은 도현.

한종구 녹음 메시지를 확인해본다.

한종구(F) 왜 이렇게 전화를 안 받아! 조기탁, 그 새끼. 여기 있다고! 빨리 나 좀 어떻게
해줘. 차중령! 차중령 죽을 때, 내가... (비명소리 들리고)

도현, 핸드폰을 가만히 보며,

도현 차중령 죽을 때...

심각한 표정의 도현.

S# 20. 유광기업 전경/ 오전

S# 21. 유광기업 회장실 안/ 오전

오회장, 앉아 있는데.
황비서, 노크도 없이 다급하게 들어오는.

황비서 저 회장님...
오회장 무슨 일인데, 그래?
황비서 (TV를 켜며) 보셔야 할 것 같습니다.

(인서트 - 뉴스 화면)
자막에 '[속보] 서해상 '유리온' 헬기 추락. 조종사 2명 생사 미확인' 떠 있고.

앵커멘트 속보입니다. 조금 전인 오전 9시 43분께 전북 군산시 공군기지에서 이륙한
우리 공군 소속 주력 전투 헬기 유리온 1대가 서해상으로 추락했다고 합니
다. 다시 한 번 말씀드립니다. 오전 9시 43분경. 그러니까 지금으로부터 불과
30분밖에 되지 않은 시간인데요. 대한민국 공군 주력 전투 헬기 유리온이

서해상으로 추락했다고 합니다. 유리온에 탑승하고 있었던 비행사는 2명인 것으로 보이고 신원과 생사는 확인 중인 것으로 알려졌습니다. 추가로 소식이 들어오면 뉴스 중간에라도 알려드리도록 하겠습니다.

(CUT TO)
황비서, TV를 끈다.
오회장, 표정 굳어 있는.

오회장   ... 당장 어르신께 연결해.

S# 22. 송일재단 회의실 안 + 유광기업 회장실 안/ 오전

추명근, 자리에 앉아 수행비서가 건넨 태블릿으로 헬기 추락 속보를 보고 있다.
진동 소리 들리고. 수행비서, 품에서 핸드폰을 꺼내 확인한다.

수행비서 유광기업 오회장입니다.
추명근   (끄덕이는)

추명근, 전화 받는.

추명근   네.
오회장(F) 오택진입니다.
추명근   말씀하세요.
오회장(F) 보셨는지 모르겠지만 헬기 추락 관련 보도 때문에 염려하실까 봐 연락드렸습니다. 당장 기사 내리도록 조치하겠습니다.
추명근   ...

이하 유광기업 회장실 교차.

오회장	죄송합니다.
추명근	오회장님.
오회장	네. 어르신.
추명근	... 좋은 뉴스 아닌가요?
오회장	네?
추명근	한동안 잘 쓰던 물건이 오래되어 고장이 났으면 새로운 걸 사는 게 당연한 이치인 거 같은데.
오회장	...
추명근	어차피 물건 바꾸려고 준비하고 있던 마당에.. 사람까지 죽었는데 당장 바꿔 야지 않겠어요?
오회장	그게.. 아직 조종사의 생사는...
추명근	그런가요? ... 그럼 큰 뉴스거리가 안 되겠네요.
오회장	!!! ... 적절히 처리하겠습니다.
추명근	그럼 끊습니다.

추명근, 의자를 돌려 앉아 창 멀리 바라보는 데서.

S# 23. 진여사 집 거실 안/ 오전

모니터 위로 여전히 뉴스가 보이고 그사이 완전 폐인이 된 듯 다크서클에 부
스스한 머리까지 장난 아닌 유리가 간신히 졸음을 참고 있다.
마침내 끝나는 뉴스와 함께, 휴~ 길게 숨을 내쉬는 유리.

| 유리 | 아... 끝났다... (하고 돌아보면) |

유리와 달리 지난밤의 모습과 한 치의 변함도 없는 진여사의 모습.

진여사	고생했어요, 유리씨.
유리	고생은요. 여사님이 더 고생하셨죠...
진여사	(웃는) 그럼 이제 우리 리스트를 맞춰볼까요.

유리	예~ (벌떡 일어나는)

나란히 놓인 진여사와 유리의 리스트.
겹치는 이름에 동그라미를 치는데....

진여사	생각보다 많네요. 김선희씨가 찾아갈 요건을 갖춘 사람들이.
유리	그러게요. (멈칫! 하며) 어! 박시강 의원도 있네요.
진여사	예, 조건에 다 맞잖아요. 무엇보다 당시 선거운동 기간이어서 거의 매일 뉴스에 나왔어요. 즉, 김선희씨가 뉴스에서 볼 확률이 아주 높은 사람인 거죠.
유리	저도 박시강 있거든요...

자신의 메모에서 박시강의 이름에 형광펜 마킹하는 유리.

진여사	김선희씨가 어떤 루트로든 접촉을 했을 텐데...
유리	김선희씨 통화 내역을 한번 보죠. 뉴스가 나간 그 주랑 실종되기 바로 직전까지. 도현이한테 기록 있을 거에요.

유리, 손바닥을 들어 올리면. 진여사, 하이 파이브를 하는.

S# 24. 기춘호 집 거실 안/ 오전

경찰 제복을 입는 기춘호.
구두를 신다가 다시 들어오는 기춘호.
유난스럽다고 느끼는지 제복을 벗어 걸어놓고 점퍼를 입는다.
형사증을 지갑 맨 앞에 끼워둔다.

S# 25. 경찰청 교통 관제센터 안/ 오후

이리저리 화면을 오가며 CCTV 화면을 확인하는 경찰 너머로 기춘호, 구석 자리에 앉아 자판기 커피를 들고 기다리고 있다.
안 되겠는지 모니터를 보고 있는 경찰에게 다가가는 기춘호.

기춘호   어때요? 안 나왔습니까?
경찰   네. 아직...
기춘호   (앞에 놓인 메모를 보며) 48라 4327 쥐색 SUV. 제대로 확인했나?
경찰   ... 네...
기춘호   이거 이 차가 아닌가...

실망스런 표정의 기춘호, 전화를 거는.

기춘호   난데.

S# 26. 도현 사무실 안 + 교통 관제센터 안 + 조기탁의 차 안/ 오후

책상에 앉아 통화를 하고 있는 도현.
교통 관제센터 구석에서 소리를 낮추고 통화하는 기춘호.
자신의 차 안에서 이어폰을 꽂고 운전 중인 조기탁. 이하 교차.

도현   네. 단서가 잡혔나요?
기춘호   아니... 분명 승용차를 이용해서 사체를 운반했을 텐데. 김선희의 행적이 마지
         막으로 발견된 곳과 사체가 발견된 곳, 두 곳 모두 놈의 승용차가 CCTV에
         찍혔어야 하는데... 아무리 뒤져도 없어.

         (CUT TO)
         조기탁의 차 안.
         여유로운 미소 지으며 운전 중인 조기탁. 귀에 꽂은 이어폰에서 음악이라도
         나오는지 허밍이나 휘파람 정도 가볍게 내뱉고 있다.

         (CUT TO)

도현은 사무실에서, 기춘호는 교통 관제센터에서 통화 중이다.

도현   다른 차량을 이용했을 가능성요? 차가 두 대라거나 빌렸거나!
기춘호 그렇지? 이 차가 아닌 건 확실해.
도현   그럼 조기탁 집과 현장 양쪽을 출입한 차량을 찾아보는 건 어떨까요.
기춘호 그래. 바로 찾아보자고.

(CUT TO)
조기탁의 차 안.
이어폰에서 들려오는 소리. 도현과 기춘호의 통화 내용이다.
조기탁, 미소 사라지고 눈빛이 번쩍, 휘파람을 멈춘다.

(CUT TO)
도현은 사무실에서, 기춘호는 교통 관제센터에서 통화 중이다.

도현   그사이 저는 조기탁 집 주변을 한번 둘러볼게요.
기춘호 (잠시 생각하다..) 그럼 나도 그리 갈 테니까 거기서 보자고.
도현   예, 알겠습니다.

(CUT TO)
조기탁의 차 안.
조기탁, 급 유턴을 해 어딘가로 향한다.

(플래시백 – 8회 35씬 이전, 도현 사무실 안)
도현의 핸드폰 커버를 벗기는 장갑 낀 손, 조기탁이다.
핸드폰 부품 안에 작은 칩을 끼워 넣는 조기탁.
자기 핸드폰과 연동하는지 테스트한다.
발소리 들리고 제자리에 놓는 핸드폰.

(CUT TO)
조기탁의 차 안.

액셀을 밟고 속도를 높이는 조기탁.

(CUT TO)
교통 관제센터 안.
전화를 끊고 다시 경찰에게 가는 기춘호.

기춘호 조기탁의 집 근처, 사건 현장인 진현동 철거 현장. 이 양쪽 지역에 공통적으로 드나든 차량들을 찾아봅시다. (메모 구기며) 이 차는 빼고. (경찰 어깨를 꽉 잡으며) 힘내봅시다.

S# 27. 조기탁 차 안 + 한종구 구치소 밖/ 오후

급정거하며 멈춰 서는 차. 조기탁, 이어폰을 빼고 시동을 끈다.
너머로 보이는 구치소 건물.

S# 28. 한종구 구치소 앞/ 오후

살벌한 표정의 조기탁, 차에서 내려 구치소 정문 쪽으로 향한다.
서서히 온화한 미소로 바뀌는 조기탁의 표정.
이때, 막 오전 근무를 마치고 나오는 교도관1이 아는 체를 하며,

교도관1 어! 휴가 냈다던데 웬일이야?
조기탁 (사람 좋은 미소 머금고) 예. 깜빡하고 두고 나온 물건이 있어서요.

목례를 하고는 안으로 들어가는 조기탁.

S# 29. 도현 사무실 안/ 오후

유리와 진여사, 도현이 소파에 앉아 있다.
진여사, 도현에게 종이를 내밀며,

진여사   1월 마지막 주 각 방송사별 뉴스 꼭지를 추려서 리스트를 만들어봤어요. 그리고 옆에는 화면이나 뉴스 속 언급된 사람들이고.

도현   (놀랍다...) 이걸 다 보신 거예요?

진여사   저 혼자는 아니고 유리씨랑.

유리   (하품하며 슬쩍 V자를 만들어 보이는...)

도현   근데 이건...?

진여사   추정 인물이에요. 김선희씨랑 연관될 만한.

유리   일단 김선희씨의 통화 내역을 확인해보려고. 혹시 이 중 한 명이랑 통화를 했을 수도 있으니까.

도현   핸드폰 통화 기록은 지난번 수사 때 이미 다 보긴 했는데...

진여사   그래도 혹시 모르거든요. 보는 시각에 따라 안 보이던 다른 게 보일 수도 있는 법이니까요.

도현   (끄덕이는) 네...

한쪽에 잔뜩 쌓인 서류들 틈에서 김선희 사건 기록을 꺼내는 도현.
통화 기록 페이지를 열어 진여사에게 넘기고는 겉옷 입고 가방 챙겨 든다.

유리   뭐야? 같이 안 해? (김선희 통화 기록 쪽 손가락으로 훑으며) 이 많은 전화번호 중에 (작성한 리스트 흔들며) 이 많은 사람들 중 누군가의 번호가 있는지 확인하려면 얼마나 힘이 드는데!

도현   죄송합니다. 허재만씨, 아니 조기탁의 집 주변을 탐문해야 해서요.

유리   아~ 인정, 인정. 가봐.

도현, 돌아서 나가는데.

진여사   변호사님.

도현   (돌아보면)

진여사   몸조심하세요. 조기탁이란 그 사람, 정말 위험한 사람 같아요.

도현, 진중하게 고개를 끄덕이고 돌아서 나간다.
그런 도현의 뒷모습을 걱정스레 바라보는 진여사.

S# 30. 송일재단 이사장실 안/ 오후

TV 속 뉴스 화면.

앵커   한편 일각에서는 이번 사건을 계기로 현재 추진 중인 차세대 전투 헬기 도입은 물론 보다 빠른 주기의 군 현대화가 이루어져야 한다는 얘기가 힘을 얻고 있습니다. 잠시 전문가를 모셔서 이 얘기 들어보죠.

국방전문가   ... 군 전력 증강의 핵심은 군의 첨단화입니다. 그중에서도 현대전은 공군. 즉, 전투기와 헬기에 대한 집중 투자가 이루어져야 합니다. 특히 산악 지형이 많은 우리나라의 지형적 특성상 차세대 전투 헬기에 대한 중요성은 이미 오래전부터...

한쪽에서 뉴스를 지켜보는 추명근의 얼굴에 지어지는 옅은 미소.
만족스러운 듯 자신의 앞에 놓인 핸드폰을 톡톡... 건들며,

추명근   역시 방송국 애들은 말귀를 참 잘 알아들어요.

웃는 추명근.

S# 31. 도현 사무실 안/ 오후

김선희의 통화 내역을 보며 일일이 전화를 걸어보는 유리와 진여사.
이미 꽤 많은 곳에 전화 걸어 체크한 후다. 번호 옆에 연필로 X표 되어 있다.

유리   (전화 거는) 혹시 김선희씨나 설화씨 기억하세요? 아, 택배 기사님이시구나.

네, 수고하세요. (실망한 듯 전화를 끊으며)

밑줄을 긋는 유리. 이제 몇 개 안 남았다.

유리   아~ 이쯤에서 하나 좀 나왔으면 정말 좋겠는데....
진여사   잠시 쉬었다 해요, 유리씨.
유리   몇 개 안 남았는데요. 마저 다 하고 쉬죠. (다시 전화를 거는...)

잠시 후, 수화기에서 들려오는 연결음.
익숙한 트로트와 함께 들려오는 멘트. 바로 박시강의 응원 멘트다.

유리   ???!!!
여직원(F) (연결음에 이어...) 예, 박시강 후보 선거 사무실입니다.
유리   (놀라며) 예??? 어디라구요?
여직원(F) 박시강 후보 선거 사무실인데요.

유리의 놀란 말투와 표정에 다가오는 진여사.

유리   죄송하지만 거기 선거 사무실이 언제 문을 열었죠?
          12월 말이요.... 혹시 그때부터 계속 일하셨나요.
진여사   !!!

S# 32. 조기탁 집 근처/ 오후

막 어둠이 내리는 시각.
지도를 보며 골목길 이곳저곳을 둘러보는 도현.
도현의 뒤로 다가오는 그림자.
인지하지 못하는 도현.
도현의 어깨에 턱 얹히는 두꺼운 손.
놀라서 돌아보면 기춘호다.

기춘호   왜 이렇게 놀래?
도현   (웃는)

(CUT TO)
화면 가득 보이는 조기탁 집 주변의 지도.
그 위로 몇몇 지점에 빨간 표시가 되어 있다.

기춘호   이제 거의 다 훑어본 거 같은데...?
도현   (실망한 듯) 별 수확이 없네요.
기춘호   매번 수확이 있으면 형사 노릇 아무나 하게.
도현   그렇죠...
기춘호   그나저나 대체 조기탁이 뒷빽이 누굴까? ... 누군데 신분 세탁까지 해줬냔 말
         이지. 신분 세탁해서 교도관을 한다... 이거 참 연결이 안 되네.
도현   (잠시 생각하는...)
기춘호   우리가 아는 그 이상의 힘을 가진 자겠지. (씁쓸한 듯 담배를 한 대 꺼내 한
         쪽 담벼락으로 가는...)
도현   (되뇌며) 우리가 아는 그 이상의 힘을 가진 자...

이때, 도현의 얼굴을 향하는 환한 빛에 깜짝 놀라 보면,
도현을 향해 빠르게 다가오는 차량.

기춘호   (깜짝 놀라) 최변!!!

재빨리 몸을 날리며 옆으로 나뒹구는 도현과 기춘호.
그리고 정확히 도현이 서 있던 자리를 지나 멈추는 차량. 조기탁이 내려 걸
어온다.
도현, 기춘호. 일어서고.

조기탁   아이고~ 난 또 누구시라고. 큰일 날 뻔하셨네, 변호사님. 조심하셔야지. 그러
         다 죽는 수가 있어요.

기춘호	(울컥) 이 자식이... (다가가는)
조기탁	발로 뛰는 경찰. 오~ 바람직하네요. 수고하시고.

조기탁, 피식 조소를 날리고는 가다 돌아서며,

조기탁	우리 자주 보네요. 그럼.

골목길을 돌아 대문을 열고 들어가버리는 조기탁.

기춘호	괜찮아?
도현	예... 저 집 뒤져보면 뭔가 나오긴 할 것 같은데...
기춘호	뒤져야지.

집을 빤히 바라보는 두 사람.

S# 33. 박시강 사무실 안/ 오후

어수선한 선거 사무실.
홍보물을 구석에 옮기는 자원봉사자 몇.
사무실로 들어서는 유리와 진여사.
진여사의 우아한 차림새에 시선이 모여든다.
여직원이 진여사와 유리에게 다가온다.

여직원	무슨 일로...

S# 34. 시장 골목 안 + 박시강 차 안/ 오후

선거 유세 막바지. 지저분한 앞치마를 두른 마지막 사람과 셀카를 찍은 박시강.

사진 촬영이 끝나자, 곧 악수를 하고 차에 탄다.
창문을 연 채 사람들을 향해 웃으며 손을 흔들어주는 박시강.
차가 출발하자 창문을 닫더니, 거리 하나를 지나자 이내 표정이 싹 바뀐다.

박시강   아, 피곤해

손을 들어 냄새를 맡고는 인상을 쓰는 박시강.
차 안에 구비된 손 소독제로 박박 닦는다.

비서   그래도 후보님이 열심히 뛰어주신 덕분에 이번 여론조사 결과가 잘 나왔습
         니다. 이젠 격차가 10%까지 벌어졌어요.
박시강   당연히 그렇겠지. 이름의 무게가 다른데. 애초에 상대가 게임이 안 되는 체급
         이잖아. 이런 유난 떨지 않아도 결국 이길 텐데.
비서   그래도 이건 어떻게 보면 관행이라서.. 다들 선거철에 시장 한 바퀴 도는데
         저희만 안 돌면 나중에 분명 또 말이 나올 테니까요.
박시강   누가 쓸데없이 그런 관행을 만들어가지고. 사람 귀찮게.

손을 쿵쿵대더니 여전히 마음에 안 드는지, 다시 한 번 손 소독제로 닦는 박
시강.

박시강   ... 내일 오전 일정들 취소해.
비서   네? 내일 오전엔 중소기업인 간담회가..
박시강   (노려보며) 취소하라고.
비서   그게... 네.

비서가 수긍하자 곧 등받이에 기대고 눈을 감는 박시강.

박시강   내일 오전까지 휴가 줄 테니까 쉬고 와.
비서   네? 오늘 일정도 아직...
박시강   휴가 준다고. 최기사도 같이 휴가니까 데리고 내려 빨리. 아, 얼른 내리라니
         까 안 내리고 뭐해!

비서   아, 네, 네!

도로 한복판. 박시강의 성화에 떠밀려 엉거주춤 차에서 내리는 김비서와 최기사.
박시강, 뒷좌석에서 내리더니 운전석으로 옮겨 탄다.
김비서와 최기사를 두고 떠나는 박시강의 차. 황당해하는 둘의 뒷모습.
차 안으로 화면 바뀌면, 핸들을 잡고 전화하는 박시강.

박시강   어, 오빠야. 지금 끝났어. 바쁘긴 한데 자기가 너무 보고 싶어서 못 참겠네.
지금 거기 있는 거지? 그랑블루 오피스텔.

쌩하고 달리는 박시강의 차에서.

S# 35. 박시강 사무실 안/ 오후

여직원의 앞으로 드링크 한 잔이 놓여 있고 그 앞으로 유리와 진여사.

진여사   (김선희 통화 내역 보이며) 그러니까 이날 이 전화는 아가씨가 담당했었다는
거죠?
여직원   네 그렇긴 한데 워낙 많은 분들이 전화해서서..
유리   그렇겠죠. 워낙 우리 박후보님 지지자들이 많으시니까... 그래도 사무실 오픈
초기이고 또 직접 박시강 의원님을 찾으시는 전화는 그래도 비교적 적지 않
았을까요.
여직원   그건 그런데... (갸우뚱)
진여사   (슬며시 끼어들며) 그럼, 설화라고는 혹시 기억 안 나실까요?
유리   설화라면서 박시강 의원님을 찾았거나 사무실에 찾아왔거나.
여직원   설... 화.... (여전히 잘 모르겠다..) 글쎄요... 그런데 두 분 후원회 가입하신다
고...
유리   그럼요 가입해야죠. 그럼 혹시 화예는요.
여직원   화예요??? (잠시 고민하는 듯하다 생각날 듯한 표정) 아... 그게...

유리/진여사   !!!

S# 36. (플래시백) 박시강 사무실 안/ 오전

전화를 받고 있는 여직원, 비서와 얘기 중인 박시강을 힐끔 보고...

여직원   용건 말씀해주시면 제가... (하는데)
김선희(F) 용건은 의원님한테 말씀드릴 테니 좀 바꿔주세요. 설화라고 하면 바로 아실
         거예요.
여직원   설화씨요...
김선희(F) 아니면 화예라고 하시면 더 정확히 아실 거예요.
여직원   화예요? 잠시만요...

내선을 통해 의원실에 전화를 거는 찰나 막 사무실에서 나오는 박시강과 비
서.

여직원   저 설화씨라고 의원님 찾으시는데...
박시강   누구?
여직원   설화요. 화예라고 하면 더 정확히 아실 거라던데.

순간, 여직원의 입에서 나온 '화예'라는 말에,

박시강   (쓰윽 굳어지는 얼굴) !!!!

S# 37. 박시강 사무실 안/ 오후

여직원과 얘기 중인 유리, 진여사.

유리   그럼 박시강 의원과 통화했어요?

여직원	아뇨... 의원님은 그냥 나가셨어요.
진여사	그럼 통화를 못했다는 거네요.
여직원	네.
유리	박시강 의원의 개인 연락처를 묻지는 않던가요?
여직원	에이... 물어보셔도 저희가 가르쳐줄 리가 없죠.
유리	......

나름 소기의 성과를 얻은 듯 고개를 끄덕이며 눈빛을 주고받는 유리와 진여사.
후원회 서류를 내놓는 여직원.
비서 들어온다.

여직원	어!
비서	(문 열고 들어서며) 선거가 코앞인데 며칠을 못 참고 진짜 못해먹겠네. 그랑 블루를 또 갔어.

여직원, 조용히 하라는 제스처에 입 다물고 도로 나가는 비서.
가만히 보는 유리, 진여사.

S# 38. 박시강 사무실 앞/ 오후

사무실을 나오는 유리와 진여사.
앞에 주차된 진여사 차를 타고 출발한다.
그때, 멀리서 일거수일투족을 카메라로 찍는 퀵 오토바이.
카메라 액정을 확인하는데, 그 속에 박시강 사무실에서 나오는 유리와 진여사, 차에 탄 유리와 진여사, 클로즈업된 모습, 차 번호, 사라지는 방향 등등이 찍혀 있다.
퀵 오토바이, 유리 일행이 멀리 사라지는 걸 확인하고 어디론가 전화 건다.

S# 39. 도로 위 + 오회장 차 안/ 오후

앞좌석에 앉은 황비서. 메시지 도착 알림 화면 뜨자, 핸드폰을 확인한다.
38씬에서 찍힌 유리와 진여사, 차 번호 사진들이다.
뒷좌석 오회장의 눈치를 살피는 황비서.

오회장　또 무슨 일이야?

황비서　.. 별일 아닙니다. 노선후 사건을 파던 기자가 박시강 사무실에 나타났다고.
　　　　닥치는 대로 여기저기 찔러보는 모양입니다.

오회장　(혀를 차며) 별일 아니라고 하더니 사건 터진 게 한두 번이야? 기자라고?

황비서　네..

오회장　(잠시 생각하더니) 양검사에게 넘겨.

황비서　양검사요?

오회장　그래, 기자면 우리 쪽에서 손대기 부담스럽잖아. 취재할 때 이런저런 편법들
　　　　많이 썼을 테니 털면 뭐라도 나오겠지. 계속 주위에서 웽웽대면 시끄러우니
　　　　까 건수 만들어서 잡아넣으라고.

황비서　.. 네, 양검사에게 전달하겠습니다.

오회장에게 꾸벅하고, 유리 등의 사진을 양인범 검사에게 전송하는 황비서.
뒷좌석에서 창문을 톡톡 두드리는 오회장.

S# 40. 양인범 부장검사 사무실 안/ 저녁

책상에 앉아 있는 양인범.
책상 한 켠에 유리의 신상명세서가 놓여 있다.
핸드폰 열어 황비서에게 받은 사진(유리와 진여사의 투 샷) 보며 혼잣말.

양인범　하명수 기자 딸과 노선후 검사의 어머니라...

긴 한숨을 쉬는 양인범.

S# 41. 인천공항 게이트 앞/ 밤

입국 게이트 문이 열리면,
캐리어를 끌며 나오는 여자.
화려하진 않지만 세련된 옷차림에 선글라스를 낀 여인, 제니 송(여, 40대 초반).
이때, 그녀에게 전화가 걸려오고 슬쩍 발신자를 보더니,

제니 송   (독일어로) 예, 지금 막 한국에 도착했습니다. (사이) 물론 시간이 좀 부족하지만 판세를 뒤집기에는 충분합니다. 그래서 절 고용하신 거 아닌가요. 비싼 돈 주고. (사이) 물론이죠. 곧 전화드리겠습니다... (전화를 끊는...)

S# 42. 인천공항 게이트 앞/ 밤

제니 송, 도로 앞에 멈춰 서자, 차가 다가와 선다.
운전석에서 나오는 경호(30대 중반). 뒷문을 열면, 올라타는 제니 송.
출발하는 차와 함께 고개를 돌려 창밖을 바라보는 제니 송.

제니 송   오랜만이네 한국.

경호원, 제니 송에게 핸드폰을 건네면,

(인서트 - 유리온 헬기 추락 건에 대한 추가 뉴스)

(CUT TO)
제니 송, 잠시 뉴스를 보다....

제니 송   (재미있다는 듯) 때마침이라고 해야 하나, 이런 걸... 타이밍이 기가 막히게 시

나리오를 짰네. 누구 솜씬지 몰라도... 이 동네 여전히 익사이팅해. 김선희 살
인사건 알아봤어?

경호   예. 김선희 사건에 대해서 경찰이나 검찰에선 특별한 움직임은 없습니다. 근
데 좀 묘한 게 있습니다.

제니 송   묘하다니??? 뭐가?

경호   김선희 사건 때 변호사가 한종구 변호를 맡고 있습니다.

제니 송   그게 어때서?

경호   그 변호사가 바로 최필수 준위 아들입니다.

제니 송   최필수 준위. 그 이름 오랜만이네. 근데 아들이 변호사라...

흥미롭다는 듯 웃는 제니 송.

S# 43. 조기탁 집 거실 안/ 밤

솔로 바닥을 세게 닦는 소리 선행되고, 물을 붓는 소리. 그리고 이어서 문이
닫히면 그제야 거실에 드러나는 조기탁의 그림자.
불을 켜지 않은 채 위아래가 한 벌인 방호복을 입은 채 공업용 마스크까지
두르고 양동이를 한 손에 든 조기탁,
한 손에 든 락스류의 빈 통을 쓰레기통 옆에 놓는다.

S# 44. 도현 사무실 안/ 밤

도현과 기춘호가 문을 열고 들어가면... 진여사가 앉아 있다.

진여사   오셨어요.

도현   유리는요?

진여사   변호사님이 걱정한다고 저 여기까지 바래다주고 볼일 있다며 다시 나갔어
요.

도현   볼일이요?

진여사   박시강 의원에 대해 좀 더 알아보겠다구...

도현   (책상 위 뉴스 체크 명단 가리키며) 그럼?

진여사   네! 김선희씨가 통화한 사람, 아니 정확히는 통화하려고 시도했던 사람은 박
        시강이었어요. 직원 말로는 박시강은 김선희씨의 전화를 받지 않았대요. 그
        리고...

기춘호/도현   (그리고 뭐?!!! 눈이 반짝)

진여사   화예라고 하면 알 거라고, 그렇게 박시강에게 전해달랬대요.

기춘호   박시강과 화예라... 연결고리가 없는데... (그러다 번쩍)

도현   (동시에 번쩍, 기춘호 향해) 10년 전 그날... 박시강이 화예에 있었던 건 아닐
        까요?

기춘호   글쎄... 엄청난 비약이지만 가능성을 배제할 순 없지.

도현   그렇지 않고서야 김선희가 박시강 사무실에 전화를 걸어서 화예를 언급할
        이유가 뭐가 있을까요?

기춘호   이제부터 추적해봐야지.

도현   네. 조기탁과 김선희씨, 그리고 박시강의 연결고리...

        이때, 따르릉~ 울리는 기춘호의 핸드폰.

기춘호   (놀라며) 뭐!!! 찾았다고!

도현   (보면)

기춘호   알았어, 바로 갈게. 찾았다네, 차.

도현   !!! (일어서 앞장서 나간다)

S# 45. 기춘호 차 안/ 밤

        빠르게 도로를 질주하는 도현과 기춘호가 탄 차.

기춘호   (서팀장에게 전화를 걸어) 어, 난데. 조기탁 꼬리 잡은 거 같거든. 그러니까
        일단 영장 쳐봐. 결과 나오면 바로 가게. 그리고 조기탁 집에 이형사 보내놔.
        이 새끼 혹시 튈지 모르니까. 그래...

S# 46. 교통 관제센터 안/ 밤

문을 박차고 안으로 들어오는 도현과 기춘호.

기춘호 어디 화면 좀 봅시다.

재빨리 다가가 모니터를 보면 차 한 대가 정지된 채 찍혀 있다.

기춘호 2월 3일부터 8일 사이 김선희씨 거주지와 사체 발견 지역, 양쪽 지역에서 발
견된 차량 확실합니까?
경찰 네, 이거 한 대뿐입니다.
도현 확대 좀 부탁합니다.

차가 점점 확대되고, 차츰 보이는 차량 윤곽.
〈긴급호송〉이란 팻말이 붙은 RV 차량이다. 그리고 그 너머로 흐릿한 윤곽으
로 보이는 운전자. 조기탁이다.

기춘호 뭐야, 이거.... 긴급호송???
도현 ... 구치소 차량이에요.
도현과 기춘호, 허를 찔린 표정이다.

(플래시백 - 1회 24씬에 이어, 허름한 주택가 골목 안)
골목길을 걷고 있는 김선희.
적당한 거리를 두며 김선희를 쫓는 누군가.
김선희, 누군가가 쫓아오는 낌새를 느끼고 근처 건물 구석으로 숨는다.
아무런 기척이 없자 나가는데. 어느새 누군가 뒤에 서 있다.
서늘한 기분에 돌아서다 놀라 비명을 지르는데 김선희의 입을 틀어막는 손.
바로 조기탁이다. 그대로 내려치는 조기탁과 함께 쓰러지는 김선희.

(플래시백 - 도로 위 + 긴급호송 차 안)

밤 도로를 달리는 긴급호송 스티커가 붙은 RV 차량.

긴급호송 차량을 운전하는 조기탁의 모습에 이어,

뒷자리에 깔아 놓은 비닐 위에 피를 흘리며 죽은 듯 쓰러져 있는 김선희의
모습.

(플래시백 - 조기탁 집 지하실 안)

짙은 어둠... 갑자기 한쪽 천장 쪽 문이 열리고 쏟아져 들어오는 빛과 함께,

비닐로 둘러싼 김선희의 사체를 둘러업은 채 계단을 내려오는 조기탁.

냉장고를 열면... 싸늘한 한기가 냉장고에서 새어 나온다.

S# 47. 조기탁 집 앞/ 밤

문이 열리고 모자를 눌러쓴 채 집에서 나오는 조기탁.

때마침 골목 한쪽에 도착하는 이형사의 차. 집을 나서는 조기탁을 봤다.

이형사   (서둘러 전화를 거는) ... 반장님. 전데요. 지금 막 도착했는데, 조기탁이 집에
서 나오는데요.

기춘호(F)   눈치챈 거 같아?

이형사   (조기탁을 주시하며) 아뇨. 그건 아닌 것 같은데요. 잠시 볼일 있어 나온 폼
인데요. 복장도 그렇고.

기춘호(F)   그럼 일단 적당히 거리 두고 지켜만 보고 있어. 바로 갈게. 여기서 멀지 않으
니까 10분이면 갈 거야..

이형사   예... (전화를 끊는)

슬며시 차에서 나와 조기탁을 따라가는 이형사.

S# 48. 조기탁 집 근처 골목길 안/ 밤

적당한 거리를 두고 걸어가는 조기탁과 이형사.
그러다 쓱 골목길로 꺾어지는 조기탁과 거리를 두고 따라가는 이형사.
이형사, 조기탁을 쫓아 골목길로 꺾어드는데..... 없다. 조기탁이.
이상하다는 듯 주변을 살피는 이형사.
그 순간 고개 돌리자 앞에 바짝 서 있는 조기탁.

이형사   어......!

이형사의 배를 향해 들어오는 칼.
그대로 칼을 맞고 쓰러지는 이형사.
하지만 별일 아니라는 듯 쓰러진 이형사를 물끄러미 바라보는 조기탁.

조기탁   어어.... 움직이면 더 아퍼. 그냥 가만히 있어.

하지만 어떻게든 움직여보려는 이형사. 고통스럽다.

조기탁   에헤이... 아프다니까. 칼 처음 맞아보나 보네, 우리 이형사, 아파서 어떡하나.

윽.... 고통스러워하는 이형사. 하지만 참고... 전화기를 꺼낸다.
다시 와서 전화기를 든 이형사의 손을 밟는 조기탁.
슬쩍 윙크를 날리고 다시 길을 가는 조기탁.
전화기를 겨우 줍는 이형사.

S# 49. 기춘호 차 안/ 밤

도로를 빠르게 달리는 도현과 기춘호가 탄 차.
이때, 걸려오는 전화. 받으면....

이형사(F)   으... 으.....
기춘호   (놀라며) 이형사? 이형사!!! 왜 그래?!

이형사(F) 바... 반장님......

　　　젠장 하는 기춘호의 표정에서,

S# 50. 조기탁 집 근처 골목길 안/ 밤

　　　사이렌을 울리며 빠르게 골목길을 올라가는 기춘호의 차.
　　　그리고 잠시 후, 골목 한쪽에 있던 조기탁이 슬며시 모습을 드러낸다..
　　　반대 방향으로 멀어져가는 기춘호와 경찰차를 보고는 아무렇지도 않게 모
　　　자를 눌러쓰고 골목길을 내려가는 조기탁.

S# 51. 카페 안/ 밤

　　　성준식과 마주한 유리.

성준식　화예는 정관계 인사들이 은밀한 회동을 할 때면 찾던 요정이었어.
유리　　그러니까요! 그런 요정의 여종업원이었던 김선희씨가...
성준식　(말 가로채며, 조각들 조합해 구슬 꿰려는 기자 본능 불끈) 예비역 준위가
　　　　직속 상사인 중령을 살해한 재판을 보러 왔다. 그리고 10년 후, 박시강에게
　　　　전화를 했다! 그리고 얼마 후 살해됐다!
유리　　요약 정리 그만하고요, 선배. 지금 나한테 필요한 건 박시강의 이면!, 숨기고
　　　　싶은 비밀!, 김선희씨가 돈을 요구하면 거절할 수 없는 그런 약점이라구요.
성준식　아~ 나도 너만큼 궁금해서 미치겠거든. 정보 좀 더 줘봐.
유리　　제가 아는 것도 딱 거기까지예요. 잘 생각해봐요. 10년 전에도 기자였던 사
　　　　람은 선배잖아요. 난 고등학생이었구, 박시강에 대해 더 뭐 생각나는 거 없어
　　　　요?
성준식　박시강.... 박시강... (뭔가 생각났다) 아!
유리　　(기대하는)
성준식　그즈음에 하기자님이 박시강에 대해 기사를 썼었는데 제목이...

유리	제목이?
성준식	... 제목이 〈청와대의 소통령〉이었나...
유리	(처음 듣는다) 그런 기사가 있었어요?
성준식	아니, 정확히 말하면 기사는 아니지. 분명 편집장까지 오케이 났는데 무슨 이유에선지 킬, 안 실린 거지.
유리	혹시 그 기사 볼 수 있는 방법 없을까요?
성준식	없지. 당연히. 지면에 안 실렸는데. 하기자님이 보관해두셨다면 모를까.
유리	아빠가 모아둔 기사는 제가 다 살펴봤는데, 〈청와대의 소통령〉 그런 제목은 없었어요...
성준식	킬 당한 게 억울해서라도 그냥 없앨 분은 아닌데, 하기자님이. 진짜 집에 없어?
유리	내가 우리 집을 몇 번을 뒤집었는데... (하다가 생각난 듯) 선배, 누가 청와대를 움직이죠?
성준식	(엉뚱한 질문에 당황) 그야 뭐 대통령...
유리	대통령 뒤에 누군가... 비선 라인이 있었다면...
성준식	갑자기 뭔 소리야?

유리, 대꾸 않고 핸드폰 사진첩에서 아버지의 달력 메모 찍어둔 사진을 본다. 사진 속 날짜별 메모 인서트. 2월 19일, 윤철민 PM 2, 라온호텔.

유리	(마음의 소리) 2월 19일, 청와대 동향 보고서를 작성한 윤철민씨를 만난 후에 아빠는 청와대를 움직이는 비선 라인에 대해 확신을 갖게 된 게 분명해. 기사 제목을 바꿀 만큼 확실한 뭔가... (저도 모르게 혼잣말) 아빠는 보고서를 본 거야...
성준식	야! 무슨 보고서? 같이 좀 캐자...
유리	(급히 일어서며) 선배 미안해요. 내가 진짜 은혜 갚을게.

나가는 유리. 황당한 표정으로 보는 성준식.

S# 52. 카페 밖 거리/ 밤

택시를 잡으려는 유리. 하지만 잡히지 않고, 시간을 보는 유리.

(플래시백 - 7회 2씬, 진여사 집 거실 안)
놀란 표정의 진여사.

진여사   잠깐만요. 두 사람이 만나기로 한 날이 언제였다구요?

유리   (다시 다이어리를 펼쳐 보며) 2월 28일이요.

진여사   선후 사고 나기 전날이에요...

유리   !

(CUT TO)
길가에 서서 생각 중인 유리. 뭔가 떠올랐다는 듯,

유리   노선후 검사!

달리기 시작하는 유리.

S# 53. 조기탁 집 앞/ 밤

감식반을 기다리는 도현과 통화 중인 기춘호.

기춘호   수리 맡긴다고 가지고 나갔다고??? 어디다? (젠장 하는...) 알았어. 알아보고 바로 연락해. 차량 바로 수배하고. 이형사는? 그래... 다행이네. 알았어.

도현   (보면)

기춘호   조기탁이 이 새끼, 휴가 내놓고 오후에 잠시 왔었대. 그리곤 긴급호송 차량에 문제가 있다며 가지고 나갔고.

도현   어딘지는 모르고요?

기춘호   알아보고 전화한다는데... 근처 정비 업체는 아닌 것 같아.

도현   ... (이상하다) 우리가 그 차를 찾아낸 걸 알았다는 건데.... 게다가 이형사님

건도... (하는데...).

기춘호   왔네, 저기.

도현   (보면)

때마침 사이렌을 울리며 골목길을 올라오는 감식 차량.

S# 54. 조기탁 집 안/ 밤

기춘호와 신재식을 포함한 감식 요원들이 집 안을 면밀히 살피고 있고 그 뒤로 조심스럽게 주변을 둘러보며 사진을 찍는 도현.

신재식   너무 평범한데. 아니, 너무 깨끗하다고 해야 하나. 갑자기 도망치려 한 놈 집 치고는.

기춘호   ... 습관이겠지. 10년간 다른 사람 행세를 하며 살았으니... 자기 정보는 한 톨도 남기지 않으려 했을 거야. (그러다 멈칫! 하는...)

신재식   왜?

기춘호   무슨 냄새 나지 않아?

신재식   냄새? (잠시 멈춰 서서 냄새를 맡아보는...)

도현 역시 잠시 멈춰 서서 냄새를 맡아보는데...

도현   락스 같은 그런 냄새 같은데....

신재식   그럼 도망가기 전에 한번 쫘악~ 소독했다는 건데... (불길하다...) 뭐, 한번 찾아보지!

신재식, 수사 키트를 펼치고,
파란색 광원 조명등을 비추며 혈흔을 조사하는 신재식과 감식반원의 모습.
그 뒤로 한 걸음 떨어진 채 조심스럽게 그 모습을 지켜보는 도현과 기춘호.
이때, 기춘호에게 걸려오는 전화. 작업에 방해되지 않도록 조심스럽게 받으면....

기춘호   (놀라며) 찾았다고!!!

순간 모두의 시선이 기춘호에게 쏠리고....

기춘호   어디? 알았어. 바로 갈게. (전화 끊고...) 호송 차량 찾았어. 이 새끼 분명 차량 처리하러 갔을 거야. 바로 갈 테니까, (신재식을 콕 찍어) 반드시 찾아. 반드시!! (도현에게) 전화할게, 최변.

기춘호, 서둘러 집을 나서면....

S# 55. 진여사 집 앞/ 밤

살짝 열리는 문과 함께 그 앞으로 거친 숨을 헐떡이며 유리가 서 있다. 심상치 않은 유리의 표정.

진여사   무슨 일이에요, 유리씨?

S# 56. 조기탁 차 안 + 기춘호 차 안/ 밤

도로를 달리는 조기탁의 차. 표지판을 보면, 서양주 방면이다.

(CUT TO)
빠르게 도로를 달리는 기춘호의 차.
교통 통제센터에 가 있는 서팀장과 통화를 하며 운전 중인 기춘호.

기춘호   (통화하며) 서양주 방향 3번 국도... 오케이. 그리로 갈 테니까 다음 이동 경로 찍히는 대로 바로 연락 주고.

전화를 끊고는 앞에 보이는 〈3번 국도〉 표지판을 따라 국도를 타는 기춘호.

S# 57. 진여사 집 거실 안 + 노선후 서재 안/ 밤

진여사   그러니까 청와대 동향 보고서나 아버님의 기사를 우리 선후가 맡아뒀을 거라는 거죠?

유리   네. 기사는 거부당하고, 윤철민 경위는 자살이었다지만 정말 자살이었는지는 의심스런 상황에서... 아빠는 분명 믿을 만한 사람에게 모든 걸 맡겼을 것 같아요.

진여사   하지만 선후의 노트북은 제가 이미 다 살펴봤는데...

유리   컴퓨터에 저장된 파일이 아니라면..

진여사   (곰곰 생각하다가 혹시나 싶은) ...

진여사, 말없이 일어나 선후의 서재 쪽으로 향한다. 따라가는 유리.
진여사, 선후의 서재 문을 여는.
서재 안. 높다란 책장에 가득한 책들과 서류.

S# 58. 조기탁 차 안/ 밤

120... 130km.... 빠르게 속력을 높여가며 국도를 달리는 조기탁이 탄 호송 차량.
이때, 펑~ 국도변 한쪽에 설치된 과속 단속카메라에 찍히는 조기탁의 차.
잔뜩 구겨지는 조기탁의 얼굴.
갑자기 핸들을 틀어 국도변 옆 샛길로 방향을 틀어버린다.

S# 59. 기춘호 차 안/ 밤

3번 국도를 달리는 기춘호의 차.

이때 걸려오는 전화.

서팀장(F) 중간에 딴 길로 샌 것 같은데요.
기춘호 뭐?
서팀장(F) 3번 국도 문대동 쪽에 설치된 CCTV에 마지막으로 잡히고 이후 2킬로 뒤에
설치된 CCTV에는 찍힌 게 없어요.
기춘호 딴 길 어디?
서팀장(F) 문대동 지나면 중간에 샛길이 하나 있거든요. 그쪽인 거 같아요.
기춘호 샛길... 알았어. 다시 잡히는 거 있으면 연락 주고.

급히 국도변 한쪽에 차를 세우는 기춘호.
휴대폰을 통해 주변 지도를 살핀다. 3번 국도를 따라 쭈욱 움직이는 화면.
문대동을 지나고 가다 보면.... 사이로 빠지는 샛길 하나.

기춘호 이 길로 빠졌다 이거지. 따라와라 이건가?

다시 부릉~ 출발하는 기춘호의 차와 함께...

S# 60. 조기탁 집 안/ 밤

신재식 (도현을 보며) 완벽하게 청소를 한 것 같은데, 이놈.
도현 (실망스럽다) 그러네요...
신재식 기반장 또 길길이 날뛰겠네...

도현, 부엌 쪽 냉장고를 보는, 평범한 가정형 냉장고다.

(플래시백 – 2회 37씬에 이어서, 도현 사무실 안)
도현과 통화하고 있는 진여사.

진여사 보통 부검을 하기 전에 사체를 냉장 상태로 보관하죠. 사망한 직후 사체에

이와 비슷한 처리가 이루어졌다고 한다면 얼마든지 사망 추정 시간을 조작할 수 있어요.

(CUT TO)
조기탁 집 안.
냉장고를 보고 있는 도현.

도현   혹시 바닥에 무슨 큰 물체. 그러니까 대형 냉장고나 이런 게 있던 자국이나 그런 것 없었습니까?

신재식   대형 냉장고? 글쎄... 바닥에 특별히 뭐가 놓였던 자국은 없던데. 그런 큰 게 놓였었다면 자국이 분명 남았을 텐데...

도현   ... 그렇겠죠. 저는 밖을 좀 더 살펴보겠습니다.

신재식   (고개를 끄덕이는...)

도현, 현관문 밖으로 나간다.

S# 61. 공터 안/ 밤

어둠에 묻힌 주변. 어딘지 알 수 없는 공터 한가운데 멈춰 선 긴급호송 차량. 그 앞으로 서 있는 조기탁. 그의 한 손에는 휘발유 통이 들려 있다.
차량 이곳저곳에 휘발유를 뿌리는 조기탁.

S# 62. 조기탁 집 마당/ 밤

도현, 집 벽을 따라 천천히 걸으며 땅을 유심히 살핀다.
그러다 멈칫. 유난히 깊게 파인 발자국, 혹은 발에 밟혀 꺾인 풀들 정도(로케이션 현장 상황에 맞게 변형) 발견하는 도현. 그 흔적을 따라 벽 코너를 돌아서면.
마당 깊은 곳에 오래된 철제 캐비닛이 집 벽과 담벼락 사이에 놓여 있다.

도현, 다가가 캐비닛 문을 연다. 평범한 캐비닛.

도현, 핸드폰 꺼내 플래시 비추면. 캐비닛 사이 틈새, 캐비닛 안쪽 면을 밀면, 끼이익~ 열린다. 그 너머로 가는 도현. 핸드폰 플래시에 드디어 드러나는 계단.

S# 63. 도로 위 + 기춘호 차 안/ 밤

3번 국도를 달리는 기춘호.

이때, 옆으로 빠지는 샛길 표지판이 보인다.

표지판을 따라 샛길로 빠지는 기춘호.

그런데 그 길 끝에 놓인 작은 사거리. 그 앞에 멈춰 선 기춘호의 차.

뜨문뜨문 불을 밝힌 가로등뿐. 인가도 잘 보이지 않는다.

차에서 내려 주변을 살피지만 난감한 표정의 기춘호.

기춘호 어디로 간 거야....

S# 64. 공터/ 밤

푸식... 켜지는 성냥불. 그대로 던지면.... 확~ 타오르는 불길과 함께, 지켜보는 조기탁.

S# 65. 진여사 집 노선후 서재 안/ 밤

책장에서 꺼낸 서류 하나하나를 확인하는 유리와 진여사. 하지만 없다....

유리, 책장에 남은 나머지 서류를 한 움큼 들어 옮기는데... 힘에 부친 듯 떨어트린다. 그 순간, 바닥에 떨어진 서류와 봉투들 틈으로 살짝 드러나는 제목 하나.

〈... 동향 보고서〉

S# 66. 공터 안/ 밤

불길을 따라 비포장도로를 가는 기춘호의 차. 점점 가까워지는 거리.
그리고 마침내 공터 앞에 도착한 기춘호, 차에서 내리는데.

S# 67. 엔딩 몽타주/ 밤

유리, 봉투 안에 든 두툼한 서류를 꺼내면 드러나는 서류의 정체.
〈박시강 동향 보고서〉 그리고 그 밑으로..... 작성자 윤철민.
놀라는 유리와 진여사의 얼굴에서...

(CUT TO)
공터 안.
분한 얼굴로 불타오르는 차량을 바라보며 선 기춘호의 얼굴에서...

(CUT TO)
기춘호를 지켜보고 있는 조기탁. 비릿한 미소를 짓고 있는 조기탁의 얼굴에
서...

(CUT TO)
끼이익... 문이 열리며 드러나는 지하 공간의 존재. 좁은 계단이 보이고,
천천히 지하로 연결된 계단을 내려가는 도현.
지하 공간 한쪽에 위치한 대형 영업용 냉장고.
그 앞으로 대체 무슨 용도인지 알 수 없는 철제 침대와 벽 한쪽에 앞치마와
장갑. 그리고 공업용 마스크가 가지런히 정리되어 있다.
선반 한 층에는 약병들이 놓여 있고... 하나를 들어 보는 도현.
페티딘이라 쓰여 있는.

(플래시백 – 8회 5씬, 도현 사무실 안)

조서를 꺼내 도현에게 건네는 진여사.

진여사   특히... 사고를 낸 운전자에게서 약물 검출이 됐는데...

도현, 조서를 보면 페티딘이 검출됐다는 내용이 적혀 있다.

(CUT TO)

조기탁 집 지하실 안.
도현, 페티딘을 들고 있는.

도현   !!! (머릿속으로) 페티딘...

심각한 표정으로 페티딘을 내려놓는 도현.
선반 밑에 가방 하나가 도현의 눈에 들어온다. 갑자기 뛰는 심장 소리.

(인서트)

도현의 모습이 선후의 모습으로 바뀌었다 돌아온다.

(CUT TO)

조기탁 집 지하실 안.
휘청하는 도현.
도현, 서서히 손을 내밀어 열어보는데...
카메라 벨트가 보이고, 적혀 있는 이니셜...
'N. S. H'...
충격받은 도현의 얼굴에서...

- 제9회 끝 -

10회

S# 1. 조기탁 집 지하실 안/ 밤

끼이익... 문이 열리며 드러나는 지하 공간의 존재.
좁은 계단이 보이고, 천천히 지하로 연결된 계단을 내려가는 도현.
지하 공간 한쪽에 위치한 대형 영업용 냉장고.
그 앞으로 대체 무슨 용도인지 알 수 없는 철제 침대와 벽 한쪽에 앞치마와
장갑. 그리고 공업용 마스크가 가지런히 정리되어 있다.
선반 한 층에는 약병들이 놓여 있고... 하나를 들어 보는 도현.
페티딘이라 쓰여 있는.

(플래시백 - 8회 5씬, 도현 사무실 안)
조서를 꺼내 도현에게 건네는 진여사.

진여사　특히... 사고를 낸 운전자에게서 약물 검출이 됐는데...

도현, 조서를 보면 페티딘이 검출됐다는 내용이 적혀 있다.

(CUT TO)
조기탁 집 지하실 안.

도현, 페티딘을 들고 있는.

도현   !!! (머릿속으로) 페티딘...

심각한 표정으로 페티딘을 내려놓는 도현.
선반 밑에 가방 하나가 도현의 눈에 들어온다. 갑자기 뛰는 심장 소리.

(인서트)
도현의 모습이 선후의 모습으로 바뀌었다 돌아온다.

(CUT TO)
조기탁 집 지하실 안.
휘청하는 도현.
도현, 서서히 손을 내밀어 열어보는데...
카메라 벨트가 보이고, 적혀 있는 이니셜...
'N. S. H' ...

도현   (되뇌며) N.. S.. H...

이때 울리는 도현의 전화. 보면, 발신자 진여사다.
도현, 차마 받지 못하고, 오래도록 핸드폰 화면 바라만 보는.

S# 2. 진여사 집 거실 안/ 밤

윤철민의 보고서와 하명수의 미완성 기사를 이미 한 차례 다 읽은 후다.
테이블 위에 보고서와 기사가 놓여 있다.

진여사   (도현이 받지 않자 걱정스러운) 전화를 안 받네요.
유리   (자기도 걱정되지만) 너무 걱정하지 마세요. 기반장님도 있고 또 이젠 경찰들
         도 같이 움직이고 있으니까 별일 없을 거예요.

진여사	그렇겠죠?
유리	네. 그나저나 몇 장 아직 안 봤는데... 상상 이상이에요. 박시강 그 인간.
진여사	네. 정관계 인사 개입에 청탁. 각종 이권 사업까지... 안 낀 데가 없어요.
유리	사생활은 또 어떻고요. 낯 뜨거워서 읽을 수가 없을 정도인데 어떻게 이런 게 여태 드러나지 않고 묻혀 있었는지 믿어지지가 않네요. 경찰, 검찰, 언론이 전부 이런 쓰레기를 지켜준 거잖아요.
진여사	전부 다 그런 건 아니에요. 유리씨 아빠.. 우리 선후... (문건을 보며) 그리고 이 문건을 작성한 분도 이걸 밝히려고 했으니까요.
유리	...
진여사	...
유리	(분위기 떨쳐내듯) 어쨌든 그 세 사람과 김선희씨까지 모든 정황이 이 인간 박시강을 가리키고 있는 건 분명해졌네요.

끄덕이는 진여사에서...

S# 3. 공터 안/ 밤

분한 얼굴로 불타오르는 차량을 바라보는 기춘호. 그리고,
한쪽에서 칼을 든 채 비릿한 미소를 지으며 기춘호를 바라보고 있는 조기탁.
이때, 울리는 기춘호의 핸드폰. 신재식이다.

신재식(F)	찾았어, 조기탁의 비밀 공간.
기춘호	그래!!
신재식(F)	근데.. 건질 게 별로 없어 보여. 소독약 냄새가 아주 진동해. 얼마나 뿌려대고 닦아댔는지.
기춘호	(실망스런) 그래... 암튼 뭐 나오는 거 있으면 바로 연락하고. 그쪽 마무리되는 대로 이쪽으로 좀 와줘. 여기도 별로 나올 건 없을 거 같은데... 그래도 혹시 모르니까.
신재식(F)	위치 찍어줘. 이쪽 일 마무리되는 대로 바로 건너갈게.

전화를 끊는 기춘호.
신재식에게 위치를 찍어서 보내려는데 뒤쪽에서 들리는 인기척에 돌아보면……
아무도 없다.
휑한 공터 위로 그저 바람만이 쌩~ 불어온다.

S# 4. 조기탁 집 지하실 안/ 밤

생각이 많은 듯 서 있는 도현.
어둠에 묻힌 밤하늘을 잠시 올려보다 주머니에서 핸드폰을 꺼내 든다.
부재중 전화 진여사를 보며, 전화를 할까 말까 망설이는데... 조기탁의 집에서 나오는 신재식.
도현, 전화기를 주머니에 넣는다.

신재식   기반장한테 가봐야겠어.
도현   저도 같이 가겠습니다.
신재식   (고개 끄덕이고는) 그쪽에서라도 증거가 나와야 할 텐데...

밖으로 나서는 두 사람.

S# 5. 공터 안/ 밤

불이 꺼진 차량을 바라보며 서팀장과 통화 중인 기춘호.

기춘호   어, 서팀장. 조기탁 사진 뿌리고 검문검색 강화해. (사이..) 이형사 수술은 잘 끝났고? 그래... 알았어. (전화를 끊는...)

이때, 뒤쪽에서 어른거리는 불빛에 돌아보면,
다가오는 신재식과 도현이 탄 감식 차량.

(시간 경과)

신재식, 차 안을 조사하고 있고 한쪽에서 이 모습을 지켜보고 있는 도현과
기춘호.

비닐 안에 넣어둔 카메라를 받아 들고 있는 기춘호.

기춘호	N. S. H...
도현	노선후 검사 카메라에요. ... 조기탁 집에서 찾았어요. 메모리 칩은 빠져 있었구요.
기춘호	... 노선후 검사 카메라라니...
도현	여사님한테 알려야겠죠.
기춘호	(착잡한) 응. 지문 감식 의뢰하고 확인해봐야지.

이때, 뭔가를 발견한 듯 반짝하는 신재식.

조심스럽게 불에 탄 차량 내부 한쪽에 셀로판테이프를 붙였다 떼면....

섬유 실오라기 하나가 붙어 있다!

신재식	여기 뭐 하나 나온 거 같은데!
기춘호	(신재식 쪽으로 돌아보며) 그래? (카메라 도현에게 넘기고 재식에게 향하는)

도현, 카메라를 바라보는.

S# 6. 진여사 집 전경/ 아침

진여사의 집 위로 울리는 전화벨.

S# 7. 진여사 집 거실 안/ 아침

전화를 받는 진여사.

진여사   예, 기반장님. 변호사님도 통화가 안 되고 걱정했어요. 별일 없으신 거죠? (의
         아한) 네? 경찰서로요? (사이) 네...

         전화를 끊는 진여사. 왠지 불안한 느낌을 지울 수 없다.
         보고서와 기사가 담긴 봉투를 지그시 보는 진여사.
         이내, 봉투를 들고 일어선다.

S# 8. 은서경찰서 앞/ 오전

         경찰서 앞에서 누군가를 기다리는 도현.
         이때, 경찰서 앞으로 뛰어 들어오는 유리.

유리   여사님이 왜? 무슨 일인데?
도현   ... (차마 말을 못하는...)

         유리, 잠시 도현의 답을 기다리다, 이내 대답 듣길 포기하고는 경찰서 안으로
         향한다.
         도현, 무거운 발걸음을 돌려 그 뒤를 따른다.

S# 9. 은서경찰서 사무실 안/ 오전

         진여사와 마주 앉아 있는 기춘호.
         기춘호, 진여사에게 조기탁의 집에서 발견한 카메라를 내민다.
         진여사, 떨리는 손으로 카메라를 받아 드는데.
         이미 아는 물건이지만 차마 확인하기 두려운,
         떨리는 손끝으로 카메라 왼쪽 아랫부분을 천천히 훑는 진여사.
         카메라 왼쪽 아랫부분에 새겨진, 애나멜 은장 이니셜 'NSH'
         진여사, 참은 숨이 한 번에 터지듯, 거친 숨을 몰아쉰다.

진여사   ......

기춘호   ..... (충분히 기다렸다가) 셔터 부분에 지문이 남아 있어서 확인을 해봤더니....
         아드님 카메라가 맞습니까?

진여사   ... (고개를 저었다가 끄덕였다가, 이 진실이 참혹한)

기춘호, 차마 되묻지 못하고 진여사를 바라보고.
진여사, 눈시울이 붉어진다.
이때, 경찰서 안으로 들어오는 도현과 유리.
유리, 진여사에게로 가는데, 도현이 가만히 유리의 팔을 잡아 세운다.
더 이상 다가가지 못하고 떨어져 선 채, 진여사를 바라보는 두 사람.

(인서트 - 진여사 집 이층 방 안)
진여사, 주스를 들고 들어오고. 선후, 진여사의 모습을 카메라로 찍는다.
카메라에 찍힌 사진을 보며 즐거워하는 두 사람의 모습.

(CUT TO)
은서경찰서 사무실 안.
진여사, 흐느끼고 있다.

진여사   (힘겹게 호흡을 가라앉히고) 선후가 아끼던 물건이에요. 늘 갖고 다녔는데,
         선후 사고 현장에서 없어졌어요. 어디에서 발견하신 거예요?

기춘호   ....

진여사   .... 말씀해주세요.

기춘호   ... 어제 조기탁의 집에서 발견됐습니다.

진여사   !!!

카메라를 내려다보는 진여사.
어깨가 들썩이기 시작하고...
기춘호, 그런 진여사의 모습을 슬프게 바라본다.
카메라를 부여잡고 '선후야.' 부르며 오열하는 진여사.

슬픔과 분노가 함께 터져 나온다.
도현, 유리도 차마 다가가지 못하는...

S# 10. 진여사 집 거실 안/ 오후

유리, 따뜻한 차를 진여사 앞에 가져다준다.
진여사, 멍한 눈길로 찻잔을 바라만 본다.
유리, 조금 거리를 두고 진여사 옆에 앉는다.
무거운 침묵 속에 두 여자.
거실에 놓인 선후 대학 졸업 사진을 보는 진여사의 얼굴에서...

S# 11. 도현 사무실 안/ 오후

소파에 앉아 있는 도현과 기춘호.

기춘호 여사님은 어떻게 괜찮으신지 모르겠네...
도현   (착잡한) ... 유리가 같이 있어요... 조기탁 행적은 아직인가요?
기춘호 그렇게 쉽게 잡힐 놈 아니잖아.
도현   그렇죠. 김선희와 박시강 의원, 조기탁 사이에 접점도 아직 못 찾았구요.
기춘호 사방이 CCTV인데 어디로 숨어들었을까? 검문을 더 확대해야 하나..
도현   .... 반장님.
기춘호 (보면)
도현   어제 조기탁이 저를 차로 덮치려고 했을 때요. 그때 놈은 이미 모든 걸 알고
        있었던 것 같아요.
기춘호 그래. 그 후 몇 시간 만에 흔적 싹 지우고 이형사를 찌르고, 구치소 차량을
        빼돌려서 태워버리고... 완벽하게 계획을 세우고 차근차근 하나씩 처리했지.
도현   우리가 조기탁에게 다른 차량이 있을 수 있다는 가능성을 처음으로 인지한
        건 어제 오훈데...

두 사람 마주보며, 의아한 표정.

기춘호	… 혹시 전화?!
도현	???
기춘호	통화로 얘기했잖아?!
도현	(자기 핸드폰을 꺼내 책상에 올려두는) 여기 와서 경고장을 남긴 그날이었겠네요.

도현, 핸드폰 뒷면을 분리한다. 기춘호, 도청 칩을 발견해 꺼낸다.
도현, 잠시 보고는, 도청 칩을 다시 핸드폰에 넣는다.
기춘호, 뭔지 알겠다.

기춘호	그럼, 플랜을 짜볼까?
도현	네. 놈을 유인할 만한 곳이 있어요.

눈빛을 맞추는 두 사람.

S# 12. 모텔 방 안 + 도현 사무실 안/ 오후

외투까지 다 입은 채 창밖을 살피는 조기탁.
도현 전화가 발신 중임을 알리는 어떤 장치.
조기탁, 이어폰을 꽂고 듣는.

기춘호(F)	이 자식 이거. 잘도 숨어 다니네. 걱정 마. 곧 잡힐 거야.

(CUT TO)
도현 사무실 안.
서성거리며 통화 중인 도현.

도현	혹시 어딘가에 숨어서 움직이지 않고 있다면요. 여동생 집이라든지…

기춘호(F) 여동생 집하고 그 근처는 이미 싹 다 훑었어. 깨끗해. 거기는 절대 아니야.

전화 끊는 도현, 핸드폰을 들어 흔들면.
도현의 책상에서 일어나 마주 보고 핸드폰을 들어 흔드는 기춘호!!!

(CUT TO)
모텔 방 안.
경찰차 소리에 창밖을 살피는 조기탁.
경찰차가 모텔 주차장에 주차되고 있다.
고심하는 조기탁.

S# 13. 모텔 뒷문/ 오후

정복 경찰 두 명이 모텔 접수대에서 탐문하고 있고, 뒷문으로 빠져나가는 조기탁.
모자를 더욱 깊게 눌러쓴다.

S# 14. 송일재단 회의실 안/ 오후

추명근, 편안하게 앉아 있고. 수행비서 뒤를 지키고 서 있다.
문이 열리고. 제니 송이 들어온다.

추명근 (자리에 앉은 채) 어서 와요. 자, 편한 데로 앉으세요.

회의실을 한번 둘러보는 제니 송.
바로 옆에 있는 의자에 앉는다. 의아하게 보는 추명근.
보면, 추명근, 제니 송, 긴 회의용 탁자 맨 끝과 끝에 마주 앉아 있다.

제니 송 지금 실장님과 제 사이가 이 정도 되는 거 같아서요.

추명근   (미소)

제니 송   그런데. 제 일이 그런 거죠. 가장 빠르게 거리를 좁히는 일.

제니 송, 자리에서 일어나 테이블을 넘어 똑바로 걸어가 추명근 앞에 선다.

제니 송   바쁜 시간 내주셨는데 용건만 말씀드릴게요. 이번 헬기 교체 사업에 독일 엠
          비테사의 손을 들어주시면 유광에서 제시한 금액에 무조건 30%를 더 드릴
          게요. (보다) 거리가 좁혀졌네요. 실장님?

추명근   (제니 송 마주 보다 슬쩍 미소를 띠더니) 생각 좀 해봅시다. 좋은 쪽으로.

제니 송   예, 좋은 쪽으로요. 서로에게 말이죠.

추명근의 미소를 받듯 환하게 미소 짓는 제니 송.

S# 15. 황비서 사무실 안 + 모텔 골목 일각/ 오후

전화를 받는 황비서. 모텔 근처에서 통화를 하는 조기탁. 이하 교차.

조기탁   어떻게 됐습니까, 여권이랑 돈.

황비서   기다리라고 했지. 연락한다고.

조기탁   언제까지 기다리라는 겁니까? 황상사님은 안전할 것 같습니까?

황비서   ......

조기탁   준비할 상황이 안 된다면 빨리 말씀해주시죠.

황비서   3일 안에 연락 줄 테니까 기다려. 자꾸 연락하지 말고. (하는데 끊기는 전화)

그대로 끊어진 조기탁의 전화.
그리고 잠시 후 도착하는 조기탁의 메시지.
문자를 열어보면....
'지금 뵙죠.'
첨부된 지도 한 장과 사진 한 장. 뭔가 싶어 사진을 열어보면...
화예 주차장에서 찍힌 차중령과 오회장의 사진.

황비서　　!!!

(CUT TO)
모텔 골목.
택배 상자를 들고 주소를 확인하는 퀵맨. 옆에 세워둔 오타바이.

조기탁(E)　저기요~

퀵맨, 등 뒤에서 들리는 소리에 돌아보는데....
픽~ 그대로 뭔가에 얼굴을 가격당하며 쓰러지는 퀵맨.
퀵맨 조끼를 입고 오토바이에 올라탄 조기탁. 헬멧을 쓰고 바이저를 내린다.
오토바이 출발하는 조기탁.

S# 16. 도로 위/ 오후

도로를 질주하는 앞 씬의 퀵 오토바이.
한쪽 도로 일각에서 도로를 막고 검문하는 순찰차가 보인다.
조기탁, 경찰들을 보고는 오던 길에서 방향을 틀어 옆 골목길로 유유히 빠져
나간다.

S# 17. 조경선 집 앞 + 기춘호 차 안/ 밤

조경선 빌라 왼편으로 가파른 경사 벽. 그 위쪽에 라이트를 끈 차 한 대.
잠복 중인 도현과 기춘호다.
대화를 나누면서도, 빌라 입구를 살피는 눈빛 놓치지 않는 두 사람.

기춘호　여동생 집이라...
도현　　사진을 발견하고 조기탁 추적이 시작된 곳이죠. ... 나타날까요?

기춘호 글쎄... 몸통까지 끌고 와주면 좋겠구만.

도현 (보면)

기춘호 박시강을 만나려던 김선희를 며칠 후 조기탁이 살해했어. 누군가 조기탁에게 시킨 거겠지.

도현 그 누군가는 조기탁이 잡히는 걸 원치 않을 테고, 탈주를 돕는다...

기춘호 놈이 이곳을 안전하다고 여긴다면, 그 누군가와 접선도 여기서 할 가능성이 크지.

이때, 퀵 복장의 한 남자가 입구로 들어선다.
밤인 데다 헬멧으로 얼굴을 가려 조기탁인지 분명치 않다.
신중한 표정의 도현과 기춘호.
남자 빌라 안으로 들어가면, 잠시 후 1층 계단에 센서등 들어오고, 곧이어 2층 계단 센서등이 들어온다. 이후는 어둠.

기춘호 택배나 퀵서비스면 다시 나와야 하는데... (도현을 보며) 놈이야. 가지. (차 문을 열고 내리려는데)

도현 (기춘호의 팔목을 붙잡는, 빌라 입구 보며) 나타난 것 같아요. 몸통...

기춘호, 빌라 쪽 보면 양복 차림의 한 남자가 입구로 들어선다.

S# 18. 조경선 집 거실 안/ 밤

깜깜한 실내.
나란히 마주한 조기탁과 황비서.

조기탁 (빈손인 황비서 보며) 말씀드린 여권과 돈은요?

황비서 이 새끼가... (그대로 조기탁의 뺨을 후려치는...) 영창에서 평생 썩어야 되는 놈 꺼내줬더니...

조기탁 (매섭게 노려보며) 꺼내달라고 한 적 없습니다. 필요하니까 꺼내다 쓰신 거지.

황비서	뭐?
조기탁	(핸드폰에서 황비서에게 보냈던 사진 보이며) 카피라는 걸 해봤습니다. 노선후 검사의 카메라에서... 보험이라고 하죠, 이런 걸.
황비서	(붉게 상기되는..)
조기탁	근데 보험이란 건 보통 하나만 들지는 않죠. (그러면서 주머니에서 녹음기를 꺼내 틀면...)
황비서(E)	사고로 위장해야 돼. 반드시.
조기탁	(끄고는...) 어떻게... 제가 잘 든 것 같습니까, 이 보험.
황비서	... (노려보면)
조기탁	안 가고 뭐하세요? 얼른 가서 오늘 밤 안으로 여권이랑 돈 가져오세요.

쓱 돌아서서 거실 유리창 너머를 살피는 조기탁.

황비서	사진이랑 녹음 파일 원본은?
조기탁	(계속 창밖 살피며 피식... 웃고는 돌아서며) 원본은 원래...

하지만 그 순간, 조기탁의 복부를 향해 들어오는 칼.

S# 19. 기춘호 차 안/ 밤

차 안에서 조경선 집을 바라보는 기춘호, 도현.
불이 꺼져 있는 조경선의 집.

기춘호	(심상치 않음을 느끼고) 최변! 서팀장에게 지원 요청 좀 해줘. (차에서 튀어나가며) 이 새끼들!!!
도현	(전화를 거는) 네, 말씀드렸던 조경선씨 집이요. 바로 와주세요.

S# 20. 조경선 집 거실 안 + 조경선 집 문 앞/ 밤

격투를 벌이고 있는 황비서, 조기탁.
황비서, 조기탁을 죽이기 위해 칼을 쥔 손에 힘을 주지만.

조기탁 황.. 교식.. 이.. 개자식!!

조기탁, 한 손으로 칼날을 쥐고 더 깊게 들어오지 못하게 저항한다.
다른 한 손에 꼭 쥔 녹음기.

(CUT TO)
계단을 뛰어 올라가는 기춘호. 문 앞에 서서 안에 상황에 귀를 기울여본다.

(CUT TO)
조경선 집 거실 안.
황비서와 조기탁, 격투가 거세지고. 다시 조기탁의 배에 칼을 꽂는 황비서.
녹음기가 조기탁의 손에서 떨어져 탁자 안으로 굴러간다.
녹음기를 찾는 황비서의 눈길.
그때, 쾅! 쾅! 문을 두드리는 소리.
황비서, 문 쪽으로 돌아보는.
그 틈을 이용해 조기탁이 반격하고, 다시 격투가 벌어진다.
문 두드리는 소리 더 거세지고.
황비서, 조기탁을 쓰러뜨리고는 창문 쪽으로 달아난다.

(CUT TO)
조경선 집 문 앞.
문을 거칠게 두드리는 기춘호. 도현, 문 앞으로 올라오고.
서둘러 비밀번호를 눌러 안으로 들어가는 도현, 기춘호.

(CUT TO)
조경선 집 거실 안.
다급하게 뛰어 들어오는 기춘호. 뒤따르는 도현.
기춘호, 쓰러진 조기탁의 숨 확인하고 도현 향해 고개 끄덕, 살아 있다.

도현, 수건 정도로 조기탁 출혈 부위 압박하며, 다른 손으로 핸드폰 119 누른다.

기춘호, 열린 창 너머를 보면, 황비서 이미 사라지고 없다.

화가 나 창틀을 쾅! 주먹으로 내리치는 기춘호.

S# 21. 기산대학병원 응급실 입구/ 밤

사이렌 소리가 울리며 앰뷸런스가 급히 들어오고.

구급대원이 의료용 카트를 차에서 내린다.

앰뷸런스 안에 있던 산소호흡기를 하고 있는 조기탁.

구급대원에 의해 카트로 옮겨지고.

병원 안으로 급하게 들어가는 의료용 카트.

S# 22. 송일재단 이사장실 안/ 밤

오회장은 얼굴만 보이며, 낮은 목소리로 통화한다.

오회장   (잔뜩 굳은 얼굴로) 그래서. 지금 상황은.

황비서(F)   지금 수술 중인데... 아직 거기까지밖에...

오회장   이 새끼가.... 그런 일이라면 보고를 하든지 아님 니 선에서 처리할 거였으면 깔끔하게 처리를 하던지. 그거 하나 제대로 깔끔하게 처리 못하고...

황비서(F)   ... 죄송합니다, 회장님.

오회장   지켜보고 연락해. (그대로 끊어버리는...)

오회장 통화를 끝내고 돌아앉으면... 추명근이 맞은편에 앉아 보고 있다.

추명근   (짐짓 모른 척...) 무슨 일 있습니까.

오회장   아닙니다. 금방 수습될 일입니다. 너무 심려치 마십쇼.

추명근   (느긋하게) 그렇다고 밑에 사람 너무 뭐라 하지 마세요.

오회장	...
추명근	음.... 3년 전인가.. 말을 몇 마리 키운 적 있었는데.. 처음에는 무슨 병든 닭마냥 맥을 못 차리더라구요. 그래서 관리인을 한번 바꿔봤죠. (피식...) 그러니, 아주 이놈이 언제 그랬냐는 듯 명마로 변합니다. 오회장님.
오회장	(보는)
추명근	자고로 말 같은 동물들은 부리는 사람에 따라 그 능력이 달라지는 법입니다. (오회장을 응시하는) 아시겠어요?
오회장	... (고개 숙이는) 죄송합니다.
추명근	지창률 변호사한테 연락하세요.
오회장	네. 그렇게 처리하겠습니다.
추명근	여기서, 지금, 하란 소립니다.
오회장	아, 네... (돌아서서 통화하는) 지대표. 나 유광기업 오택진이요. (사이) 일 좀 하나 봐줘야겠습니다.

통화를 하는 오회장을 보고 있는 추명근.

S# 23. 기산대학병원 외경/ 아침

S# 24. 기산대학병원 조기탁 병실 안/ 아침

눈을 천천히 뜨는 조기탁. 발을 보면 수갑이 채워져 침대에 연결되어 있다.
한쪽 손에는 붕대 감겨 있고, 다른 팔엔 링거.

기춘호(E) 정신 들어?

조기탁 눈을 돌려 보면, 기춘호가 서 있다. 잔뜩 얼굴 여기저기 상처가 난 채.

기춘호	너, 죽지 않는단다. 말도 할 수 있고.
조기탁	(빤히 보기만 하는...)

기춘호	할 말이 많은데 뭣부터 해야 할지 모르겠군. 허재만 아니 조기탁이라고 해야 되나?
조기탁	(눈을 감는...)
기춘호	그래. 말하기 싫겠지. 니 편이라 믿는 놈한테 당했으니. 그럼 그냥 들어. 물론 니가 어쩌면 다 알고 있는 사실일 수도 있지만. 니가 불태운 그 차. 그 차에서 타다 남은 실오라기가 하나 나왔어. 그게 김선희 사건 현장에서 채취한 옷 조각과 일치했고. 상황 대충 알겠지.

순간, 서서히 눈을 뜨는 조기탁, 기춘호를 보는.

기춘호	김선희. 왜 죽였어?
조기탁	...
기춘호	그럼 다시 물을게. 어제 널 찌른 그자 누구야?

조기탁, 입을 떼려는. 기대하는 표정의 기춘호.

조기탁	(비웃는 표정을 지으며) 내 입에서 들을 말 없습니다.
기춘호	그런가? 어제 동생 집에 좋은 걸 하나 떨어트렸더라고.

그러면서 증거 수집용 봉투에 담긴 녹음기를 꺼내는 기춘호.

기춘호	현장에 있던 녹음기야. 이건 일부만 복사해놓은 거고 원본은 아닐 거 같은데...
조기탁	!
기춘호	물론 자네 지문 확인했고. 자네한테 살인을 교사한 사람이 있다는 명백한 증거야. 사고사로 위장한 살인!!
조기탁	(그래도 반응 없는)
기춘호	그리고 자네 집 지하실에서 발견된 카메라. 노선후 검사 거더군. 10년 전 교통사고로 사망한 노선후 검사.
조기탁	(감은 채로 눈 근육 씰룩)

병실 문을 열고 들어오는 지창률과 비서.

지창률   안에 사람이 더 있었네.

그 소리에 눈을 뜨고 보는 조기탁.
기춘호, 들어오는 지창률을 보고 의아한 표정.

(플래시백 - 은서경찰서 사무실 안)
은서경찰서 사무실 안으로 지창률과 수사관들이 들어오고, 책상에 앉아 있
던 기춘호, 일어선다.
수사관이 검찰 신분증을 들어 보이고, 뒤에 서 있던 지창률이 앞으로 나서
며.

지창률   지금부터 차중령 살해 용의자. 우리 검찰이 맡습니다.
기춘호   아직 용의자 자백만 있고, 사실 관계가 다 밝혀지지 않았습니다.
지창률   현장 상황과 범행 도구, 자백이 있으면 다 끝난 거 아니요. (수사관을 돌아보
며) 뭐해! 당장 이송하지 않고!

말은 못하고 지창률을 노려보는 기춘호.

(CUT TO)
조기탁 병실 안.
지창률을 보고 있는 기춘호.

기춘호   오랜만입니다.
지창률   (유심히 보다) 아! 기반장. 그만두셨다고 들었는데?
기춘호   꼭 잡고 싶은 놈이 있어서 다시 복귀했습니다.
지창률   (고개를 건성으로 끄덕이고는) 지금부터 의뢰인을 접견해야 하니 좀 나가주
세요.
기춘호   변호사 선임계 좀 보여주시죠.

지창률, 기춘호 노려보다 뒤에 수행비서에게 손을 내민다.
수행비서, 재빨리 가방에서 서류를 꺼내 건네고.
지창률, 받아서 기춘호 눈앞에 들이대는.

기춘호 (손으로 선임계를 치우며) 밤새 눈 한 번 뜬 적이 없던 환자가 무슨 수로 변
　　　　호사 선임을 했다는 겁니까.
지창률 그것까진 제가 얘기해줄 필요는 없고.... 전 예전부터 허재만씨 자문 변호사
　　　　였습니다.
기춘호 허재만씨요?
지창률 네. 제 의뢰인 허재만씨요. (조기탁에게 다가가는)
기춘호 (조기탁 보며) 허재만! 칼에 찔린 그 순간부터 지금까지 내가 당신 옆에 있
　　　　었는데, (지창률 보며) 이렇게 대단한 변호사를 선임하시고... 굉장한 재주가
　　　　있으십니다.
조기탁 ......
지창률 잘하고 계시네요. 네, 쭉 묵비권으로 일관하세요. 묵비권! 나머지는 제가 다
　　　　알아서 합니다. 그럼. 다시 들르죠.

기춘호를 보고 씩 웃으며 병실 밖으로 나가는 지창률과 비서.
지창률 뒤통수를 매섭게 쏘아보는 기춘호.

S# 25. 도현 사무실 안/ 오전

도현, 화이트보드 가운데에 조기탁 이름을 적어 넣는다.
그리고, 오른쪽으로 피해자 김선희, 노선후 적고.
조기탁 위쪽으로 '교사범?'이라고 쓴다. 이때, 유리 들어와 도현 옆으로 온다.

도현 (돌아보며) 왔어? 여사님은?
유리 애쓰고 계셔. 옆에 있겠다는데 (봉투 꺼내 보이며) 이거 빨리 너 주라고.
도현 (봉투 받아, 속에 기사 꺼내는) 청와대의 소통령?
유리 10년 전부터 박시강이 군수업체를 접촉했다는 동향 보고서야.

도현	방산 비리에 연루됐을 가능성이 있는 거네…. 그렇다면 유광기업이 빠졌을 리 없고…
유리	유광기업 오택진 회장?

화이트보드 쪽으로 눈이 향하는 도현.

도현	(오회장 이름 보며) 그동안 내내 여기 적어뒀던 이름인데, 오늘에야 윤곽이 나오는 것 같아…
유리	조기탁이 기무사에 있을 때, 오택진 회장이 기무사 사령관이었지 않아?
도현	맞아. 기무사 사령관이면, 일개 병사의 알리바이 정도 쉽게 만들 수 있었겠지.
유리	아직 확실하진 않지만… 아빠의 죽음도 무관하진 않을 것 같아.

도현, 깊은 숨 들이쉬고 유리를 본다. 이때 울리는 도현의 전화.

도현	(받고) … 네 기반장님. (사이) 지창률 대표요? (사이) 네, 알겠습니다. (전화 끊는다)
유리	너 전에 다니던 로펌 대표?
도현	응. 아버지 사건 담당 검사였는데, 조기탁 변호를 맡았대.
유리	뭐?

놀라는 유리의 표정. 도현, 화이트보드를 쳐다보는.

S# 26. 기산대학병원 조기탁 병실 안/ 오전

침대에 누워 눈을 감고 있던 조기탁. 눈을 뜨고 일어나 앉는다.
발목에 채워진 수갑을 보는 조기탁.

(플래시백 - 10회 18씬, 조경선 집 거실 안)
조기탁의 배에 칼을 찌르는 황비서의 야비한 눈빛.

지창률   네, 쭉 묵비권으로 일관하세요. 묵비권! 나머지는 제가 다 알아서 합니다.

(CUT TO)
조기탁 병실 안.

조기탁   아주 웃기고들 있습니다.

조기탁의 입가에 비웃음이 어리고.

S# 27. 박시강 사무실 안/ 저녁

앞쪽에 대형 TV, 선거 방송이 나오고 있고.
박시강을 중심으로 일렬 의자에 앉아 있는 보좌관들.
TV 화면, 서울 중앙구 – 박시강 후보 당선 유력에서 확실로 바뀐다.

앵커   서울 중앙구 보궐선거 결과가 나왔습니다. 개표율 68.1% 상황에서 밝은정치
당 소속 기호 1번 박시강 후보가 당선을 확정 지었습니다...

보좌진, 캠프 인사들, 동료 의원들 자리에서 일어나 "박시강!"을 연호한다.
박시강, 당연한 결과라는 듯 일어나 옆 사람들과 악수를 한다.
표정에 기쁨을 감추지 못하는 박시강.
자연스럽게 들어와 자원봉사자들 틈에 서는 유리. 마뜩잖은 표정으로 보고
있다.

박시강   (사람들과 악수를 하며) 수고하셨습니다! 감사합니다!

브리핑 룸 뒤편 한구석에 선글라스를 쓴 채 박시강을 보고 있는 제니 송.
박시강의 시선에 제니 송이 들어오고.

제니 송, 선글라스를 벗고 눈인사를 하는.

S# 28. 송일재단 이사장실 안/ 저녁

태블릿으로 박시강의 당선 소감을 보고 있는 추명근.
그의 얼굴 위로 알 듯 모를 듯 묘한 미소가 스친다.

S# 29. 박시강 사무실 방 안/ 저녁

제니 송, 소파에 앉아 있다. 박시강, 활짝 웃으며 들어온다.

박시강   내가 순간 눈을 의심했다니까. 하마터면 애들이 써준 원고까지 까먹을 뻔했어.

제니 송   (일어나 악수 청하며) 당선 축하드려요. 박의원님.

박시강, 제니 송이 내민 손을 보다 자리로 가서 앉는.

박시강   손을 잡아도 되는 건지는 얘기를 좀 들어봐야 할 거 같은데?

제니 송, 아무렇지 않게 웃으며 손을 거두고.

제니 송   박의원님은 하늘이 두 쪽 나도 안 변할 줄 알았는데. 시간 참 무섭네요.

박시강   그게 무슨 말이야? 좀 알아듣게 얘기해봐.

제니 송   좋은 의미에요. 신중해지셨잖아요. 의원님 이제 추실장님 그늘에서 나와 독립하셔도 충분하겠는데요?

박시강   누가 추실장 그늘에 있었다는 거야?

제니 송   아니었나요?

제니 송, 흡사 일부러 도발한 듯 웃으며 박시강을 보는데.

그때, 박시강 핸드폰 울리는. 추명근이다.
박시강, 멈칫.

박시강   뭐야? 참 나. (전화 받는) 추실장? 무슨 일이에요?

S# 30. 송일재단 이사장실 안 + 박시강 사무실 방 안/ 저녁

추명근, 스피커폰으로 통화 중인.
박시강의 반응에 순간 뭐지 싶다가. 이하 교차.

추명근   ... 누가 있나 봅니다.
박시강   (제니 송을 보는) ... 있기는 누가 있다 그래요?

제니 송, 흥미로운 듯 지켜보는.

추명근   (여유롭게 웃으며) 그런가요... 어쨌든 선거 치르느라 그동안 고생 많았어요. 박의원 예상대로 압도적인 승리로 끝났어요. 대단합니다.
박시강   (힐끗 제니 송 보고 으스대듯) 그러니까 내가 걱정할 거 없다고 하지 않았어요.
추명근   내일 주요 언론과 포털이 보수 부활의 신호탄에 대한 기사로 도배가 될 거예요. 다 박의원 공이에요.
박시강   그런 건 참 확실하다니까. 우리 추실장님. 다른 용건 있어요? 없으면 제가 좀 바빠서.
추명근   ... 그렇겠죠. 당선 직후인데. 그럼 일간에 자리 한번 가지도록 하지요.
박시강   그건 추실장이 잡으시고. 용건 끝났으면 끊습니다.

추명근, 냉소하고 수행비서에게 고갯짓하면. 수행비서, 전화를 끊는다.

(CUT TO)
박시강, 의기양양해 통화 끊는.

제니 송	세대교체.
박시강	(보는)
제니 송	대한민국을 좌지우지하는 인물이 추실장에서 박시강 의원으로 교체된 걸 제가 눈앞에서 봤네요.
박시강	허. 허허허. 뭘 그렇게까지. 그건 그렇고. 왜 온 거야? 이제 본론을 얘기해야지?
제니 송	전 의원님 이런 솔직함이 좋더라. 저도 단도직입적으로 말씀드릴게요. 의원님께서 단독으로 유리온 교체 사업권을 저희 엠비테사에 넘겨주시면 기존 추실장 몫으로 측정된 금액까지 다 몰아드리도록 할게요.
박시강	그게 얼마나 돼?
제니 송	2천만 유로.
박시강	! 지금까지 추실장은 그렇게나 해먹은 거야?
제니 송	대한민국의 실세였으니까요. 이제 박의원님이 그 실세이신 거구요.
박시강	.....

박시강, 생각에 잠긴.
제니 송, 박시강을 보다 손을 내민다.

제니 송	이번에는 손잡으시겠어요?

박시강, 제니 송을 응시한 채 손을 잡는다.
미소를 짓는 제니 송의 모습에서.

S# 31. 기산대학병원 조기탁 병실 안/ 저녁

누워 있는 조기탁, 침대 옆을 보고 있다.
옆에 앉아 있는 지창률.

지창률	무죄 만들기는 어렵겠고.... 김선희 사체 훼손이 가중되면 무기징역 나오겠는데?

조기탁   누가 보냈습니까?

지창률   (보는)

조기탁   황비서는 아닐 거고... 누가 보냈는지 묻지 않습니까.

지창률   ...

조기탁   사령관님입니까?

지창률   ... 어디 경감할 수 있을 만한 게 있나 보자... 보수 안 받을 테니 걱정 말고 맡겨요. 그냥 입 꼭 다물고, 시키는 대로 하고. 그러다 보면 적당한 나이에 나오게 될 거야.

조기탁   ... 묻지도 말고, 붙지도 말라?

그제야 조기탁과 눈을 맞춰주는 지창률.

지창률   (까딱 끄덕이는) 그렇지.

끄덕이며 조서를 가방에 넣고 자리에서 일어난다.

조기탁   나한테 물어볼 건 더 없습니까?

지창률   아플 텐데 일단 편하게 쉬어요. 조만간 또 오죠. (나가는데...)

조기탁   김선희 건만 입 다물면 됩니까?

지창률   (멈칫)

조기탁   내가 한 짓이 많아서. (히죽 웃는) 뭐가 뭔지 헷갈릴까 봐 걱정이 되네. 녹음기를 들어보면 안 헷갈릴 텐데, 그걸 경찰이 가지고 있네.

지창률   (조기탁 똑바로 쳐다보다) 그냥 입 다물어.

굳은 표정으로 병실을 나가는 지창률.

S# 32. 유광기업 회장실 안/ 저녁

지창률의 전화를 받고 있는 오회장.

오회장 (가소롭다는 듯...) 협박을 한다구요? 지금 이 상황에서도?

시선을 내리면, 탁자 위에 놓인 사진들.
바로 조기탁이 황비서에게 보낸 그 사진들이다.

오회장 (혼잣말처럼) 잃을 게 없다 이거지... 일단 알았습니다. 대표님. 좀 더 수고해
주시고 다시 연락드리겠습니다. (전화를 끊고 잠시 생각하는, 인터폰으로) 황
비서 오라고 해.

S# 33. 기산대학병원 조기탁 병실 앞/ 밤

병실 앞에서 지키고 있던 김형사, 다가오는 기춘호를 보고 일어선다.

김형사 이형사는 좀 어때요?
기춘호 응, 다행히 곧 일어날 수 있을 것 같아. 별일 없었지?
김형사 네, 아까 변호사 다녀간 뒤는 계속 잠만 자는데요.
기춘호 변호사가? 또 왔어?
김형사 네.

기춘호, 생각에 잠기는데.

김형사 의사 말로는 출혈이 심한 거지 장기 손상은 거의 없어서 일주일 정도면 퇴원
할 수 있다는데요.
기춘호 일주일이라... 검찰로 넘어가기 전에 저 자식 입에서 제대로 된 진술을 받아
야 하는데.
김형사 입을 열까요?
기춘호 열게 해야지. 아무도 들여보내지 마.

김형사에게 당부하고, 밖으로 나가는 기춘호.

S# 34. 도현 사무실 안/ 밤

사무실로 들어오는 기춘호.
책상에 앉아 있던 도현, 기다렸다는 듯 튀어 일어나고.

기춘호 이제야 짬이 났어.

기춘호, 점퍼를 벗고 소파에 앉아 피곤한지 눈 주위를 주무르고.
다급히 소파로 와서 앉는 도현.

도현 조기탁은요?

기춘호 입도 벙긋 안 해. 지창률이 또 왔다 갔어. 뭐 단단히 주의를 줬겠지.

도현 쉽게 입을 열지는 않겠죠. 형은 피할 수 없겠지만 배후 세력에 대해 입을 다무는 조건으로 회유책을 제시했을 테니까요. 반장님...

기춘호 (무슨 말 할 줄 안다는 듯) 알았어. 김형사한테 말해둘게. 만나봐. 검찰로 이관되면 나도 어떻게 해줄 수가 없어.

도현 검찰 이관은 언제죠?

기춘호 일주일 정도?

도현 ... (기춘호 보면)

기춘호 당장?

도현 조기탁에게 살인을 지시한 사람은 방산 비리와 관련이 있어요. 그중 핵심은 오회장이구요. 아버지가 차중령을 살해했다고 증언한 오택진 당시 기무사령관..

기춘호 ... (도현 심정 알겠다) 알았어, 지금은 면회 안 되니까 날 밝는 대로 가보자구.

도현 감사합니다.

S# 35. 기산대학병원 조기탁 병실 안/ 밤

잠들어 있는 조기탁.
꿈을 꾸는지 신음 소리를 내며 끙끙대는데.

(인서트 - 조기탁의 꿈)
어두운 병실에 누워 있는 조기탁. 조기탁의 얼굴 위로 슬며시 누군가의 손이
나타나고... 하얀 수건으로 조기탁의 입과 코를 꾹 누른다.

(CUT TO)
어두운 조기탁 병실 안.
헉! 하고 눈을 뜨는 조기탁.
몸을 벌떡 일으켜 공간을 살피면, 링거대 쪽에 획 움직이는 형체가 있는 듯
하고.
조기탁, 누운 채로 발을 뻗는데 링거대가 발에 걸려 넘어진다.
와장창 깨지는 링거, 마구 흔들거리는 공간, 의식을 잃어가는데..
확 쏟아지는 빛, 문이 확 열리며 김형사 들어온다.

김형사   어... 어?! 조기탁 왜 그래? 정신 차려!

바닥에 쓰러져 의식을 잃는 조기탁.
김형사, 주변을 둘러보지만 아무도 없고, 창문도 꼭 닫혀 있다.

S# 36. 한정식집 방 안/ 밤

박시강, 자리에 앉아 있다.
문이 열리고. 제니 송 들어오며.

제니 송   제가 늦었죠?
박시강   나보다 중요한 약속이 있었나 보네.
제니 송   의원님 만나는 것보다 중요한 약속은 없죠. 늦은 벌칙으로 오늘 자리는 제가
대접할게요.

박시강	그래? 그럼 그러던가.
제니 송	그나저나 의원님. 제가 제시한 제안, 결정 아직인가요?
박시강	바로 결정하기엔 쉽지 않은 거 알잖아.
제니 송	추실장이 어떤 제안을 했는지 알려주시면 제가 조금 더 맞춰보도록 할게요.
박시강	나보고 추실장을 배신하라?
제니 송	(웃으며) 배신이라뇨. 비즈니스죠.
박시강	추실장이 제시한 제안이라... (생각하는 척) 내 입으로 말고 직접 들어보는 건 어때?
제니 송	네?

미닫이문이 열리면.
순간, 제니 송의 표정, 사색이 되는.
추명근, 문 앞에 서 있다.
제니 송, 이게 무슨 일이냐는 듯 휙 박시강을 보는.

박시강	직접 듣는 게 낫잖아.

박시강, 비열하게 웃는 데서.
추명근, 방 안으로 들어와 상석에 앉는다.
제니 송, 표정 굳은.

박시강	제니 송이 이렇게 놀라는 거 처음 봤어.
제니 송	...
박시강	(이죽이듯) 오랜만에 좋은 구경했더니 배가 고픈데 음식 좀 들일까.
추명근	송사장이 지금 식사를 할 상황이 아니잖아요.
제니 송	(간신히 정신 다잡는) 아니에요. 의원님 시장하시다는데. 해요. 식사.
박시강	(소리 내서 웃고) 대단해. 역시 송사장이야.
추명근	(나지막이) 송사장.
제니 송	네. 실장님.
추명근	송사장이야 자기 할 일 한 건데 탓할 생각은 없어요.
제니 송	...

추명근	문제는 그 수가 읽혀버린 게 문젠데... 송사장은 이제 어떻게 수습을 할 거에 요?
제니 송	...

제니 송, 테이블 아래 둔 손을 꽉 쥔다.

제니 송	두 분께 드렸던 제안. 모두 없던 거로 하죠.
박시강	(의아한 표정으로 보는)
추명근	그게 송사장이 생각한 대답입니까.
제니 송	시작이 잘못됐으면 싹을 자르고 다시 시작해봐야죠.
	근데. 두 분하고 이렇게 식사자리에 있으니까 예전 생각이 나네요.

추명근, 박시강 보면,

제니 송	... 화예였나?
박시강	뭐야?
추명근	...
제니 송	갑자기 그날 생각이 나는 바람에 식사는 힘들겠어요. 먼저 일어나는 무례를 범할게요. 두 분. 식사 맛있게 하세요.

제니 송, 일어나면.
문이 열리고. 밖으로 나간다.

박시강	아... 저게...

추명근, 굳은 표정에서.

S# 37. 기산대학병원 외경/ 오전

S# 38. 기산대학병원 조기탁 병실 안/ 오전

초췌한 얼굴의 조기탁.
불안하고 공격적인 눈으로 도현을 바라보고 있다.

도현	저는 경찰도 검찰도 아닙니다. 묵비권을 행사하실 필요 없어요.

도현 저는 경찰도 검찰도 아닙니다. 묵비권을 행사하실 필요 없어요.

조기탁 (쳐다보지도 않는) ……

도현 어젯밤 일이 있었다 들었습니다.

조기탁 …. 진통제랑 수면제를 하루 종일 맞으니까. 부작용으로 환각을 본 걸 수도 있다고 의사가 그러더군.

도현 그렇군요. 이번엔 환각이었다고 해도… 다음에는요?

조기탁 (그제야 보는) …

도현 실제 일어날 수 있다는 거…., 누구보다 잘 아시잖아요?

조기탁 (부정할 수 없다) 하고 싶은 말이 뭐야.

도현 … 이제야 얘기를 하시네요.
누굽니까. 조기탁씨에게 사람을 죽이라고 시킨 사람.

조기탁 ….

도현 질문을 바꿔보죠. 조기탁씨를 죽이려고 했던 사람, 누굽니까?

조기탁 (얼굴 굳는) 변호사니까 물어보지. 나는 이제 어떻게 될 것 같아?

도현 살인 증거가 나왔고 감형의 여지는 없습니다. 교사에 의한 살인임을 자백하지 않는 한.

조기탁 그래? 내 변호사는 입을 다물어야 길이 열린다 그러고, 당신은 입을 다물라 그러고… 내가 누구 말을 들을 것 같아? 변호사를 바꾸면 한종구처럼 무죄로 만들어줄 방책이라도 있어?

도현 아니요. 당신은 반드시 죗값을 치러야 합니다.

조기탁 그럼 왜 왔어? 변호를 맡겠다는 거야, 아니라는 거야? 내가 입을 여는 대가로 당신은 나한테 뭘 해줄 건데?!!!

도현 … 복수.

조기탁 (보는)

도현 조기탁씨가 버려질 카드라는 건… 스스로가 제일 잘 알고 있겠죠. 이대로 침묵하고 그들을 보호하실 겁니까? 왜요? 그놈들은 이미 당신을 버렸는데요.

조기탁	......
도현	저는 당신을 이용해 진실을 찾고 싶습니다. 노선후, 김선희, 고은주 그 사람들이 왜 죽어야 했는지, 그리고...
조기탁	(말 자르고) 최필수 준위가 왜 살인을 했는지?
도현	(불끈) !!
조기탁	아... 왜 살인자가 되어야 했는지?!
도현	... (감정 다스리고) 한종구씨도 제게 그랬죠. 아버지에 대해 더 많은 진실을 알려줄 것처럼. 하지만 사람은 누구나 아는 것만 말할 수 있는 법이죠.
조기탁	뭐야? 내가 아무것도 모르면서 허풍 떤다는 거야, 그 새끼처럼?!
도현	아직은 알 수 없죠, 어디까지 알고 계신지. 하지만 당신이 아는 진실, 그것부터 시작할 겁니다.
조기탁	좋아, 생각해보지. 변호사 보수는 그걸로 퉁치는 거야?
도현	...
조기탁	(보다가) .... 뭐야, 내 변호를 맡겠다고 한 거 아니었어?
도현	... 생각해보죠.

도현, 자리에서 일어난다.

도현	또 오겠습니다.

병실을 나가는 도현.
조기탁, 도현이 나간 자리를 흥미로운 듯 바라보는.

조기탁	네, 네, 생각해보세요 많이~ 나도 생각이란 걸 해볼 테니까...

S# 39. 기산대학병원 조기탁 병실 앞/ 오전

김형사 없고, 기춘호 혼자 병실 앞을 지키고 있다. 나오는 도현.

기춘호	입 안 열지?

| 도현 | 네... 하지만, 기다려봐야죠. 살인 도구로 쓰이고 버려진 게 억울할 테니까요. |

그때, 다급히 다가오는 김형사. 심상치 않은 표정이다.

| 기춘호 | ??? |
| 김형사 | 구치소에서 연락이 왔는데, 조경선씨가 어젯밤에 사망했답니다. |

(인서트 - 조경선 구치소 의무실 안)
조경선의 위로 덮이는 하얀 천. 시신을 실은 카트가 옮겨지고.

(CUT TO)
조기탁 병실 앞.
놀라는 도현과 기춘호의 표정에서.

S# 40. 도현 사무실 안/ 오전

책상에 앉아 있는 도현.
소파에 유리와 기춘호 앉아 있다.

도현	네... 이쯤에서 멈출 줄 알았어요. 조기탁이 잡혔으니까.
유리	(이미 많이 울었다, 울음 잦아들고) 경선 언니 불쌍해서 어떡해...... 살인자 오빠 껴안고 사느라 힘들었을 텐데, 왜 그런 언니까지...
기춘호	두 사람만큼은 아니겠지만, 못 참겠구만. 자기 죄 인정하고 죗값 치르고 있는 사람을, 이놈들이...

도현, 참담한 심정이다...

S# 41. 기산대학병원 조기탁 병실 안/ 오전

실성이라도 한 듯, 허… 허… 헛웃음을 짓는 조기탁.
잠깐, 눈가에 눈물 고인다. 이 악물며 눈물 삼키는 조기탁.

조기탁   개새끼들… 결국… 이런 거였어.

분한 표정의 조기탁에서…

S# 42. 유광기업 회장실/ 오후

오회장, 지창률 소파에 앉아 있다.
창밖을 보던 오회장 돌아서며,

오회장   다시 변호를 맡을 방법은 없는 거요?
지창률   당사자가 변호인으로 선임을 안 하는데 무슨 수로 변호를 맡겠습니까.
오회장   … 대책은 있겠죠?
지창률   검찰에 손을 써야죠. 최도현을 선임했다는 건 지가 죽인 게 아니라 시켜서 죽였다는 얘기를 하려는 거 아닙니까? 그 전에 막아야죠.
오회장   (심각한) 겁을 준다는 게 외려 틀어져버렸습니다. 그런 놈도 혈육은 따지고 드네요.

오회장을 못마땅하게 보는 지창률.

지창률   속도전입니다, 속도전. 저쪽이 아무리 황비서가 시킨 거라고 우겨도 황비서가 나타나지 않으면 그만입니다. 그자 찾느라 전전긍긍할 동안, 무기징역 구형하고 재판 끝내겠습니다. 그 전에 처리되면 더 좋고요.
오회장   … 알겠소.
지창률   (자리에서 일어나며) 아, 그 황비서인지 뭔지, 드러나지 않게 신경 좀 써주시죠… 회장님 이름이 나오는 건 막아야 하지 않겠습니까.

살짝 머리 숙여 인사하고 회장실을 나가는 지창률.

오회장, 한숨 내쉬며 분한 얼굴로 주먹을 꾹 쥐는. 그러다...

오회장   황교식이....

오회장, 잠시 눈을 감고 생각에 잠기는...

S# 43. 기산대학병원 조기탁 병실 안/ 오후

지그시 눈을 감고 있는 조기탁 앞으로 서 있는 도현.

도현   저를 찾으셨다고요.
조기탁   (슬며시 눈을 뜨는...)
도현   조간호사님 일은 정말 뭐라 드릴 말씀이... (말을 다 잇지 못하는)
조기탁   (빤히 도현을 보다가) ... 당신이 찾겠다는 진실... 찾을 수 있어, 진짜? 아니, 찾는다고 해도 그 새끼들 법정에 세울 자신 있어?
도현   네, 자신 있습니다. 누가 됐든.

조기탁, 의미심장하게 도현을 본다.

S# 44. 조경선 집 거실 안/ 오후

현관에 들어서는 도현. 조기탁 검거 당시 그대로 어지럽혀진 실내.
도현, 거실 한쪽에 있는 경선 사진 액자 향해 잠시 목례를 한다.
신발을 벗고 거실로 들어서는 도현. 천천히 액자로 다가간다.

(플래시백 - 10회 43씬에 이어, 기산대학병원 조기탁 병실 안)
조기탁, 뭔가 결심한 듯 도현을 처다보고 있다.

조기탁   ... 난 그동안 시키는 것만 했어. 누가 무슨 의도로 시키는지는 몰라. 그런데 그 검사가 갖고 있던 카메라에 재미있는 게 많은 거야. 그때 문득 생각이 들었지.... 나도 보험 하나는 들어놔야겠다고.

(CUT TO)
조경선 집 거실 안.
도현, 조심스레 경선의 액자를 집어 든다.
액자를 열면, 사진과 패널 사이에 작은 메모리 카드가 들어 있다.

S# 45. 도현 사무실 안/ 오후

컴퓨터에 메모리 카드를 꽂는 도현.
전송된 파일들이 저장된 폴더를 여는.
사진 파일이 쭉 보이고.
사진을 보면, 오택진. 박시강, 추명근, 제니 송, 차승후...
마우스를 조작하던 도현의 손이 멈칫한다.
모니터를 바라보던 도현, 눈을 감는다.
모니터 위 떠 있는 최필수의 사진.

도현   !!!

(시간 경과)
사무실 문을 열고 들어오는 기춘호.
도현이 소파에 앉아 노트북 모니터를 보고 있다.

기춘호   무슨 일이야, 무턱대고 오라니.

기춘호가 앉자, 모니터를 기춘호 앞으로 돌려 보여주는 도현.

기춘호   이게 뭐야...
도현   노선후 검사의 카메라 메모리 카드입니다.

기춘호	!! 어디서 찾은 거야?
도현	조기탁에게 받았습니다.
기춘호	설마... 변호를 맡기로 한 거야?
도현	(끄덕이는...)
기춘호	허 참... 진여사님... 최변을 아들처럼 생각하는 분이야. 아무리 놈에게 듣고 싶은 말이 있기로서니...
도현	... 네. 그래서 많이 생각했습니다.
기춘호	많이 생각했다는 게 결국 이거였어?
도현	노선후 검사와 제가 쫓는 거... 어쩌면 다르지 않다는 생각이 들었습니다. 여사님께서도 언젠가는... 이해해주실 거라 믿습니다.
기춘호	최변이 지금까지 무엇을 위해 살아왔는지 잘 알아. 그래서 돕고 있는 거고. 할 수 있는 한 최대로 도울 거야. 최변 도움이 필요하면 요청할 거고, 우리가 쫓고 있던 자들도 끝까지 쫓을 거니까.... 그건 하지 마.
도현	제 손으로 하지 않으면 의미가 없습니다.
기춘호	내 손으로 해.
도현	... 노선후 검사는 단순 교통사고로 처리했고, 김선희 사건도 진범을 찾지 못했어요. 조기탁은 신원조차 알 수 없는 자였고... 군에서 조직적으로 알리바이를 조작했고! 강상훈도, 고은주도! 의식불명인 한종구도! 뭐 하나 제대로 수사한 게 있었습니까? 대체 뭘 믿고 기다리란 말입니까?!
기춘호	(한숨) 마음은 알겠지만.... 모든 경찰을 모욕하지는 말아.
도현	반장님이 경찰인 것처럼 저는 변호사입니다. 변호사라는 이름으로 할 수 있는 걸 하고자 하는 것뿐이에요, 반장님이 막을 권리 없습니다!
기춘호	(소리치는) 그래서!!
도현	(보면)
기춘호	한종구를 변호하는 것과는 다르다고!
도현	....
기춘호	난 그 꼴 못 봐.

노려보고 있는 두 사람.
이때, 도현에게 오는 전화.

S# 46. 기산대학병원 조기탁 병실 안 + 도현 사무실 안/ 오후

　　　　통화를 하고 있는 김형사.
　　　　사무실에서 전화를 받고 있는 도현. 이하 교차.

김형사　　저... 허재만이 최변호사님한테 할 말이 있다는데요.
도현　　　네. 바꿔주세요.
조기탁　　사진 봤어?
도현　　　예, 봤습니다.
조기탁　　말해준 명단 중에 사진에 없는 사람이 하나 있어.
도현　　　...
조기탁　　나를 찌른 그놈.
도현　　　... 그게... 누굽니까?

　　　　도현, 통화하며 기춘호 보는.

S# 47. 유광기업 회장실 안/ 오후

　　　　오회장, 창가를 향해 서 있고.
　　　　황비서, 고개 숙인 채 서 있다.

오회장　　황교식.
황비서　　네. 회장님.
오회장　　일단 재판 끝날 때까지 숨어 있어.
황비서　　... 알겠습니다.
오회장　　그리고, (쓱 돌아서서 서랍 위에 놓인 메모지를 건네며) 여기 가 있으면 대책
　　　　　을 마련해서 알려주겠다.
황비서　　... 앞으로 전 어떻게 되는 겁니까.
오회장　　(역정 내는) 가 있으면 알려준다 하지 않나!

황비서   … 알겠습니다.

S# 48. 유광기업 로비/ 오후

수사진을 이끌고 로비를 빠르게 걸으며 통화하는 기춘호.

기춘호   난데, 황교식 신상정보 찾아서 보내줘. 위치 추적하고.

S# 49. 유광기업 엘리베이터 앞 + 엘리베이터 안/ 오후

황비서, 임원 전용 엘리베이터에 올라탄다. **층과 지하 *층만 있는 엘리베이터.
잠시 후, 일반 엘리베이터에서 내리는 기춘호.

S# 50. 유광기업 회장실 안/ 오후

오회장, 신경질적으로 머리 쓸어 올리는데…
밖에서 들려오는 시끄러운 소리.
문이 슬쩍 열리며, 비서실 직원 들어오고.

오회장   뭐야?
비서실   밖에 형사가 와서 황비서를 찾고 있습니다.
오회장   적당히 돌려보내.

하는데, 비서 밀치고 들어오는 기춘호. 오회장 앞으로 한 발 다가가는.

기춘호   수사 협조해주시죠. 유광기업 비서실장 황교식. 살인 미수 혐의를 받고 있습니다. 지금 어디 있습니까?

서로 노려보듯 마주보는 기춘호와 오회장의 모습에서.

오회장 　(당황한 기색 감추고) 그걸 내가 어떻게 아나. 내가 비서 나부랭이가 어디 있
　　　　는지까지 알아야 하나? 게다가 진즉에 관둔 사람을.
기춘호 　관뒀다고요?
오회장 　더 물어볼 거 있으면 우리 법무팀이랑 얘기하지.
기춘호 　(안 나가고 버티는)
오회장 　(기춘호 눈빛 받아내는)

S# 51. 유광기업 주차장 입구/ 오후

황비서, 차를 타고 빠져나간다.

S# 52. 기춘호 차 안/ 저녁

기춘호, 차 안에서 빵을 집어삼키고 있다. 우유를 마시는데 김형사에게 문자
오는.
입을 닦고 문자 확인하는 기춘호.
'서울시 관신구 사산동 하이월드아파트 308호.'
기춘호, 시동 거는.

S# 53. 황비서 아파트 거실 안/ 저녁

현관 안으로 급하게 들어서는 황비서. 신발을 신은 채 들어와 금고를 여는.
현금 다발을 가방에 챙겨 넣고는. 고무줄에 묶인 여권 뭉치를 집어 들어 본
다.
고민하다 가방에 넣고는 지퍼를 닫는 황비서.

나가려다, 서재 방문이 열려 있는 것을 본다.
이상한 느낌의 황비서. 서재방 쪽으로 향한다.
긴장한 표정. 손이 슬며시 전등 스위치로 향한다.
달깍! 불을 켜는. 서재방에 불이 밝혀지고.
황비서, 눈이 커지는.

S# 54. 황비서 아파트 서재 안/ 저녁

황비서가 놀란 표정으로 서 있다.
서재방 안쪽 책상에 누군가 앉아 있는데, 제니 송이다!

제니 송　안 오면 어떡하나 걱정했어요. 황비서님.

황비서, 뒤를 돌아보면, 경호가 서 있다.
떵동~ 떵동~ 갑자기 울리는 벨소리.
현관 쪽으로 휙 고개를 돌리는 제니 송과 황비서.

S# 55. 황비서 아파트 문 앞/ 저녁

기춘호, 벨을 누른다. 대답이 없고. 기춘호, 문을 쾅쾅 두드린다.

소리(E)　누구시죠?
기춘호　(큰 소리로) 경찰입니다!
소리(E)　무슨 일이시죠?
기춘호　뭐 좀 확인할 게 있어서요. 문 좀 열어주십시오.

잠시 후, 문이 열리며 누군가 얼굴을 내미는데, 경호다.
기춘호, 경호를 살펴보는데 황교식이 아니다.

기춘호	황교식씨, 여기 없습니까?
경호	그런 사람 없어요.

안에서 들리는 소리.

경호	(돌아보며) 집을 잘못 찾으신 거 같아. (기춘호를 보며) 저희 여기 일주일 전에 이사 왔어요.
기춘호	그 전에 여기 살던 분 어디로 이사 갔는지 아십니까.
경호	모르는데요. 아! 외국 어디로 간다고 하던데.
기춘호	외국요?
경호	더 이상은 몰라서요. 죄송합니다.

문이 닫히고. 기춘호, 닫힌 문을 쳐다보는.
벨을 다시 누를까 하다 돌아서서 걸음 옮기는.

S# 56. 황비서 아파트 서재 안/ 저녁

서재 책상에 앉아 있는 제니 송.

제니 송	경찰도 황비서님을 찾고 있네요.
황비서	.... 뭡니까. 원하는 게.
제니 송	누가 시켰나요? 설화.
황비서	(피식 웃으며) 제 입에서 그 대답이 나올 것 같습니까.
제니 송	이름 한마디에 10억.
황비서	(제니 송을 똑바로 쳐다보며) 사람 잘못 봤습니다.
제니 송	20억.
황비서	100억을 불러도 관심 없습니다. 먼저 가보겠습니다. 남아서 신혼 놀이 하시려면 하시고.

돌아서는 황비서. 경호가 권총을 손에 들고 있다.

황비서, 제니 송을 돌아보고. 제니 송, 보내라는 고갯짓을 한다.
황비서 나가고, 흥미로운 표정을 짓는 제니 송.

S# 57. 기춘호 차 안/ 저녁

차를 몰고 아파트 입구를 나서는 기춘호. 갑자기 차를 멈춘다.

(플래시백 - 황비서 아파트 문 앞)
경호 뒤로 아파트 안을 슬쩍 보는 기춘호.
벽에 군대 전역 기념 액자가 걸려 있다.
액자 안에는 밑 쪽에 기념용 칼이 엇갈리게 있고, 위에는 국방부 마크 가운데 호랑이가 박힌 로고가 선명하게 새겨져 있다.

(CUT TO)
기춘호 차 안.
기춘호, 핸드폰으로 기무사령부 마크를 검색하는.
손을 몇 번 움직이다 한 곳에 멈추면,
국방부 마크 가운데 호랑이가 박힌 로고!

기춘호   이런...

차를 돌리는 기춘호.

S# 58. 황비서 아파트 문 앞/ 저녁

복도를 뛰는 기춘호. 308호 앞에 선다. 벨을 누르는.
대답이 없고, 문을 두들겨봐도 대답이 없다. 계속 벨을 눌러대는.

기춘호   황교식!!!

기춘호, 돌아서는데, 복도 창밖으로 차가 지나가는 게 보인다.
운전자가 경호다. 뒷자리에 앉아 있는 여자 모습이 보이고.
뛰어 내려가는 기춘호.

S# 59. 황비서 아파트 현관 앞/ 저녁

뛰어나오는 기춘호. 차가 지나간 곳을 보지만 이미 사라지고 없다.

S# 60. 제니 송 차 안/ 저녁

차가 달리고 있고. 제니 송, 뒷자리에서 생각 중이다.

제니 송　(눈을 뜨며) 이 정도로 쉽게 넘어올 사람이면 오회장이 그동안 데리고 있지 않았겠지.

경호　황비서는 그대로 둬도 괜찮겠습니까.

제니 송　쓰고 싶은 카드와 쓸 수 있는 카드, 그리고 버릴 카드를 잘 구분해야 해. 황비서는 버릴 카드가 아니야.

경호　하지만 이미 제안을 거절하지 않았습니까.

제니 송　그러니까 쓸 수 있는 카드로 만드는 게 능력인 거지. 위치 추적기는?

경호　가방 밑에 달아뒀습니다.

제니 송, 미소 짓는...

S# 61. 도현 사무실 안/ 밤

도현, 심각한 얼굴. 자리에 앉아 있다.
사무실로 들어오는 진여사.

진여사   변호사님. 저 왔어요.
도현   예, 여사님...
진여사   무슨 일인데 이렇게...
도현   보여드려야 할 게 있어서요.
진여사   보여드려야 할 거요?

도현, 책상에서 한 발 물러나 컴퓨터 모니터를 가리킨다.
진여사, 의아해하며 도현 곁으로 다가가 도현이 가리키는 것을 보는데.
그대로 표정이 굳는 진여사.
모니터 위에 떠 있는, 놀란 듯 카메라를 정면으로 바라보는 진여사의 사진.

진여사   !!!

(플래시백 – 진여사 집 이층 방 안)
방문을 열고 음료를 들고 들어오는 진여사. 카메라 플래시 터지는.
놀라서 보면, 카메라 보여주는 선후의 이미지 컷들...

(CUT TO)
도현 사무실 안.
멍한 표정의 진여사.

진여사   이게 왜 여기에.... 어떻게 변호사님이 가지고 계세요?
도현   메모리 카드를 찾았습니다.
진여사   그 사람 집에서 찾은 카메라에는 메모리 카드가 없었다고 들었어요. 어디에
        서 찾으신 거예요?
도현   .... 조기탁이 가르쳐줬습니다.
진여사   (놀라는) 그 사람이 왜 변호사님에게?!

도현, 말없이 진여사를 응시하는데.

진여사	…. 그 사람을 만났군요. 뭐라던가요? 이걸 주면서 자신이 내 아들을 죽였다 하던가요? 자백했나요?
도현	여사님.
진여사	(소리치는) 왜 죽였다 하던가요? 대체 왜!!!
도현	여사님….
진여사	(보는)
도현	제가… 이 사진들을 얻는 대신 의뢰를 받았습니다.
진여사	의뢰요?
도현	조기탁의 변호 의뢰를 받았습니다.
진여사	!!!

침묵하는 진여사.

도현	부탁드립니다, 여사님.
진여사	… 제… 제게 부탁할 게 뭐가 있죠?
도현	허락해주세요.
진여사	…. 변호사님이 이 메모리 카드를 얻으셨다는 건 이미 의뢰를 받아들였다는 뜻 아닌가요?

슬픈 얼굴의 도현.

도현	왜 허락을 받아야 하는지 말로 설명할 수는 없지만… 제 행동이 무엇보다 여 사님을 힘들게 할 거란 느낌이 들었습니다.

진여사, 그런 도현을 가만히 바라보다가.

진여사	예상은 했어요. 그자의 변호를 맡지 않으면 변호사님이 쫓는 진실을 밝히는 게 불가능할 거라고. 하지만 말이에요….
도현	전 이 방법밖에 없습니다. 허락해주세요, 여사님…. 변명 같지만, 절 위한 일만은 아닙니다. 노선후 검사님도, 억울하게 목숨을 잃은 사람들을 위해서라도 꼭 진실을 밝히겠습니다.

도현, 진여사 앞에 깊게 고개 숙인다.
진여사, 속을 알 수 없는 얼굴로 한참을 도현을 바라보다가.

진여사   .... 나는 의사였어요. 심장전문의였죠.
도현   (놀라 보는)
진여사   저는 어떤 환자가 오더라도 그 생명의 가치만을 생각하겠다는 일념으로 의
        사 생활을 했어요... 환자가 설사 살인을 저지른 흉악범이라 할지라도.
도현   ....
진여사   아무리 흉악한 살인범이라도 변호는 필요하죠. 변호사님은... 변호사님으로
        서의 일을 하시면 돼요. 그건 제 허락과 관계없어요.
도현   여사님....
진여사   하지만.
도현   ....
진여사   저만큼은.. 그자를 변호하는 일은 도와드릴 수 없을 것 같네요.

슬픈 얼굴의 진여사, 도현에게 미소를 지어 보이고.
자리로 가서 짐을 챙긴다.
도현, 아무 말도 할 수 없다. 그저 바라보다가.
주머니에서 USB를 꺼내는 도현.

도현   .... 사진을 복사해두었습니다.

진여사, 도현이 건넨 USB를 받아 든다.
슬픈 얼굴로 돌아서려던 진여사, 문 앞에서 멈춰 선다.
쉽게 나갈 수 없는 듯, 망설이다가 고개 돌려 도현을 똑바로 보는데.

진여사   ... 한 가지 물어볼 게 있어요.
도현   네.
진여사   .... 변호사님의 심장은 뭐라 하던가요?
도현   ... 네?!!!

도현, 쿵쿵 심장이 뛰기 시작하고.

진여사 .... 제가 마지막으로 집도한 수술은 10년 전이었어요. 그때 한 뇌사 환자의
심장이 공여됐고, 누군가는 그 심장을 이식받아 새 생명을 얻었죠.
도현 (눈빛이 떨려오는)
진여사 그 뇌사 환자가... 제 아들이었어요.

도현의 심장이 쿵쿵 요동친다.

진여사 ... 그 심장은 뭐라 하던가요? 제 아들의 심장은.... 자신을 죽인 사람을 변호
할 수 있다 하던가요?

진여사, 슬픈 표정을 짓다 나가고.
도현, 망연자실한 표정으로 진여사의 뒷모습을 바라보는.

- 제10회 끝 -

11회

S# 1. 도현 사무실 안/ 밤

슬픈 얼굴로 돌아서려던 진여사, 문 앞에서 멈춰 선다.
쉽게 나갈 수 없는 듯, 망설이다가 고개 돌려 도현을 똑바로 보는데.

진여사   ... 한 가지 물어볼 게 있어요.
도현   네.
진여사   .... 변호사님의 심장은 뭐라 하던가요?
도현   ... 네?!!!

도현, 쿵쿵 심장이 뛰기 시작하고.

진여사   .... 제가 마지막으로 집도한 수술은 10년 전이었어요. 그때 한 뇌사 환자의
         심장이 공여됐고, 누군가는 그 심장을 이식받아 새 생명을 얻었죠.
도현   (눈빛이 떨려오는)
진여사   그 뇌사 환자가.... 제 아들이었어요.

도현의 심장이 쿵쿵 요동친다.

진여사   ... 그 심장은 뭐라 하던가요? 제 아들의 심장은.... 자신을 죽인 사람을 변호
        할 수 있다 하던가요?

        진여사, 슬픈 표정을 짓다 나가고.
        도현, 망연자실한 표정으로 진여사의 뒷모습을 바라보다 자신도 모르게 눈
        물이 흐르고...
        심장을 부여잡는 도현. 눈물이 계속 흐르고, 닦아도 멈추지 않는다.

S# 2. 진여사 차 안/ 밤

        빠르게 도로를 달리는 진여사의 차.
        운전을 하는 진여사의 눈가에도 물기가 가득이다.
        그러다 끼이익... 파열음을 내며 도로 한쪽에 멈춰 서는 진여사의 차.
        천천히 다가가면.... 운전대에 얼굴을 묻은 채 펑펑 우는 진여사.
        그 너머로 무심한 듯 빠르게 스쳐 지나는 차들.

S# 3. 은서경찰서 사무실 안/ 밤

        간간이 빈자리가 보이는 경찰서 내부.
        한쪽에서 서팀장과 마주한 기춘호.

서팀장   황교식의 집에 누군가 있었다. 30대 중반의... 그리곤 그 잠깐 사이에 사라졌
        고.
기춘호   (아쉬운 듯) 그래.
서팀장   형님... 혹시... 황교식을....?
기춘호   그건 아닐 거야. 처리했다면 경찰 앞에 그렇게 대담하게 얼굴을 내밀진 않았
        겠지.
서팀장   그렇겠죠... (이때 들어오는 김형사를 발견하곤) 어! 나왔어?
김형사   계단을 이용해서 올라갔는지 엘리베이터에는 찍힌 거 없고 현관 쪽에 있는

CCTV에 찍히긴 했는데, (사진을 내밀며) 화질이 영...

김형사가 내민 사진을 받아 들면...
아파트의 현관 앞에 설치된 CCTV에 찍힌 제니 송과 경호의 사진.
김형사 말마따나 화질이 좋지 않은 데다 베일 모자에 가려 제니 송의 얼굴
은 거의 보이질 않는다.

서팀장   이거라도 있어서 다행이라고 해야 하나, 없는 거만 못하다고 해야 하나. 때가
         언젠데 화질이 이래... (기춘호에게 건네는)
기춘호   이걸로라도 찾아내야지. 최대한 확대해봐.

얼굴이 거의 보이지 않는 제니 송의 사진을 보는 기춘호의 모습에서,

S# 4. 제니 송 호텔 거실 안/ 밤

편한 복장으로 소파에 앉아 태블릿을 보고 있는 제니 송.
한쪽에 켜놓은 TV에선 뉴스가 들려오는데... 제니 송의 눈길이 가고.

앵커   다음 뉴스입니다. 은서구 철거 지역 살인사건 기억하십니까. 정식 명칭보다
       는 일사부재리 판결로 더 유명한데요. 그 일사부재리 판결을 이끌어낸 최도
       현 변호사가 이번엔 같은 사건의 또 다른 피의자 변호를 맡아 화제가 되고
       있습니다...

제니 송이 보고 있던 태블릿 화면 지도 위로 빨간 점 하나가 천천히 이동하
고 있다.

S# 5. 별장 앞/ 밤

달빛에 길게 그림자가 나타난다.

가방을 든 황교식. 어둠에 묻힌 길을 걷다 문득 멈춰 서면,
앞에 어슴푸레 보이는 펜션처럼 생긴 별장.

S# 6. 별장 안/ 밤

별장 안을 둘러보는 황교식.
썰렁한 내부. 창가로 다가가 밖을 내다보면,
어둠에 묻혀 아무것도 보이지 않는 주변.

(플래시백 – 10회 47씬, 유광기업 회장실 안)
오회장 앞에 서 있는 황비서.

오회장	일단 재판 끝날 때까지 숨어 있어.
황비서	... 알겠습니다.
오회장	그리고, (서랍 위에 놓인 메모지를 건네며) 여기 가 있으면 대책을 마련해서 알려주겠다.
황비서	... 앞으로 저는 어떻게 되는 겁니까?
오회장	(짜증스런) 가 있으면 알려주겠다 하지 않았나!

(CUT TO)
별장 안.
툭! 가방을 내려놓고는 커튼을 치는 황교식.

S# 7. 기산대학병원 전경/ 오전

기산대학병원 앞으로 들어오는 경찰차와 호송 차량.

S# 8. 기산대학병원 병원 로비/ 오전

양쪽에 경찰 두 명과 수갑을 찬 채 병원 로비를 걸어 나오는 조기탁.
한 걸음 떨어진 곳에 기춘호가 따라간다.

조기탁   (기춘호 힐끗 보고) 뱃구멍도 다 아물지도 않았는데 벌써 이감이라니, 너무
         야박한 거 아닙니까?
기춘호   ... 니가 일하던 구치소로 가는 건데. 외려 편하지 않겠어?
조기탁   그렇게 얘기하니 배려처럼 들립니다. 그나저나 황교식 잡았습니까?
기춘호   (보는) ......
조기탁   잡아서 내 앞에 무릎 꿇리십시오.
기춘호   ... 이 자식이 진짜.

때마침 병원을 나서는 조기탁과 함께 일제히 조기탁에게 몰려드는 기자들
과 방송사 카메라. 여기저기 질문이 날아들고 플래시가 터진다.
하지만 관심 없다는 듯 모자를 눌러쓴 채 묵묵히 호송 차량에 오르는 조기
탁의 모습에서,

S# 9. 도현 사무실 안/ 오전

도현 사무실로 성큼성큼 들어오는 기춘호.
책상에 앉아 있는 도현. 고개를 드는데, 침울하고 어두운 표정이다.

기춘호   (도현 얼굴 보고 멈칫) ... 왜 그래. 무슨 일이야?
도현   ...
기춘호   내가 올 거 알고 먼저 폼 잡고 있던 거야, 뭐야. 우거지상을 해가지고는...
도현   ...
기춘호   내가 그 자식 변호 맡지 말라고 했지. 한종구 변호와는 다르다고 했잖아.
도현   ... 저도 말씀드렸죠. 제 손으로 하지 않으면 의미가 없다고.
기춘호   ... 그럼, 그렇게 정한 사람 표정이 왜 그래?
도현   ... 조기탁씨 변호, 여사님께도 말씀드렸습니다.

| 기춘호 | (한숨) ... 나보다 더 이해 못하시겠지. 다른 사람 번호도 아니고, 자기 자식을... (울컥하는) 그러게 왜! |

울적한 표정의 도현. 그런 도현의 표정을 보니 말을 못 잇는 기춘호.

도현	... 황교식씨는 어떻게 됐습니까.
기춘호	아직이야.
도현	... 재판을 진행해도 황교식씨가 없으면 교사를 입증하는 게 쉽지 않은데요.
기춘호	황교식의 집에 수상한 인물이 있긴 했어.
도현	... 수상한 인물요?
기춘호	... 누군지는 몰라. 그쪽도 황교식을 쫓고 있는 건지도 모르겠고.
도현	...

일어나서 화이트보드 앞으로 가는 도현. 따라가서 서는 기춘호.

도현	황교식씨를 찾고 있다면... 오회장 쪽일까요, 아님 다른 쪽이 있는 걸까요...
기춘호	지금부터 알아봐야지.
도현	...
기춘호	(기운 없는 도현을 보며) 뭐 좀 먹으러 갈까.
도현	나중에요..
기춘호	몸을 챙겨둬야 조기탁이 변호도 하든지 말든지 할 거 아냐.
도현	(기춘호를 보는) .. 제 결정... 이해해주시는 겁니까.
기춘호	최변은 재판! 나는 수사! 각자의 방식으로 그 끝에 누가 있는지 밝혀보자고.

도현, 고개를 끄덕이는...

S# 10. 진여사 집 거실 안 + 은서경찰서 사무실 안/ 오전

밤새 잠을 이루지 못한 듯 퀭한 진여사의 모습.
뉴스 화면에는 기산대학병원 앞, 호송 차량에 오르는 조기탁의 모습이 나오고 있고.

앵커   은서구 철거 지역에서 사체로 발견된 김선희 살해 용의자 조기탁씨가 오늘
        구치소로 이감됐습니다. 피의자 조기탁씨는 체포 당시 자상을 입은 상태였
        고, 일주일간 치료 감호 후 오늘 이감 조치가 내려졌습니다. 경찰은...

        더 이상 보기 힘든 듯 TV를 꺼버리는 진여사.
        마음을 진정시키려는 듯 천천히 호흡을 가다듬는데,
        테이블 위, 전화가 도착한다.
        기춘호, 은서경찰서 사무실 안에서 전화하고 있는. 이하 교차.

진여사   (받을까 고민하다 받는) 네. 반장님. 무슨 일로...
기춘호   괜찮으신가 해서요.
진여사   ...
기춘호   ... 조기탁은 잡혔지만... 진실은 아직 잡히지 않았습니다. 최변은 조기탁을 통
        해 배후를 밝혀내고 싶은 겁니다. 그게 진짜 범인이니까요.
진여사   알아요... 하지만...
기춘호   네. 저도 화가 나는데... 여사님은... 말도 안 되는 일이죠.... 이 말씀만 드리겠
        습니다. 최변이 가려고 하는 길, 노선후 검사와 다르지 않을 겁니다.

        진여사, 가만히 듣고만 있다.

S# 11. 조기탁 구치소 복도/ 오후

        호송관과 함께 복도로 걸어가는 조기탁.
        조기탁의 등장에 복도에서 웅성거리며 보고 있는 교도관들.
        조기탁, 별 신경 안 쓰인다는 듯 입가에 미소를 띠며 걸어가는.

S# 12. 양인범 부장검사실 안/ 오후

양인범 책상에 지창률이 앉아 있고.
양인범, 맞은편에 서 있다.

양인범   ...

지창률   최대한 빠르게 진행해서 다음 달 넘기지 말고 선고심 갈 수 있게 세팅해.

양인범   ... 하는 데까지 해보겠습니다.

지창률   하는 데까지 하는 게 아니라 그렇게 만들어! 그리고 한 가지 더. 담당 검사한
         테 철저히 김선희 살인을 입증하는 데만 초점을 맞추라고 해. 딴 데 눈 돌리
         지 말고.

양인범   다른 게 있습니까?

지창률   이 사건 피의자. 노선후 사건이랑 관련 있는 놈인 거 몰라?

양인범   !

지창률   답답하긴. 만에 하나 그놈이 노선후 사건, 자백이라도 하게 되면 우리도 주
         목받게 돼. 그러니까 담당 검사, 딴 데 눈 돌리지 못하게 해. 이해했어?

양인범   ...

지창률   왜? 노선후 사건, 너는 관계가 없다고 생각하는 거야?

양인범   ...

지창률   담당 검사한테 말해. 이번 일 잘 마무리 지으면 앞으로 검사 인생 확 핀다고.
         무슨 말인지 알지?

         양인범, 대답 없이 끄덕이고.
         밖으로 나가는 지창률.
         나가는 지창률의 뒷모습을 쳐다보는 양인범.

S# 13. 현준 검사실 안/ 오후

         현준, 경찰 조서를 들춰보고 있다.

현준   은서구 철거 지역 살인사건. 그렇게 속을 썩이더니 결국 이렇게 되네. (고개

들어 보면)

현준의 앞에 앉아 있는 조기탁.

현준   북부지검 이현준 검사입니다.
조기탁 (빤히 보는...)
현준   다들 그렇게 눈에 힘주고 시작해서 재판 들어가도 결국엔 비굴해지니까 너무 힘 빼지 말고. 시간 없는 거 같으니까 얼른 합시다. 조기탁씨. 김선희 왜 죽였어요?
조기탁 (이를 드러내며 노골적으로 비웃으며...) 아뇨. 저 시간 많~ 거든요, 검사님. 천천히 하시죠. 제 변호사님 오시면.
현준   이 자식이 진짜...

조기탁을 노려보는 현준의 표정에서.

S# 14. 양인범 부장검사실 안/ 오후

양인범, 책상에 앉아 서류에 사인을 하고는 생각 중인.

S# 15. (과거) 화예 별채 방 안 + 노선후 차 안/ 밤

상석에 앉아 있는 박시강, 설화로부터 술을 받고 있다.
술 마시는 박시강의 시선으로, 핸드폰으로 통화를 하는 양인범이 보이고.
양인범, 얘기가 잘 안 되는지 안절부절못한다.
노선후, 정차한 차 안에서 핸드폰을 들고 통화 중인. 이하 교차.

양인범 너 정말 다시 한 번 생각해볼 여지는 없어? 민정비서관이란다, 민정비서관! 거기 가면 니가 밟고 싶은 대로 달려도 아무도 뭐라 안 해. 그런 자리로 가는 거야!

노선후	... 형. 우리라도 소신 지키자.
양인범	소신도 분위기 봐가면서 세우는 거야. 증거는 있어?
노선후	거의 다 확보됐어. 마무리 좀 하고 조만간 보고서 쓸 거야.
양인범	해봐야 계란으로 바위 치기야! 너만 박살 나고 끝날 거라고! 위에 올라가서, 출세해서, 그 소신 펼치면 돼!

통화하는 양인범 너머 박시강과 일행들의 왁자지껄한 소리 들리고.
전화로 그 소리를 들은 노선후, 씁쓸한 표정 짓는다.

노선후	마지막으로 얘기하는 거야. 그 작자들하고 같이 있지 마. 내 손으로 보고서에 형 이름 쓰고 싶지 않아.
양인범	선후야. 내가 너 걱정돼서 이러는 거,
노선후	양인범 검사님. 먼저 끊겠습니다.

뚝 끊어진 전화. 양인범, 낭패스러운 얼굴로 손을 떨구는데.

| 박시강 | 그 새끼.. 거. 씨도 안 먹히는 모양이네. (양검사에게 비꼬듯이) 제일 친하다며. |

옆에 앉아 있던 지창률, 끼어든다.

| 지창률 | 노검사가 보통 꼴통이 아닙니다. 승진이나 출세 이딴 건 머릿속에 아예 없는 놈이에요. 안 그래도 다음 인사 때, 지방 발령 내리려고 합니다. 증거 운운하는 것도 그냥 하는 소릴 겁니다. |
| 박시강 | (술병을 들며) 알았어요. 알았어. (양인범을 보며) 자. 우리 양검사 전화 통화하느라 고생했는데 한 잔 받고. |

술잔을 드는 양인범.
박시강, 양인범 잔에 술을 채운다. 술잔이 차오르는데도 계속 따르는데.

| 양인범 | 저... 저기... 그만... |

박시강   내가 양검사 아끼는 만큼 따라주는 건데? (손 멈추는) 그만둘까?

             양인범, 아무 말 못하고 잔 든 손을 내밀고 있다.
             박시강, 큭큭 웃으며 계속 술을 붓는다.
             잔에서 넘쳐흐른 술이 양인범의 옷소매를 따라 흐르고.
             큭큭 웃어대는 사람들 속, 망부석처럼 굳어 있는 양인범.
             박시강, 술병을 내려놓고 양인범을 바라본다.

박시강   아까 그 꼴통 새끼, 뭐라 했지, 노선후? 그 새끼 때문에 사업에 차질이라도
         생기면! (양인범의 검사 배지 톡톡 건드리는) 이딴 거 언제까지 달고 다닐 수
         있을 것 같아?
양인범   ... 제가 다시 잘 설득해보겠습니다.
박시강   우리 양검사는 말귀를 잘 알아 좋아. 자, 한 잔 더 하지?

             양인범, 넘쳐 있는 잔의 술을 한 번에 마시고 다시 잔을 내민다.
             박시강, 비웃음 띠며 다시 잔에 술을 채워주고.
             다시 한 번에 받아 마시는, 양인범의 굳어 있는 얼굴.

S# 16. 양인범 부장검사실 안/ 오후

             양인범, 과거를 회상하다 생각하기 싫다는 듯 고개를 젓는데...
             문이 열리고 들어오는 누군가. 진여사다.

양인범   !!!

             양인범 앞으로 툭! 던져지는 서류 뭉치. 바로 노선후 검사 사고 조사서다.

진여사   담당 검사셨더군요.
양인범   (당황한 듯) 그게 어머니...

툭! 다시 그 위로 던져진 뭔가가.
바로 사진들이다. 선후의 카메라에서 나왔던.
사진들 속에 보이는 양인범의 모습.

양인범	!!!
진여사	선후의 카메라에서 나온 사진이에요. 10년 전 사고를 당하던 그날 가지고 있던. 이래도 저에게 할 말이 없으신가요.
양인범	이걸 어떻게...?
진여사	어떻게 내가 가지고 있냐고요. 지금 그걸 물으신 건가요. 양인범 검사님?
양인범	...

주머니에서 구겨진 사진 한 장을 꺼내 던진다.
구겨진 사진... 사진을 보면,
양인범과 선후가 검찰청을 배경으로 같이 찍은 셀카 사진.

진여사	... 적어도 변명이라도 할 줄 알았어요.
양인범	...
진여사	선후만 양부장님을 친형처럼 생각했던 거군요. 선후만...

그 자리에 얼어붙은 양인범. 진여사 노려보다 나가고.
진여사가 던져놓은 사진을 보던 양인범, 한숨을 쉬고는 금고로 가는.
양인범, 번호를 누르고는 안쪽 끝에 있는 뭔가를 꺼내는데, 외장하드다.
라벨에 '노선후, 09년 2월 날짜'가 적혀 있는.

S# 17. 법원 전경/ 오전

S# 18. 법정 밖 복도/ 오전

복도를 걸으며 통화를 하고 있는 도현.

도현	황교식씨, 어떻게 됐습니까.
기춘호(F)	아무 데도 없어. 카드 사용 내역도, 통신 기록도, 차량 이동 흔적도.
도현	... 해외로 나갔을 가능성은요?
기춘호(F)	바로 출국 금지는 신청해놨는데 모르지, 조기탁처럼 다른 신분을 이용했다면.
도현	... 그렇겠죠.
기춘호(F)	조기탁 재판 오늘 시작이지.
도현	... 예.
기춘호(F)	... 그래... 수고하고.
도현	... 예. 연락드리겠습니다.

통화를 끊고, 걸어가는 도현.

S# 19. 법정 안/ 오전

자막) 김선희 살인사건, 허재만 1차 공판

판사석에 나판사와 좌우 배석판사 있고.

나판사	검사 측. 기소 요지 말씀하세요.
현준	(일어서며) 재판장님. 피고인 허재만은 피해자 김선희를 납치하고, 율현동 소재 피고인의 집에 감금하고 살해하였으며, 은서구 진현동 소재 한 철거 건물에 사체를 유기하여 훼손하였습니다. 이에 형법 제278조에 의거 특수 체포, 특수 감금, 제250조에 의거 살인죄와 161조에 의거 사체 유기죄로 기소하는 바입니다.

현준, 자리에 앉고.

나판사	변호인 측 모두진술 해주시기 바랍니다.

일어서는 도현, 조기탁을 본다. 조기탁, 눈을 감고 있다.

도현   검사 측의 기소 요지를 인정합니다.

나판사   (서류를 보는) 지금 변호인 측은 유죄를 인정하시는 겁니까.

도현   네. 그렇습니다. 피고인이 저지른 행위 자체는 이유를 막론하고 용서받을 수 없는 죄이며, 이 범죄 사실에 대해서는 엄정한 법의 심판을 내려주실 것을 부탁드리는 바입니다.

눈을 뜨고, 어이없다는 듯 도현 보는 조기탁.
현준도 '저 자식 또 뭐야..' 하는 표정으로 도현을 바라보고.

나판사   .. 변호인, 신중히 발언하세요. 고의적으로 의뢰인의 법익을 해한다면 징계받을 수 있습니다.

도현   알고 있습니다.

나판사   그렇다면 바로 검사 측에 구형을 요청해도 되겠습니까.

도현   네.

조기탁, 돌아가는 모양새가 이상하다. 도현에게 속삭이듯.

조기탁   지금 뭐하는 겁니까.

도현   (조기탁을 보지 않고...)

조기탁   (속삭이지만 잔뜩 불만인 투로) 뭐하자는 거냐니까!

도현, 조기탁을 모른 척한다.
현준 희한하다는 표정으로 일어나서 구형을 하려는 순간,

조기탁   (손을 들며) 재판장님!

나판사   뭡니까.

조기탁   증언할 게 있습니다!

나판사   피고인. 최후변론 때, 하실 말씀 있으면 하세요.

조기탁   (무시하고 일어서며) 전 누군가의 지시로 김선희를 죽였을 뿐입니다!
나판사   ??? 피고인은 지금 교사에 의해서 살인을 했다고 얘기하는 겁니까?
조기탁   네!

방청석, 웅성거리고...
방청석 뒤편에 앉아 있는 진여사.
견디기 힘든 표정으로 나가려고 자리에서 일어난다.
도현, 표정에 미동이 없다.

현준   재판장님. 피고인의 발언을 무시해주십시오. 교사에 의한 범행은 검찰 조사
        에서 진술하지 않은 내용입니다. 갑자기 법정에서 발언하는 것은 기소 내용
        을 흐리려는 불순한 의도로밖에 해석되지 않습니다.
나판사   (생각하는) 피고인. 교사에 의한 범행인 게 확실합니까?
조기탁   확실합니다.
나판사   그럼 묻겠습니다. 피고인. 누가 교사를 지시했습니까.
조기탁   (도현을 보다가 나판사를 향해) 황교식입니다.
나판사   ... 피고인과 무슨 관계입니까.
조기탁   ... 제 군복무 시절 선임 상사였습니다.
나판사   그럼 지금 황교식은 어디 있습니까.
조기탁   그건 모릅니다.

조기탁의 말에 다시 웅성이는 방청석.
조기탁을 뚫어지게 노려보는 진여사.

현준   재판장님! 피고인은 확인 불가능한 인물을 교사범으로 내세워 살해 동기를
        단순 청부 살해로 몰아가고 있습니다.
도현   (그제야 일어나며) 재판장님. 피고인은 자신에게 교사를 지시한 사람을 보
        호하기 위해 지금까지 입을 열지 않았을 거라 생각합니다. 방금 피고인이 자
        백하기까지 많은 심경의 변화가 있었을 것입니다. 이제라도 교사범의 존재를
        밝힌 피고인의 결정을 존중해주길 바랍니다.
나판사   피고인. 그렇다면 황교식이 피고인에게 살인 교사를 지시한 이유가 뭡니까.

조기탁   그건 저도 모릅니다. 저는 지시 사항만 이행했을 뿐입니다.

도현   재판장님. 황교식을 본 법정에 출석시켜서 그 이유를 신문하게 해주십시오. 그리고 황교식이 증인으로 출석할 때까지 공판을 연기해주실 것을 요청드립니다.

현준   재판장님. 지금 피고인은 피해자 김선희의 살해를 청부한 이유도 모르고, 증거도 없는 상황입니다. 더군다나 존재 자체도 불분명한 인물을 교사범으로 지목함으로써 공판 절차를 연장시키려는 의도로밖에 해석되지 않습니다.

도현   황교식은 신원이 확실한 인물입니다. (다들 도현을 보고) 황교식은 유광기업 오택진 회장의 비서입니다.

방청석, 웅성거리고,
기자인 듯 몇몇은 서둘러 재판장 밖으로 나가며 전화를 건다.
도현, 고개 숙인 채 앉아 있는 진여사를 발견한다.
잠시 정숙을 요하는 나판사.
나판사를 쳐다보는 도현.

나판사   (고민하다) 공판은 연기하지 않겠습니다. 다만, 본 재판장의 재량으로 황교식에게 강제 구인영장을 발부하겠습니다.

현준   (항의의 뜻으로) 재판장님!

나판사   법정은 사실의 진위를 가림에 있어 피고인의 이익을 우선해야 합니다. 더군다나 피고인은 교사 혐의를 주장하고 있습니다. 출석시켜서 증언은 들어봐야 하지 않을까요.

불만스런 표정의 현준.

(CUT TO)
공판이 끝난 상황.
서류 정리를 하고 있는 도현에게 현준이 다가온다.

현준   너, 무슨 속셈이야?

도현   …

현준	처음부터 알고 있었지? 황교식인가 뭔가 말이야.
도현	...
현준	알고 있으면서 피고인을 몰아붙여 결정적인 순간에 불게 만든다? 판사가 직접 신문하게 하려고? 하여간 그 얄팍한 수 쓰는 건 변하지 않네.
도현	...
현준	하나 묻자, 허재만은 왜 처음부터 교사범의 존재를 밝히지 않은 거야?
도현	(서류를 가방에 집어넣으며) 이제라도 밝혔으니 검찰에서 소환을 해주시죠. 그게 검찰이 하는 일 아닌가요.
현준	저번엔 일사부재리. 이번엔 교사범으로 빠져나가겠다?
도현	교사범이 있다 하더라도 실행범도 같이 처벌받는 건 누구보다도 잘 아시잖습니까. (일어서서 현준을 지나치는) 그럼 이만 가보겠습니다.
현준	기다려봐! (도현이 보면) 이 재판, 목적이 뭐야?
도현	피고인의 이익을 대변하는 겁니다.
현준	피고인의 이익? 웃기고 있네... 어차피 허재만은 중형을 면치 못해. 그건 너가 더 잘 알고 있을 거고. 분명 다른 목적이 있지?
도현	...
현준	뭔가 허재만 재판을 통해 밝혀내고 싶은 게 따로 있다는 거야.
도현	... 그게 교사범을 밝히는 겁니다.
현준	...

도현, 가볍게 목례를 하고 현준을 지나치는...
그런 도현의 뒷모습을 인상 쓰며 보는 현준.

S# 20. 법정 밖 복도/ 오전

법정에서 나오는 도현,
창밖을 보며 복도에 서 있는 진여사의 뒷모습에 멈춰 선다.

| 도현 | ... 여사님... |
| 진여사 | (엷은 미소를 지어 보이는...) |

도현의 물음에 고개를 끄덕이는 진여사의 모습에서,

도현   ...

진여사   전에 유리씨가 그러더라고요. 우리는 잃어버린 사람의 흔적을 찾아 헤매고
        있다고... 하지만 왜 잃게 되었는지, 내가 할 수 있는 일은 없었는지 후회된다
        고. 후회하고 싶지 않아요, 저.

도현   ...

진여사   기반장님이 전화하셨었어요. 선후가 가고자 했던 길과 지금 도현군이 가고
        자 하는 그 길이 다르지 않을 거라고 하시더라고요. 나도 그걸 모르는 건 아
        니었어요. 하지만 마음이라는 게 그렇지가 않아서...

도현   ...

진여사   지금 우리... 그 길의 끝에 있는 진실에 한발 가까워진 거 맞죠, 변호사님?

도현   (차마 대답하지 못하고 고개만 끄덕...)

진여사   허락해달라고 물었으니까 그 대답 다시 할게요. 허락, 할게요. 대신 꼭 그 진
        실을 밝혀주세요, 변호사님.

손을 뻗어 도현의 손을 잡아주는 진여사.
울컥하는... 도현.

S# 21. 박시강 사무실 안 + 박시강 사무실 방 안/ 오전

사무실 안으로 들어오는 박시강과 비서.

여비서   오셨습니까, 의원님.

박시강   (기분 좋다) 어~ 좋은 아침.

여비서   조금 전에 의원님 방 배정됐다고 연락 왔습니다.

박시강   그래?

여비서   (박시강 보면 자랑스럽게 웃으며) 의사당에서 최고 명당자리가 의원님 방으
        로 나왔어요.

박시강   그래야지.

문을 열고 한쪽에 있는 자신의 방으로 들어가는 박시강.

(CUT TO)
박시강, 방으로 들어와 잠시 멈춰 서서 방 안을 둘러보는데... 자신의 책상에
놓인 누런 서류 봉투.
뭐야... 서류 봉투를 열어보면 봉투 안에 든 서류.
바로 유리가 찾아낸 윤철민 경위의 〈청와대 동향 보고서〉

박시강   !!!

(CUT TO)
박시강 사무실 안.
벌컥 박시강의 방문이 열리더니,

박시강   (서류 봉투를 들어 보이며) 누구야! 내 방에 이거 갖다 놓은 사람.

갑작스런 상황에 어리둥절한 비서와 여비서.

S# 22. 카페 안/ 오전

신문사 사이트를 열어 제보 메일 전송 버튼을 누르는 유리.
기다리는 연락이라도 있는 듯 핸드폰을 쳐다보는.

(플래시백 – 10회 27씬, 박시강 사무실 안)
TV에서 박시강 의원이 당선 유력에서 확실로 바뀌자 환호하는 박시강의 지
지자들.
박시강도 기쁨을 감추지 못하고 있고 한쪽에선 기자들이 사무실 상황을 중
계하느라 정신이 없다.

이때, 환호하는 자원봉사자 틈에 있던 유리, 슬쩍 주위의 눈치를 보더니 한쪽 박시강의 방 안으로 들어간다.

(CUT TO)
문밖으로 들려오는 환호 소리.
옷 깊은 곳에서 서류 봉투를 하나 꺼내는 유리. 박시강의 책상 위에 올려놓고는 다시 조심스럽게 방문을 열면… 여전히 환호하며 정신없는 주변.
이때, 사무실 한쪽에 설치된 CCTV 카메라가 이 모습을 찍고 있다.
두리번거리다 CCTV를 찾고 일부러 쳐다보는 유리, 미소까지 짓는다.

(CUT TO)
카페 안.
핸드폰을 보고 있는 유리.

유리　　연락이 늦네. 박시강 의원님. 아직 출근을 안 하셨나…

S# 23. 박시강 사무실 안/ 오전

앞의 플래시백과 연결되어 모니터 화면 위로,
박시강의 방에서 나오는 유리의 모습에서 멈추는 화면.

박시강　잠깐! 누구야, 쟤?
비서　　(난감하다) 글쎄요… 저희 측 옷을 입고 있는데…
여비서　(알아보며) 어머! 그때 그 여자네. 후원회 가입한다고 온.

박시강, 모니터 안의 유리를 유심히 보는.

S# 24. 도현 사무실 안/ 오전

조기탁의 보고서를 보고 있는 도현.

역시나 잠을 잘 자지 못한 듯 퀭해 보인다.

도현이 생각에 잠겨 있는데, 들어서는 유리.

유리   뭐야, 또 밤샌 거야?

도현   왔어?

유리   조기탁 변호... 너무 정성스럽게 준비하는 거 아니야?

손에 들고 있는 종이봉투에서 샌드위치를 꺼내 내미는 유리.

유리   뭘 하든... 먹고 해라.

도현   응, 나중에.

유리   (반응 없는 도현에) 누나가 챙겨줄 때 먹어.

전화 오고, 샌드위치를 재빨리 도현의 손에 건네주고는 받는 유리.

유리   네. 제가 하명수 기자님의 딸인데요. 예... 예, 알겠습니다. 그럼요... (전화를 끊고는, 피식... 비웃음이) 신문사란 이름이 부끄럽지도 않냐. 허긴 기대도 안 했다.

도현   ... 보고서에 관한 거, 신문사에 제보한 거야?

유리   신문에 실려고 전화 돌린 거 아냐. 안 실어줄지 뻔히 알았어. 하지만 소문은 나잖아. 이렇게.

도현   ...

유리   이제 정공법으로 가야겠어.

도현   ... 무슨 소리야?

유리   비밀이야. 아직은 준비 중이니까 시작하면 말해줄게.

도현   너 설마..

유리   어허, 자고로 비밀이란 말을 하지 않는 법. 나 가볼 테니까 그거 남기지 말고 꼭꼭 씹어서 다 먹어.

도현   유리야, 잠깐만..

유리   바이~

뒤돌아 싱긋 웃어주며 사무실을 나가는 유리.
걱정스럽게 유리를 쳐다보는 도현.

S# 25. 유광기업 회장실 안/ 오전

잔뜩 굳은 얼굴로 TV 뉴스를 보고 있는 오회장.

기자　두 달 전 일사부재리를 이용한 무죄 판결로 대중의 관심을 받았던 은서구
　　　철거 지역 살인사건의 새로운 피의자 허재만씨에 대한 1차 공판이 열렸습니
　　　다. 허재만씨는 북부구치소의 교도관으로 재직 중 지난 18일 김선희씨 살해
　　　혐의로 체포되었는데요.

　　　법정으로 들어서는 조기탁과 법원에서 나오는 도현이 교차로 화면에 잡힌다.

기자　사법사상 초유의 일사부재리 판결로 화제에 올랐던 최도현 변호사가 변론
　　　을 맡으며 새로운 국면에 접어들었습니다. 변호인 측은 오늘 재판에서 김선
　　　희씨 살인은 교사에 의한 것이었다고 주장하고 나선 것인데요. 이에 재판부
　　　는 교사범에 대한 강제 구인영장을 발부하여 변호인의 주장에 힘을 실어주
　　　고 있다는 관측입니다.

　　　짜증 난다는 듯 TV를 끄는 오회장.

오회장　어린 노무 새끼가...

　　　잠시 생각에 잠긴 오회장이 핸드폰으로 어딘가로 전화를 거는데...

오회장　나야.

S# 26. 조기탁 구치소 접견실 안/ 오후

조기탁이 잔뜩 불만인 표정으로 도현을 보고 있다.

조기탁 (비꼬듯) 범죄 사실에 대해서는 엄정한 법의 심판을 내려주실 것을 부탁드리는 바입니다?

도현 ... 조기탁씨 스스로 자백하는 게 효과적이라 생각했을 뿐입니다.

조기탁 뭐가 효과적인데?

도현 ... 황교식씨 강제 구인영장 때문입니다. 재판이 끝나기 전에 황교식씨를 출석시키기 위해선 빠른 절차가 필요하다고 판단했습니다.

조기탁 그래서 날 이용한 거라...

도현 이용한 건 아닙니다. 어떤 게 더 효과적인지를 판단했을 뿐이고 미리 조기탁씨에게 말하지 않은 것뿐입니다.

조기탁 (비꼬듯) 그러셔요... 근데 다음부턴 그런 판단은, (매섭게 노려보며) 좀 미리 상의를 해주셨으면 좋겠는데. 계획대로 내가 움직여줄 거라 속단하지 말고.

도현 (알겠다는 듯 고개를 끄덕이는...)

조기탁 그럼 이제 나는 뭘 하면 되나요.

도현 ... 황교식씨를 법정에 불러낸다 해도 교사를 입증할 증거가 필요합니다.

조기탁 증거라... 내가 직접 말하는데도?

도현 증언만으로는 다툼의 여지가 많습니다. 혹시 증거가 될 만한 것이 있습니까?

조기탁 나한테 지시 내린 목소리 있잖아.

도현 대화 내용이 다 들어간 원본을 말하는 겁니다. 예를 들면, 통화 내역 전체요. 그리고 정확한 날짜를 확인할 수 있는. 물론 그것만으로도 부족할 수 있고. 원본이 있습니까?

조기탁 (도현을 보다) ... 그런 거 없는데.

도현 증거가 없다면 황교식씨가 무고죄로 고소할 수도 있습니다.

조기탁 크크크... 무고죄? 나를? 황교식이 나를 무고로 고소한다... 생각할수록 웃기네.

도현 ... 감정만으로 재판을 진행할 수는 없습니다.

조기탁 (울컥하는, 하지만 감추며) 생각해보지 증거가 될 만한 것이 뭐가 있는지. 근데 황교식은? 뭐라도 찾은 거야?

도현	... 아직 찾지 못했다고 알고 있습니다.
조기탁	뭐야... 사람은 못 찾고 증거만 찾으면. 그럼 어찌 됐든 교사범은 인정이 되는 건가?
도현	그건 어떤 증거냐에 따라 다릅니다.
조기탁	어째 빨리 찾지 않으면 황교식도 한종구 꼴 날 것 같은데...
도현	(날카롭게 쳐다보는)

피식 웃는 조기탁.
이때 문이 열리고 호송관이 들어와 조기탁을 데리고 나간다.

조기탁	(나가며) 그러니까 변호사님은 황교식이나 빨리 찾으라고. 없어지기 전에. (문 앞에서 돌아보며) 잊지 말라고. 이건 내 싸움이자 그쪽 싸움이란 걸.

도현, 앉아서 보고 있는.

S# 27. 별장 안 + 별장 문밖/ 오후

황비서, 소파에 앉아 양주를 마시며 뉴스를 보고 있다.
앞 씬에 오회장이 보던 뉴스와 비슷한. 조기탁 재판에 관한 뉴스가 이어지고 있다.
일그러지는 황비서의 얼굴.
이때, 띵동! 띵동! 초인종 소리에 흠칫 놀라며 TV를 끄는 황비서.
재빨리 현관으로 다가간다.
문에 귀를 대지만 바깥에서는 아무 인기척도 들리지 않고.
커튼 사이로 밖을 주시하고 있는 황비서.
별장 앞에 서 있는 차량.
이내 부릉~ 사라진다.
안도하는 황비서. 밖으로 나간다.

(CUT TO)

현관문이 열리며 나오는 황비서. 주위를 둘러보고.

품에서 핸드폰을 꺼내 오회장에게 전화를 하는데...

그대로 부재중 통화로 넘어가는 소리와 함께 전화를 끊는 황비서.

그때, 뒤에서 황비서를 습격하는 괴한1, 2. 황비서, 정신을 잃고 쓰러지고.

(CUT TO)

별장 안.

입 위로는 가린 채 의자에 묶여 있는 황비서.

마스크를 쓴 괴한1이 뒷자리에서 황비서의 머리를 잡고 있고, 괴한2가 입으로 양주를 들이붓는다.

고갯짓을 하며 발버둥 치지만 황비서의 고개가 푹 꺾이는.

괴한 둘이 의자를 묶었던 끈과 가렸던 천을 들고 현관 밖으로 나간다.

황비서, 바닥에 쓰러진 채 의식을 잃어간다.

S# 28. 도현 사무실 안/ 오후

사무실에 기춘호와 마주한 도현.

기춘호	(심각하다) ... 지금까지 상황을 보면 충분히 그럴 수 있는 인물이지, 오택진 회장... 하지만 황교식이를 찾는다 해도 문제야. 입을 다물어버리면 박시강은 커녕 오택진 회장을 끌어낼 방법이 없는데...
도현	아뇨. 조기탁에게 살해를 지시한 증거가 확실하다면 황교식씨도 끝까지 입을 다물진 못할 거예요. 자기가 다 뒤집어써야 하니까요.
기춘호	과연 그럴까...
도현	만약 그게 아니라도 분명 황교식이 잡히면 오택진 회장은 어떤 식으로든 움직일 거예요. 박시강에게는 분명 부담스런 상황일 수 있으니까요.
기춘호	(생각해보는...) 그렇겠지... 그럼 어떻게 됐든 지금 상황으론 황교식을 잡아야 한다는 건데... (답답한) 해외로 뜨지 않았어야 잡든 말든 할 텐데.
도현	... (자리에서 일어나며) 오택진 회장을 만나봐야겠어요.
기춘호	만나봐야 내가 지시했소, 그럴 것도 아니잖아. 좀 더 증거를 갖춘 다음이 낫

지 않아?

도현 ... 용의자도 직접 심문을 해봐야지 서류만 봐서는 모르잖습니까.

기춘호 ... (할 말 없다...)

도현 연락드리겠습니다. (나가는...)

홀로 남은 기춘호.
한쪽에 놓인 사진들(노선후의 카메라에서 나온)에 눈이 간다.
가만히 하나하나 사진을 보는 기춘호.

- 청와대 정문으로 출입하는 차의 원거리 사진. 차 안에 얼핏 보이는 박시강
  얼굴.

기춘호 (복기하듯) ... 박명석 전 대통령의 조카 박시강. 현... (인정하기 싫다는 듯) 국
회의원.

- 식당에서 나오는 군복 입은 오택진의 사진.

기춘호 2009년 당시 기무사령관이자 현 유광기업 회장 오택진.

- 화예 주차장에서 차중령과 오회장이 찍힌 사진.

기춘호 2009년 화예 사건의 희생자... 차승후 중령.

- 청와대 정문으로 들어가는 자동차 사진. 박시강의 얼굴과 옆자리 추명근
  의 얼굴이 반쯤 잡혀 있는 사진.

기춘호 이것도 박시강. 옆에 있는 사람은... 모르겠고...

다시 사진 한 장을 집어 드는데.... 호텔 주차장에서 찍힌 제니 송의 사진이다.

기춘호 이 사람도 모르겠고...

내려놓고 다른 사진을 집어 들려다... 멈칫하는!
다시 사진 속 제니 송을 빤히 보는 기춘호.

S# 29. 유광기업 건물 앞/ 오후

도현이 유광기업 건물을 올려다보고 있다.

S# 30. 유광기업 로비/ 오후

오회장이 로비로 들어오고 있다.

도현(E)　　회장님!

오회장이 소리 나는 쪽으로 고개를 돌리고, 도현이 걸어온다. 막아서는 수행비서.

도현　　회장님. 저 최도현이라고 합니다.
오회장　　(수행비서에게) 비켜봐. (수행비서 비키고 도현을 보다) 기억이 나네. 최필수 준위 아들. 10년 전에 보고 처음이지?

마주 보는 두 사람.

S# 31. (과거) 법원 입구/ 오전

법원 입구에서 오회장이 나온다.

도현(E)　　잠깐만요! 잠깐만 기다려주세요!

오회장 돌아보면, 어린 도현이 숨을 헐떡이며 달려 나온다.
어린 도현이 가슴을 움켜쥐며 괴로워하는 표정으로 오회장 앞으로 다가서
는데, 황비서가 막아선다.

오회장   됐어. 최준위 아들이야. (황비서 비키면) 심장 수술받은 지 얼마 안 됐는데,
조심해야지.

도현   (겨우 숨을 고르지만 여전히 괴로운 표정으로) 정말 우리 아빠가 사람을 죽
였나요?

오회장   너도 법정에서 들었잖니. 너희 아빠가 직접 죽였다고 말하는 걸.

도현   전 믿을 수 없어요. 진짜로 보신 건가요?

오회장   이 두 눈으로 똑똑히 봤다.

도현, 쓰러질 듯 휘청이는. 오회장, 팔을 잡아주고.

오회장   병원부터 가야 할 것 같은데.

도현   (팔을 떼어놓으며) 괜찮습니다.

오회장   죽을 뻔하다 살아났는데 조심해야지. 잘못되면 니 아버지... (말이 잘못 나왔
다는 듯) 아니다.

도현   제 아버지 그다음 뭔데요.

오회장   잘못돼서 네 아버지처럼 살인자는 되지 말라는 말이야.

도현   ... (노려보는)

오회장   (황비서에게) 이만 가지.

오회장, 황비서와 함께 뒤돌아서서 걸어가고. 분한 표정으로 보는 도현.

도현   제 이름은 최도현입니다! (오회장 돌아보면) 기억해주세요!

돌아서서 슬쩍 고개를 흔들며 걸어가는 오회장.

S# 32. 유광기업 로비/ 오후

오회장을 보는 도현.

오회장 그래 무슨 일로 날 찾아왔나?
도현 몇 가지 여쭙고 싶은 게 있어 찾아왔습니다.
오회장 여쭙고 싶은 거... (도현을 가만히 보다) 혹시 아직도 아버지 일인가?
도현 (이상하다) 왜 아버지 일이라고 생각하시죠?
오회장 (뜨끔해서) ... 아버지 일이 아니라면 굳이 자네가 날 찾을 일이 있나 싶어서 물었네.
도현 아닙니다.
오회장 그럼 다행이군. 올라가지. 여기서 이럴 게 아니라.

오회장, 엘리베이터 쪽으로 걸음을 옮기고, 도현, 뒤를 따르는.

S# 33. 은서경찰서 사무실 안/ 오후

마치 기춘호를 따라 하듯 동시에 팔짱을 끼며 고민하는 서팀장과 김형사.

기춘호 방산업체와 국방위 의원. (생각하다) 이들과 관련 있는... 로비스트? 그래, 무기 로비스트!

문득, 기춘호 머릿속으로 스쳐가는..

기춘호 이름이... 뭐였더라..

(플래시백 – 도현 사무실 안)
〈청와대 동향 보고서〉를 넘겨보고 있는 기춘호.
무기 로비스트 송재인 이름이 보이고.

(CUT TO)

은서경찰서 사무실 안.

기춘호, 생각났다는 듯,

기춘호 송... 재인? (서팀장에게) 송재인이라는 여자 조사해봐. 무기 로비스트야.

서팀장 (의아한) 무기 로비스트요?

기춘호 그래. (김형사에게) 최근 한 달간 입국 기록도 뽑아보고!

김형사 네, 알겠습니다. (수화기를 드는)

S# 34. 별장 안/ 오후

눈이 떠지는 황비서. 경호가 보고 있다.

제니 송(E) 살아 돌아오신 거 축하드려요.

고개를 돌려 보면,
제니 송이 맞은편에 앉아 있다. 미소 지으며 보고 있는.

제니 송 저희가 5분만 늦었어도 황비서님은 이 세상 사람이 아니었어요.

황비서 어.. 어떻게.. 된...

제니 송 자살로 위장해서 처리하려고 했어요. (힘주어) 누군가가.

황비서 ...

제니 송 (둘러보며) 여기 주인일 수도 있겠네요.

황비서, 제니 송을 보다가 힘이 드는 듯 다시 눈을 감는.

S# 35. 유광기업 회장실 안/ 오후

오회장과 도현, 소파에 앉아 있다. 오회장, 명함을 들어 보고 있다.

오회장	변호사라... 번듯한 직업에, 잘 커서 다행이군.
도현	... 회장님이 말씀하셨죠. 잘못돼서 아버지처럼 살인자가 되지 말라고 말입니다.
오회장	내가 그런 말을 했었나? (사이) 그래, 묻고 싶은 게 뭔가.
도현	회장님 비서인 황교식씨가 교사 혐의를 받고 있습니다. 하실 말씀 있으십니까.
오회장	나하곤 관계가 없다는 말은 해주지.
도현	황교식씨가 언제까지 숨어 있을 수 있다고 생각하십니까.
오회장	그걸 왜 나한테 묻나. 이미 퇴사한 사람인데.

잠시, 서로 쳐다보는 두 사람.

도현	그럼, 한 가지만 더 여쭤보겠습니다. 허재만에게 김선희를 살해하라고 지시했습니까?
오회장	(인상이 구겨지는... 하지만 차분히) 기무사 출신이라고 하더군, 그자가. 자넨 기무사가 뭘 하는 곳인지 아나? 아니지... 자네 아버지가 기무사 출신이니 어쩌면 너무도 잘 알고 있겠군. 개인의 일탈이라고 해두지. 기무사 출신 사병의.
도현	개인의 일탈... 사령관 출신다운 대답이군요. 근데 어쩌죠. 허재만씨는 기무사 출신이 아닌데요. 저는 조기탁 얘길 물은 게 아닙니다.
오회장	뭐???
도현	허재만이 아닌 조기탁이었다면 오택진 회장님 말씀대로 기무사 출신이겠죠. 하지만 허재만씨는 기무사 출신이 아닙니다.
오회장	(의표를 찔린...)
도현	자신을 20년 가까이 옆에서 모신 사람의 행적은 모르시는 분이, 10여 년 전 일개 사병에 불과했던 조기탁이란 자는 잘도 기억하시는군요. 게다가 허재만이란 이름으로 신분을 세탁하신 것까지 알고 계시고. (비꼬듯) 역시 기무사 사령관 출신답네요.
오회장	(노려보는) 이런 건방진! 최준위 아들이라고 기껏 대우해줬더니.
도현	(싸늘한 투로) 대우를 받고 싶은 게 아니라 진실을 듣고 싶은 겁니다. 오택진 회장님.

오회장	(흥분하듯) 진실? 살아난 게 누구 덕분인데, 여기 와서 진실 따위를 지껄이는 거야!
도현	... 무슨... 뜻입니까.
오회장	... 나가!
도현	... 제가 살아난 게 누구 덕분인지 물었습니다.
오회장	내가 알 게 뭐야! 나가라고! 다신 만날 일 없으니까.

도현, 서서 오회장을 노려보는. 오회장, 앉은 채로 도현을 쏘아보고.
허공에서 두 사람의 눈빛이 부딪치고.

S# 36. 유광기업 로비 엘리베이터 앞/ 오후

땡! 엘리베이터가 열리고 잔뜩 굳은 얼굴로 나오는 도현.
로비를 가로질러 밖으로 나간다.

S# 37. 유광기업 회장실 안/ 오후

여전히 분이 풀리지 않는지 씩씩대는 오회장.
오회장의 손에 들린 도현의 명함이 구겨지고...

S# 38. 최필수 교도소 방 안/ 오전

수감실 안.
최필수, 뒷짐을 지고 창밖을 바라보고 있다.
한숨을 내쉬고는 앉아 책상을 펴고 책을 읽으려는데.
수감실 문 창살 너머로 휙 쪽지 하나가 날아든다.
최필수, 경계하는 눈빛으로 일어나 쪽지를 집어 드는데.
꼬깃꼬깃 구겨놓았다. 펴서 보면 쓰여 있는 문구.

'최도현 스스로 벼랑 끝에 섰다. 멈추지 않으면 죽는다.'
쪽지를 보는 최필수의 얼굴이 잔뜩 굳는다.

최필수 교도관님! 교도관님!

다급하게 교도관을 부르는 필수의 모습에서,

S# 39. 유광기업 주차장 안 + 도현 차 안/ 오후

걸어와 차에 오르는 도현. 잠시 자리에 앉아서 생각에 잠긴다.

오회장(E) 진실? 살아난 게 누구 덕분인데, 여기 와서 진실 따위를 지껄이는 거야!

도현, 생각하다 표정이 심각해지고... 이때 걸려오는 전화.
전화를 보는데 '02-xxx-xxxx' 모르는 번호다.
전화를 받는 도현.

도현 ... 네. 최도현입니다. (얘기 듣는) ... 네?

놀라는 도현, 급하게 시동을 걸고.

S# 40. 최필수 교도소 주차장 안/ 오후

도현의 차가 멈춰 선다.
차에서 내리는 도현. 다급하게 교도소 쪽으로 뛰어가는.

S# 41. 최필수 교도소 복도 + 최필수 교도소 면회실 문 앞/ 오후

교도관의 뒤를 따라 걸어오는 최필수. 굳은 표정이다.
면회실 문 앞에 서는 최필수. 크게 심호흡을 하고.

S# 42. 최필수 교도소 면회실 안/ 오후

도현, 초조한 표정. 그러다 벌떡 일어나고.
최필수가 들어와 서 있다.
아무 말도 할 수 없는 도현, 그저 멍하니 최필수를 바라보고.
도현의 눈에 눈물이 맺히기 시작한다.
하지만 도현을 보는 최필수의 표정... 냉담하다.
한참을 아무 말 없이 서로를 바라보다가 겨우 말을 꺼내는 도현.

도현 몸은.... 괜찮으세요?

도현, 눈시울이 붉어지지만 감정을 억누르고.

도현 (애써 웃는) 먼저 부르실 줄은 몰랐어요. 어디 아프신 건 아닌가 걱정했는데, 건강하신 거죠?

최필수, 말없이 자리에 앉는다.
도현, 의자를 바짝 붙여 앉아 최필수 얼굴을 살피는데.

최필수 내가 죽였다.
도현 아버지...
최필수 더 이상 내 사건을 조사하지 마라.
도현 !!
최필수 (일어나는)

최필수를 바라보는 도현.
여전히 냉담한 최필수의 눈빛.

도현	(떨리는) ... 우리 10년 만에 만났어요, 아버지. ... 10년 만에요...

떨리는 눈으로 최필수를 바라보던 도현.
냉담함을 유지하던 최필수, 도현의 눈빛이 애달픈지 시선을 피하는데...
침묵 뒤, 서서히 냉정함을 찾아가는 도현의 눈빛.

도현	... 어떻게 아셨어요?
최필수	(보는)
도현	이렇게 갇힌 공간에 있으시면서, 아들이 무엇을 하고 다니는지는 다 아시는군요.
최필수	.... 지난번 내 사건 담당이었던 형사가 찾아왔다. 그것만 봐도 네가 무슨 짓을 하고 다니는지는 알 수 있지.
도현	아니면 감시당하고 계시거나.
최필수	...
도현	오택진 회장입니까? 오택진 회장과 거래를 한 겁니까?
최필수	(미세하게 흔들리는...)
도현	그동안 전 아버지에게 다가가기 위해 차중령 사건을 쫓았습니다. 다가갔다 생각하면 희미해지고... 멀어지고... 하지만 이제 끝이 보이는데... 거의 다 도착했는데... 그만두라고요?
최필수	... 힘들게 얻은 생명이잖니. 이제 니 인생을 살아... 부탁이다.

도현, 눈에 힘을 주어 필수와 마주 보는.

도현	제 인생을 살고 있는 겁니다... 아버지
최필수	.... 네가 뭘 해도 난 이곳을 나가지 않을 거야. 그만둬.

최필수, 단호하게 자리에서 일어나는데.

도현	아뇨, 끝까지 갈 겁니다!
최필수	(보면)

도현　　.... 그 끝에. 아버지가 계신 게 확실하니까요.

도현을 지그시 바라보다가 엄한 얼굴로 돌아서는 최필수.

S# 43. 최필수 교도소 면회실 밖/ 오후

창 너머, 면회실 안에 멍하니 앉아 있는 도현 모습이 눈에 걸리는데...
눈을 질끈 감는 최필수.

S# 44. 도현 사무실 안 + 은서경찰서 사무실 안/ 저녁

도현 심각하게 앉아 있다가 기춘호의 부재중 전화를 확인하고 전화를 건다.
도현에게서 전화가 온다. 받는 기춘호. 이하 교차.

기춘호　　(바로 받는) 어, 나야. 보고서에 나왔던 로비스트 송재인이라는 여자 말이야.
도현　　...
기춘호　　듣고 있어?
기춘호　　(대답 없다가) ... 반장님...
기춘호　　(분위기가 이상하다) 왜 그래?
도현　　... 저, 아버지 면회하고 왔습니다.
기춘호　　(놀란 표정) ... 면회가 됐어?!
도현　　먼저 연락하셨어요.

기춘호, 잠시 생각하다가.

기춘호　　뭐라시든가?
도현　　... 파고들지 말라셨습니다.
기춘호　　.... 10년을 거부하다가 이 시점에 면회라...
도현　　우리가 몸통의 심기를 건드렸다는 건 확실하죠. 그리고 아버지가 그 몸통에게 압박을 받는다는 사실도요.

기춘호 .. 지금 와서 생각해보면 조기탁을 교도관으로 둔 건 최변 아버지를 감시하는 목적도 있었겠지.

도현 네, 조기탁씨의 배후와 아버지 사건이 연계되어 있다는 것이 더 확실해졌어요.

김형사(E) 반장님.

김형사, 급히 기춘호에게 다가오고,

김형사 이거 말씀하신 송재인 입국 기록입니다.

기춘호, 받아 보면,

기춘호 !!! 최변, 나중에 전화할게.

기춘호, 전화 끊고. 입국 기록을 살펴보는.
통화 끊어진 핸드폰을 물끄러미 보는 도현.

최필수(E) 힘들게 얻은 생명이잖니. 이제 니 인생을 살아... 부탁이다.

생각 중인 도현. 결심한 표정으로.

도현 아뇨. 끝까지 갈 겁니다! 끝까지!

S# 45. 박시강 사무실 방 안/ 오전

책상 위, 유리가 놓고 간 서류 뭉치를 노려보는 잔뜩 굳은 얼굴의 박시강.

박시강 하명수의.... 딸... (피식... 비웃음이...)

자기 이름 부분이 들어간 페이지를 찢는 박시강.
찢다가 분에 못 이겨 문서 뭉치를 통째로 쓰레기통에 던진다.

S# 46. 카페 안/ 오전

유리, 노트북을 켜놓고, 작업 중인.
핸드폰이 울리고. 올 것이 왔다는 표정으로 전화 받는 유리.
당당한 목소리로,

유리   네, 하유리입니다.

S# 47. 박시강 사무실 건물 앞/ 오전

박시강의 사무실 앞에 선 유리.
긴장되는지 길게 한 번 호흡을 하고는... 들어간다.

S# 48. 조기탁 구치소 접견실 앞/ 오전

문이 열리면, 구치소 접견실로 걸어가는 도현.

S# 49. 박시강 사무실 방 안/ 오전

한쪽 상석에 자리한 박시강. 그 옆으로 유리가 앉아 있다.
그 앞에 놓인 〈청와대 동향 보고서〉

박시강   아주 흥미로운 보고서였어.
유리   (기싸움에서 지지 않으려는 듯) 그러셨어요..

박시강 누가 이런 소설을 쓴 건지, 아주 재미있었더군. 아버지가 기자가 아니라 소설가를 했으면 후대에 이름을 꽤나 날리셨겠던데. 듣자 하니 따님도 기자 출신이라고.

유리 그걸 소설로 보셨군요.

박시강 (어깨를 으쓱해 보이는...)

S# 50. 조기탁 구치소 접견실 안/ 오전

도현과 조기탁이 마주 앉아 있다.

조기탁 황교식이는? 그사이 뭐라도 찾은 거 없어?

도현 ... 예. 아직.

조기탁 나하고 약속하지 않았어. 나랑 내 동생 그렇게 만든 놈들 반드시 여기 법정에 세우겠다고.

도현 ...

조기탁 젠장.. 믿을 걸 믿었어야 하는데...

도현 ... 황교식씨 말고 다른 사람에게 지시받은 건 없습니까.

조기탁 없다고 했잖아. 왜 오택진 회장이 지시 내렸다고 거짓말이라도 해줄까. 그걸 원하는 거야, 지금?

도현 아뇨. 증거를 말하는 것입니다. 거짓말이 아니라.

조기탁 증거, 증거. 그놈의 증거는... 그건 경찰이나 검찰이 찾아내야 하는 거 아냐.

도현 그럼 김선희씨 말고 다른 살해를 지시했다는 증거는 없습니까?

조기탁 (어이없다) 다른.... 더 까발려라? 그게 지금 변호사가 할 소리야? 결국 복수 어쩌고저쩌고하면서 날 꼬신 거네. 아무것도 없으면서.

조기탁을 가만히 쳐다보는 도현.

S# 51. 박시강 사무실 방 안/ 오전

49씬에 이어서 계속...

유리   그럼 이건 어떤가요. 김선희 살해사건. 이것도 소설인가요.

박시강   글쎄... 처음 들어보는 사건인데.

유리   그래요... 소설의 줄거리는 대충 이래요. 10년 전 화예라는 곳에서 일하던 한 여성이 있었죠. 그 여성은 10년 전 어느 날. 사건에 휘말리게 되죠. 목격자란 이름으로. 그리고 10년 후 다시 고국으로 돌아온 여자는 우연한 기회에 자신이 목격한 사건의 한 남자를 보게 되죠. TV를 통해서. 남자는 실은 아주 유명한 사람이었거든요. 마침 돈이 궁하던 여자는 그 남자에게 연락을 하죠. 그리고 얼마 후 여자는 싸늘한 시체로 발견되죠. 그 누군가에 의해.

박시강   글쎄... 재미가 없네. 조사가 부족한 건가... 상상력이 부족한 건가.

유리   그쵸. 저도 그렇게 생각해요. 하지만 이 재미없는 이야기에 한 가지를. 딱 한 가지를 덧붙이면 재미있을 거 같거든요.

박시강   ???

유리   살인자가 누명을 쓴 거예요.

박시강   !!!

유리   어때요, 조금은 흥미진진해졌죠. 반전이 있으니까. 그럼 과연 누가 누명을 씌운 것일까요?

박시강   ....

유리   지금 제가 아까 말씀하신 제 부친이 쓴 그 보고서. 아니, 소설이라고 하셨죠. 어찌 됐든. 그 소설에... 이 이야기를 합치려고 하거든요. 그러니까! 장편소설 한 편 분량이 나올 거 같더라고요.
       어떻게... 이 소설이 잘 팔릴까요?

박시강   (표정 관리가 잘 되지 않는...)

유리   아 참! 요즘 소설 경향을 아세요? 요즘은 팩션이 유행이거든요. 팩션. 팩트에... 픽션을 가미한.

박시강   원하는 게 뭐야? 선동질? 있지도 않은 픽션을 부풀려서 팩트인 척하는...

유리   글쎄요... 흥행이죠. 그리고... 권선징악. 착한 사람은 상을 받고 악인은 10년이 지났거나 20년이 지났거나 꼭 벌을 받는. 이게 제가 원하는 결말이에요.

박시강   (빤히 유리를 보는...)

유리   (지지 않고 빤히 보는...)

박시강   내가 좀 알아보니... 그 소설 혼자 쓰는 게 아니던데. 최도현 변호산가... 그 친
         구랑 같이 쓰더군.

S# 52. 조기탁 구치소 접견실 안/ 오전

50씬에 이어서 계속...

도현   ... 노신후 검사 건만이라도 얘기해주시죠. 카메라도 발견됐고, 다른 증거도
         조만간 경찰이 찾아낼 겁니다.
조기탁   (웃으며) 과연 그럴까? 정황 증거뿐일 텐데.
도현   ... 한종구씨가 깨어나면 어쩌실 겁니까.
조기탁   (비웃으며) 내가 알기론 깨어날 가망이 없는 걸로 아는데?
도현   고은주씨 살해 건은요. 그날 조기탁씨를 본 목격자가 있습니다. 군교도소에
         계셨던 게 아니었죠.
조기탁   (짜증 내며) 김선희 죽인 거 인정했잖아! 황교식도 불었고! (폭발하며) 더 이
         상 나한테 뭘 얘기하라는 거야!!!!
도현   ... 조기탁씨.
조기탁   아아! 참! 우리 변호사님은 진실을 알고 싶다고 했지. 이왕 이렇게 된 거 내
         가 그 진실을 알려주지. 당신이 알고 싶어 하는.
도현   (보는)
조기탁   그것 때문에 날 맡기로 한 거잖아. 이왕 이렇게 된 거 알려준다고. 왜 싫어?
         아니, 싫어도 이젠 들어. 당신 누가 살려준 건지 알어?

         조기탁의 얘기에 일그러지는 도현의 얼굴. 그리고 그 위로 겹쳐지는 소리.

오회장(E) 진실? 살아난 게 누구 덕분인데, 여기 와서 진실 따위를 지껄이는 거야!
도현   그게 무슨 말이죠?

S# 53. 박시강 사무실 방 안/ 오전

51씬에 이어서 계속...

박시강 근데 말이야 재미난 사실이 하나 있더라고. 꼭 알려주고 싶은.

유리 ???

박시강 부친이 심장질환을 앓으셨더군. 10년 전에. 근데 알고 보니 그 친구. 최도현 변호사도 마침 당시에 심장질환을 앓았고. 여기까진 팩트지?

유리 ...

박시강 자, 심장은 하난데... 그 심장을 필요로 하는 사람은 두 명이다... 욕심이 나겠지.

유리 무슨 말씀을 하시는 거죠?

박시강 팩트. 우리 하유리양 팩트 좋아하잖아. 그래서 팩트를 알려주는 거야. 내가 알고 있는.
자, 부모의 마음은 어떨까.... 자신의 아들이 심장을 받았으면 좋겠는데 안타깝게도 그 심장이 이미 주인이 있는 거야. 무슨 생각이 들었을까. 부모. 아니 아버지라고 해두지. 그 아버지는 대체 무슨 생각이 들었을까.... 저 사람만 없으면... 저 사람만 없으면 내 아들이...

벌떡 일어나는 유리.

박시강 얘기가 아직 안 끝났는데... 벌써 가려고?

유리 (노려보는) 더 들을 가치가 없는 이야긴 거 같네요.

박시강 그래?? 허긴 때론 어떤 팩트는 모르는 게 나을 때가 있지. 괴롭거든. 뭐, 혹시라도 뒷이야기를 더 듣고 싶으면 언제든 찾아와도 좋아요.

그대로 문을 박차고 나가는 유리의 얼굴에서,

S# 54. 조기탁 구치소 접견실 안/ 오전

52씬에 이어서 계속...

조기탁   당신 살려준 게 바로 나라고. 다시 말해줘? 내가 당신 목숨을 살렸다고.

         도현, 조기탁을 뚫어지게 보고.

조기탁   안 믿겨져?
도현   ... (떨림을 숨기며) ... 무슨 얘긴지 모르겠습니다.
조기탁   잘 알잖아. 하. 명. 수. 하유리의 아버지.
도현   (눈빛이 흔들리고)
조기탁   내가 죽여줬다고! 그게 바로 진실이야.
도현   !!!
조기탁   어허... 아직 놀라면 안 되는데.
도현   (진정이 안 되는)
조기탁   누가 시켰는지도 들어야지. 이왕 이렇게 된 거.
도현   (겨우 목소리를 내는) ... 누굽니까...
조기탁   (히죽 웃고만 있는)
도현   누구냐고!!!
조기탁   최. 필. 수.
도현   !!!
조기탁   ... (도발하듯) 어쩔 거야? 네 아버지 최필수라면!

         웃는 조기탁의 얼굴과 믿을 수 없다는 듯 노려보는 도현의 얼굴에서,

- 제11회 끝 -

12회

S# 1. 도로 위 + 도현 차 안/ 오전

빠르게 도로를 질주하는 도현의 차.
도현, 운전 중인.

조기탁(E) 우리 변호사님은 진실을 알고 싶다고 했지. 이왕 이렇게 된 거 내가 그 진실
을 알려주지.

심각한 표정으로 운전하고 있는 도현.

조기탁(E) 그것 때문에 날 맡기로 한 거잖아. 이왕 이렇게 된 거 알려준다고.
당신 누가 살려준 건지 알어?

(플래시백 - 11회 54씬, 조기탁 구치소 접견실 안)
접견실에 마주 앉아 있는 도현과 조기탁.

조기탁 당신 살려준 게 바로 나라고. 다시 말해줘? 내가 당신 목숨을 살렸다고.

도현, 조기탁을 뚫어지게 보고.

조기탁	안 믿겨져?
도현	… (떨림을 숨기며) … 무슨 얘긴지 모르겠습니다.
조기탁	잘 알잖아. 하. 명. 수. 하유리의 아버지.
도현	(눈빛이 흔들리고)
조기탁	내가 죽여줬다고! 그게 바로 진실이야.
도현	!!!

(CUT TO)

도현의 차 안.
흥분하는 도현의 표정.
점점 올라가는 속도계. 100, 110, 120km…

(플래시백 – 11회 54씬, 조기탁 구치소 접견실 안)

조기탁	누가 시켰는지도 들어야. 이왕 이렇게 된 거.
도현	(겨우 목소리를 내는) … 누굽니까…
조기탁	(히죽 웃고만 있는)
도현	누구냐고!!!
조기탁	최. 필. 수.
도현	!!!
조기탁	… (도발하듯) 어쩔 거야? 네 아버지 최필수라면!

(CUT TO)

도현의 차 안.
끼이익 급브레이크를 밟는 도현. 도로 한쪽 길가에 멈추는 도현의 차.
도현, 참을 수 없다는 듯 흐느끼는.

도현	(운전대를 내려치며) 대체, 대체… 무슨 짓을 하신 거에요, 아버지… 진짜… 저를 살리려고 다른 사람을 희생시킨 건가요? 그것도 하필이면….

더 이상 말을 잇지 못하고 운전대에 얼굴을 묻고 우는 도현.

S# 2. 박시강 사무실 방 안/ 오전

소파에 앉아 있는 유리와 박시강.

박시강　팩트. 우리 하유리양 팩트 좋아하잖아. 그래서 팩트를 알려주는 거야. 내가 알고 있는.

자, 부모의 마음은 어떨까... 자신의 아들이 심장을 받았으면 좋겠는데 안타깝게도 그 심장이 이미 주인이 있는 거야. 무슨 생각이 들었을까, 부모는. 아니 아버지라고 해두지. 그 아버지는 대체 무슨 생각이 들었을까.... 저 사람만 없으면... 저 사람만 없으면 내 아들이...

벌떡 일어나는 유리.

박시강　얘기가 아직 안 끝났는데... 벌써 가려고?
유리　(노려보는) 더 들을 가치가 없는 이야긴 거 같네요.
박시강　그래?? 하긴 어떤 팩트는 모르는 게 나을 때가 있지. 괴롭거든. 뭐, 혹시라도 뒷이야기를 더 듣고 싶으면 언제든 찾아와도 좋아요.

그대로 문을 박차고 나가는 유리와 함께,
어디서 감히... 라는 듯 나가는 유리를 비웃는 박시강의 모습.

S# 3. 박시강 사무실 건물 앞/ 오전

잔뜩 굳은 얼굴로 건물을 나오는 유리. 하지만 이내 휘청~ 한다.
아직은 충격이 가시지 않은 듯 거친 호흡... 어디로 가는지도 모른 채 휘적휘적 걷는다.

S# 4. 도현 차 안/ 오전

운전대에 얼굴을 묻고 있는 도현.

(플래시백 - 5회 12씬, 기산대학병원 도현 병실 안)
침대에 걸터앉아 창밖을 보고 있는 10년 전 도현.
뛰어 들어오는 유리.

유리   최도현! 아빠 수술 드디어 내일이다!

웃으며 돌아보는 도현.

유리   아 실감 안 나.
도현   (웃는) 내일이면 실감 날 거야. 진짜 잘됐다.
유리   너도 얼른 수술받음 좋겠다. (끄덕이는 도현에게) 자, 이거.

도현 침대 옆 협탁에 올려놓는 작은 화분.

도현   어? 뭐야?
유리   내일 아빠 수술하시면 병동 바뀌잖아. 누나 보고 싶을 때 얘 보면서 참으라고.
도현   아저씨... 수술 잘됐음 좋겠다.
유리   너도 금방 수술받을 거야.

끄덕이는 도현. 화분을 바라보는...

(CUT TO)
도현의 차 안.
멍하니 생각 중인 도현.

S# 5. 거리/ 오전

목적지도 없이 넋이 나간 표정으로 마냥 걷는 유리.

(플래시백 - 5회 38씬 중, 기산대학병원 하명수 병실 안 + 복도)
상복을 입은 채 짐 가방을 들고 병실에서 나오는 유리.
복도에서 침대 카트에 누워 이동하는 도현을 본다.
병실에서 나오는 유리를 보는 조경선.

조경선   유리야.

침대 카트에 눈을 감고 누워 있는 도현을 보는 유리.

유리   언니, 도현이 어디 가요.
조경선   도현이 수술 들어가.

이동하는 도현의 침대 카트.
유리, 멍하게 쳐다보는.

(CUT TO)
거리.
걷고 있다 멈춰 선 유리, 믿기지 않는 표정이다.

S# 6. 박시강 사무실 방 안 + 유광기업 회장실 안/ 오전

화가 가시지 않는지 씩씩대는 박시강.

박시강   이것들이 어디서 언제 적 일을 가지고... 감히 누구한테 협박질을...

이때, 노크 소리와 함께 들어오는 비서.

비서	의원님. 잠시 후에 구의원들과의 모임이 있어서. 지금 구청으로....
박시강	취소해.
비서	의원님. 지난번에도 한 번 취소한 자리라서 이번에는 꼭 의원님....
박시강	(폭발하듯) 취소하라고!!! 몇 번을 얘기해.
비서	예... (서둘러 나가는...)
박시강	내가 지금 구의원 따위나 만날 땐가.... 눈치라곤...

씩씩대며 핸드폰을 들어 누군가에게 전화를 거는...
잠시 후 전화를 받으면, 오회장이다. 이하 교차.

오회장	예, 박의원님.
박시강	(다짜고짜) 사람을 하나 구해줘봐요.
오회장	예??? 사람이라니..?
박시강	질질 흘리기나 하는 그런 놈 말고 뒤처리 깔끔한 확실한 놈 말이에요.

그제야 무슨 말인지 알고 살짝 긴장하는 오회장.

| 오회장 | 무슨 일이신데... |
| 박시강 | (버럭) 언제부터 내 말에 이렇게 꼬치꼬치 토를 달았어요? 처리할 일들이 있
으니까 믿을 만한 놈으로 하나 구해놓으라니까요!!! |

전화 끊어버리는 박시강.
오회장, 끊어진 핸드폰을 보며 황당한 표정.

S# 7. 도현 사무실 안/ 오후

사무실로 들어서는 유리. 소파에 털썩 주저앉는데 안색이 파리하다.
진여사, 한눈에도 걱정스러운지 일어서서 다가가며,

진여사	유리씨...
유리	...
진여사	유리씨 무슨 일 있어요. 얼굴이 너무 안 좋은데요...

하는데 눈물이 흐르는 유리

| 진여사 | ! |

S# 8. 은서경찰서 회의실 안/ 오후

화이트보드 위로 가득 적힌 인물 관계도.
한쪽엔 박시강을 중심으로 김선희, 노선후, 하명수, 윤철민
다른 한쪽엔 오택진을 중심으로 황교식, 한종구, 조기탁. 그리고 최필수, 차승후.
보드판 앞으로 서 있는 기춘호와 그 앞으로 앉은 서팀장, 김형사 등

서팀장	... 그럼 이 모든 인물들이 다 연결돼 있고 그 핵심은 방산 비리라는 거예요? 송재인인가 하는 그 여자는... 무기 로비스트고.
기춘호	그렇지. 김선희 살인사건은 전체 이야기 중에 아주 작은 부분이었던 거야.
서팀장	(실감이 안 되는 표정) 이게 다 사실이라면 어마어마한 사건이긴 하지만 우리가 감당할 수 있는 일이 아니잖아요?.
김형사	그렇죠. 게다가 지금까진 확실하게 입증된 것도 없다면서요.
기춘호	맞아. 그러니까 일단 우리는 (박시강, 오회장에 원을 그리며) 큰 놈들은 놔두고 눈앞에 있는 작은 놈(황교식에 원을 그리며)부터 집중하자는 거야.
서팀장	참 나... 저놈들에 비하면 한종구, 조기탁은 피래미였네요.
기춘호	그렇지. 조기탁은 이놈들의 말단 행동대원에 지나지 않았던 거야. 그 바로 위에는 황교식 이놈이 있었고. (하고는 김형사에게) 아직 뭐 보고 들어온 거 없어?
김형사	황교식 연고가 있는 곳에는 전부 잠복을 심어놨는데요 아직은 건진 게 없습니다.

서팀장	작정하고 단단히 숨은 거 같은데요.
기춘호	(답답한) 그렇겠지. 최변은 조기탁을 만난다고 했는데 뭐 좀 건졌을라나?

하고는 전화하는.

기춘호	최변 어디야?

S# 9. 도로 위 + 도현 차 안/ 오후

길가에 세워진 도현의 차 뒤로 차가 한 대 들어와 선다.
차에서 내리는 기춘호. 도현의 차로 간다.
차 안에 멍한 표정으로 앉아 있는 도현.
기춘호, 조수석으로 올라타고.

기춘호	길바닥에 차 세워놓고 뭐하는 거야... (하다가 도현 얼굴 보고는 심상치 않은...)
도현	...
기춘호	무슨 일이야?

(CUT TO)
충격에 빠진 듯한 표정의 기춘호

기춘호	조기탁이 유리씨 아버지까지... (차마 말을 다 잇지 못하는) 어떻게 그런 일이...
도현	... 유리를 만나야겠어요. 만나서... 얘기를 해야겠어요.
기춘호	너무 서두르지 말고 우선 사실 관계를 좀 더 파악해보자고. 조기탁 말을 무조건 믿을 수도 없는 거고 그게 사실이라고 해도 유리씨가 받을 충격도 생각해봐야 하는 거잖아.

하지만 단호한 표정의 도현, 전화 꺼내 유리에게 전화를 건다.

기춘호 당황하면서도 말리지 못하는...

기춘호　하... 참.

S# 10. 도현 사무실 앞 복도 + 도현 차 안/ 오후

문 열고 나와 전화 받는 진여사. 이하 교차.

진여사　네. 변호사님 저에요.

도현　여사님 유리는요?

진여사　유리씨, 지금 사무실에 있는데 아무래도 무슨 일 있었던 거 같아요. 아무 말도 않고 울기만 하더니 전화도 안 받아서 제가 받은 거예요.

도현　... 지금 들어가겠습니다. 여사님이 옆에 좀 계셔주세요.

전화 끊고 차 출발하는 도현.

S# 11. 도현 사무실 안/ 오후

문 열고 들어오는 도현과 기춘호.
도현은 유리 앞에 가 앉고 기춘호와 진여사는 좀 떨어져 지켜보는...
유리는 도현과 시선 마주치지 않고.
잠시 무거운 침묵이 흐른다.

도현　유리야 할 얘기가 있어... (하는데)

유리　박시강을 만나고 왔어. (오히려 차분히 가라앉은)

도현　...

유리　내가 모르고 있던 사실을 박시강은 알고 있더라고. 우리 아빠의... 죽음에 대해...

도현　...

유리	그리고 너에 대해.
도현	!
유리	이제 너도 알게 된 거 같네. 그런 거야?
도현	미안해 유리야. 미안해..
유리	니 잘못 아니라는 거 알아. 너도 많이 힘들었다는 거 알아. 하지만... 하지만...

(말을 더 잇지 못하고 눈물 흘리는)

더 이상 말을 잇지 못하는 두 사람. 눈물 흘리는 진여사. 착잡한 기춘호.
그렇게 네 사람의 모습에서...

S# 12. 최필수 교도소 공용 탈의실 안/ 저녁

최필수가 샤워 후 탈의실에서 옷을 입고 있다.
이때, 양옆으로 다가서는 재소자1, 2.
최필수, 흘깃 보고는 개인 세면도구를 챙긴다.
한 손을 뒤로 하고 있는 재소자2.
뒤로 감춘 손에는 밑부분이 헝겊에 싸인 날카로운 금속 조각을 잡고 있다.
재소자1, 웃통을 벗고 세면도구 통을 들고.

재소자1	형씨. 비누 좀 빌립시다.

최필수, 재소자1 보고는 별 의심 없이 건네주는데.
다른 쪽에 있던 재소자2, 찔러온다.
순간, 재소자2의 손목을 옆구리에 끼고 비트는 최필수.
재소자1도 세면도구 통 밑에 숨겨둔 흉기로 찔러온다.
손목을 잡는 최필수. 비틀어버린다. 재소자1, 2. 비명을 지르며 바닥에 쓰러
지고.
순간, 윽! 최필수의 입에서 나오는 신음 소리.
어느새 제3의 재소자, 최필수의 허리에 금속 조각을 박고 있다.
몸을 돌리며 재소자3의 목을 잡고 벽에 몰아붙이는 최필수.

재소자3이 버둥거리고. 보면 20대의 앳된 얼굴.
손에 힘을 푸는 최필수. 바닥에 엎드려 목을 잡고 캑캑거리는 재소자3.

재소자1 튀어!

재소자들 일어나며 도망간다.
바닥에 피가 떨어지고, 벽에 기대어 서서히 앉는 최필수. 고통스럽다...

S# 13. 조기탁 구치소 면회실 안/ 오전

문을 열고 들어오는 조기탁.
반대편에 앉아 있는 면회객을 보고는 어이없다는 듯 피식... 웃음을 지어 보이면...
유리창 너머 앉아 있는 유리.

조기탁 (자리에 앉으면)
유리 조기탁씨 당신이 하명수 기자를 죽였나요?
조기탁 이거 변호사법 위반 아니야... 아무리 친한 사이라고 해도 변호사랑 의뢰인 사이에 오간 말을...
유리 우리 아버지를 죽였냐고요!
조기탁 (길게 한숨을 내쉬고...) 나 그렇지 않아도 김선희 살인 혐의로 재판받고 있는 거 몰라요. 만일 내가 죽였다고 해도 내 입으로 얘기하겠어요. 내가.
유리 누가 시켰나요?
조기탁 저기요... 하나만 얘기할게. 여기까지 찾아왔으니. 그리고 내 동생 경선이한테 잘해준 거 아니까. 난 지시대로 한 것뿐이야. 내가 아는 건 1203호라는 거뿐이었고.
유리 !!!

(플래시백 – 기산대학병원 하명수 병실 밖 + 안)
문 앞에 또렷이 쓰여 있는 글씨. 〈1203〉

문이 열리고 안으로 들어가는 조기탁.

그 앞으로 산소호흡기에 의지한 채 누워 있는 하명수.

잠시 그 앞에 서서 하명수를 바라보는 조기탁.

자고 있는 하명수의 입에 연결된 호스를 떼어내고는... 한쪽에 놓인 베개를

하명수의 얼굴 위로 덮는 조기탁의 손과 함께...

뚜.. 뚜... 뚜.... 계속 떨어지는 산소포화도(?)

그리고 마침내 뚜...... 그래프가 0을 가리킨다.

(CUT TO)

조기탁 면회실 안.

조기탁   교도관님~ 면회 끝났습니다.

더 이상 할 얘기가 없다는 듯 자리에서 일어나는 조기탁과 함께,

반대편에 앉은 유리의 얼굴이 파르르... 떨려온다.

S# 14. 조기탁 구치소 앞/ 오전

당장이라도 눈물이 흘러내릴 듯 구치소를 나오는 유리.

이때 누군가를 본 듯 멈추는 발걸음과 함께 컷 바뀌면

유리의 앞에 서 있는 진여사.

S# 15. 진여사 차 안/ 오전

진여사의 차 안에 나란히 앉은 유리와 진여사.

진여사   어떻게 알고 왔냐고 묻질 않네.

유리   ...

진여사   그냥 왠지 여기를 갔겠구나... 생각이 들었어요.

	그거 알아요. 내가 변호사님 심장이식 수술한 거.
유리	(몰랐는지 멍~ 하니 보는..)
진여사	하긴... 얘기할 수 없었겠죠. 유리씨에겐.
	만약 그때... 그 일이 없었다면 제가 유리씨 아버님을 수술했겠죠. 그랬다면...
	(차마 더 이상 얘기하지 못하는...) 변호사님도 몰랐어요.
유리	알아요...
진여사	그리고 당연히 변호사님도 알았다면 절대 수술받지 않았을 거예요. 내가 아
	는 최도현이라면.
유리	... 알아요. 그것도... 근데요. 머리로는 이해가 가는데... 마음으로는 잘 안 돼
	요.
진여사	그래요. 그게 당연한 거예요.
유리	...
진여사	제가 전에 그랬죠. 유리씨는 참 용기 있는 사람이라고. (구치소를 보며) 저...
	매일매일 조기탁을 찾아가는 상상을 해요. 그리곤 그 사람한테 물어요. 진짜
	당신이 우리 아들 선후를 죽였냐고.... 하지만 아직도 전 저길 들어갈 용기가
	없어요. 우리 선후를 죽인... 저 사람하고 단둘이 마주할 용기가 없어요. 저한
	테는...
유리	...
진여사	여길 오면서 참 많은 생각을 했어요. 어떻게 말하면 유리씨를 위로할 수 있
	을까... 하고. 하지만 어떤 얘기를 해도 지금 유리씨에겐 위로가 되지 않을 거
	알아요. 하지만... 무슨 말이든 하고 싶었어요. 유리씨에게.
유리	... 고마워요, 여사님.
진여사	미안해요. 정말 위로를 해주고 싶었는데...

유리의 손을 꼬옥 잡아주는 진여사.

S# 16. 은서경찰서 사무실 안/ 오전

샤워를 했는지 아직 젖은 머리를 매만지며 경찰서로 들어오는 기춘호.
이때 막 들어오던 서팀장, 김형사가 기춘호를 보곤,

김형사	여기서 주무셨어요?
기춘호	어... 혹시 그때 황교식의 집에 있던 녀석 출입 기록은 좀 찾아봤어?
서팀장	그렇지 않아도 얘기하려고 했는데 일단 송재인인가 하는 여자가 타고 온 비행기 승객 명단을 찾아봤는데 그 비행기에는 비슷한 사람은 없었어요.
기춘호	송재인 출국 기록은?
김형사	아직 출국을 한 기록은 없습니다.
기춘호	호텔 쪽은?
서팀장	아시잖아요. 거긴 협조 쉽지 않은 거. 그래도 몇 군데는 알려주긴 했는데 없어요. 제니 송이나 송재인이란 이름으로 투숙한 투숙객은.
기춘호	그래... 사업자 선정까지는 분명 여기 어딘가에는 있긴 있을 건데...
김형사	자주 오가고 그러면 무슨 별장이나 따로 집 같은 게 있지 않을까요.
기춘호	그럴 수도 있는데 그것까지는 무리잖아.
서팀장	그쵸. 무기 로비스트라면 왠지 호텔에 묵을 거 같긴 한데... 그것도 분명 일반 방은 아니겠고 스위트룸 정도 잡겠죠.
기춘호	그렇겠지....
김형사	그냥 몇 군데 잡아서 뻗치기 들어가볼까?

기춘호, 생각하는...

S# 17. 수목장 안/ 오후

하명수의 나무 앞에 서 있는 유리. 들고 있던 국화꽃을 내려놓고는,

유리	(애써 웃는) 오늘도 아빠 좋아하는 막걸리도 사 왔어....

가방에서 막걸리를 꺼내어 나무 주위를 돌며 조금씩 뿌리는...

유리	나 너무 한심하지, 아빠... 난 아빠가 그런 줄도 모르고... 부검할 생각도 못하고... 그냥 10년을... (울컥하는...) 미안해, 아빠....

더 이상 참지 못하고 울고 마는 유리...
이때, 유리의 어깨 위로 올라오는 누군가의 손. 보면... 도현이다.
잠시 그렇게 서로를 바라보는...

유리 뭐야... 다들 내가 어디 갈 줄 왜 이렇게 다 알고 있는 거야...
도현 미안해, 유리야. 정말... (차마 고개를 들 수 없는...)
유리 최도현.
도현 ...
유리 고개 들어.
도현 (천천히 고개를 들면 이미 붉어진 눈자위...)
유리 나... 조기탁 만나고 왔어. 그리고 여기 올라오면서... 다짐했거든. 우리 아빠를 죽인 그놈들 다 잡겠다고. 그리고... 아빠가 쓰다 만 그 기사 꼭 내 손으로 다시 써서 사람들에게 알리겠다고.
도현 ...
유리 그래서 그때까지 슬픈 거... 원망스러운 거... 다 미뤄둘 거야. 그러니까.... 너도 그랬으면 좋겠어.
도현 (울컥한다...)

손을 뻗어 도현의 손을 잡아주는 유리.

유리 너도 그렇게 할 거지?

도현, 말없이 고개를 끄덕이는.
날이 저물어간다.

S# 18. 별장 외경/ 아침

환하게 아침 햇살이 비치는 별장 주변.

S# 19. 별장 안/ 아침

바깥 풍경과는 대조적으로 길게 내려진 커튼 사이로 보이는 아침 햇살.
소파에 우두커니 앉아 있는 황비서.
밤새 고민한 듯 초췌한 눈.

(플래시백 - 10회 47씬에 이어서, 유광기업 회장실 안)
황비서, 오회장 앞에 서 있다.

오회장   법무팀에 전화해서 시간 좀 끌게 할 테니 없앨 물건 있으면 없애고.
황비서   ... 예.
오회장   (안심시키듯) 거긴 나밖에 모르는 장소야. 숨어 있는 동안에는 안전할 거다.

황비서, 고개를 숙여 인사하는.

(CUT TO)
별장 안.
황비서, 앉아서 생각 중인.

황비서   (되뇌듯) 거긴... 나밖에 모르는 장소라고...

분한 표정의 황비서. 핸드폰을 들어 전화를 걸면... 연결음.
연결음이 거의 끝날 때쯤 전화를 받는...

황비서   회장님...
오회장(F) (말할 사이도 주지 않고) 정신이 있는 거야, 없는 거야. 가 있으면 내가 연락
         을 한다고 했지. 이렇게 전화를 하면 어떡하자는 거야. 가뜩이나 이놈 저놈
         쑤시고 다녀서 죽겠구만. 하여튼 일하는 꼬라지하고는...

말할 틈도 주지 않고 그대로 끊어버리는 오회장.

순간, 전화를 쥔 황비서의 손이 부르르... 떨려온다.

S# 20. 법원 전경/ 오전

S# 21. 법정 밖 복도/ 오전

또각... 또각... 텅 빈 복도 위로 하이힐을 신은 채 복도를 걸어가는 누군가의 발.

S# 22. 법정 안/ 오전

자막) 김선희 살인사건, 허재만 2차 공판

나판사와 배석판사들이 앉아 있고, 변론서를 보며 준비하는 도현.
도현 옆으로 호송관에 이끌린 조기탁이 와서 앉는다.

조기탁 어허~ 딱 보아하니 잠을 좀 못 주무신 거 같은데... 어떻게 재판할 수 있겠어?
도현 (매섭게 바라보는...)
조기탁 그러니까 왜 지키지도 못하는 약속을 해.
도현 그 약속 지킬 겁니다, 반드시. 그리고 반드시 조기탁씨는 죗값을 치르게 될 겁니다.

어처구니없다는 듯 피식.. 웃고는 매섭게 도현을 보는 조기탁.
도현, 역시 지지 않고 바라보는...

S# 23. 도로 위 + 황비서 차 안/ 오전

빠르게 도로를 달리는 황비서의 차.

차 한 대가 황비서의 차를 쫓고 있다.

차 안에서 미러로 뒤를 보는 황비서. 자신을 쫓고 있는 차를 발견한다.

신호에 멈추는 황비서 차. 미러로 차에 있는 인물들을 살피는.

앞에는 인천공항 방면이라 쓰인 도로 표지판이 보이고.

좌회전 등이 켜지자, 갑자기 좌회전 차선으로 끼어들며 유턴하는 황비서의 차.

뒤따라와 멈춰 있던 차. 유턴을 하지 못한다.

미러로 그 모습을 보는 황비서.

황비서   (열받은) 끝까지 나를... 이런 식으로 대하겠다 이거지, 오택진 회장...

부릉~ 액셀을 눌러 밟는...

S# 24. 법정 안/ 오전

법정 안에 나판사와 배석판사들 앉아 있고 재판이 진행 중이다.

나판사   변호인. 황교식이 아직 구인되지 않았습니다. 구인되기 전이라도 교사를 입증할 증거가 있습니까?

도현   (힘은 없다) 교사를 입증할 순 없지만 교사범의 존재를 증언해줄 증인이 있습니다.

(CUT TO)

긴장한 얼굴로 증인석에 앉아 있는 이철수.

나판사   증인. 증인은 지금 과거 재판에서 위증했다는 것을 인정하는 건가요?

이철수   네.

현준   재판장님. 증인이 이미 위증한 것을 인정한다면 지금 증언도 신뢰할 수 없습니다.

나판사 이미 판결이 종료된 시점에서 위증을 인정한다면 형법 152조에 의거 위증죄로 처벌을 피할 수 없다는 사실. 증인은 인지하고 있습니까?

이철수 ... 네.

나판사 본 법정에서는 누구라도 자신에게 해가 되는 발언은 하지 않을 권리가 있음을 밝힙니다. 변호인. 신문 시작하세요.

도현, 앞으로 나오고. 현준, 불안하게 본다.

도현 ... 증인은 그때 왜 위증을 하셨습니까?

이철수 돈이 급했는데... 어떤 사람이 와서 거짓말을 하라고 돈을 줬거든요!... (손으로 박스 모양 만드는) 이만한, 음료수 들어가는 박스에 돈을 담아서 주고 갔어요.

술렁이는 재판장.

도현 그 사람 얼굴을 기억하십니까?

이철수 ... 얼굴은 잘 기억 안 나는데... 아.. 뭔가 말투가 이상했어요. 군인처럼 딱딱하다고나 할까. 위압적이고...

도현 (조기탁을 가리키며) ... 혹시 이 사람이었나요?

이철수 아니요. 저 사람은 확실히 아닙니다.

도현 재판장님. 이철수씨의 증언은 조기탁씨의 살인에 제3자가 개입하고 있었음을 증명하는 증언입니다.

도현, 자리로 가서 사진 한 장을 들고 다시 이철수 앞에 선다.

도현 이철수씨. 그 사람 얼굴을 보면 기억할 수 있겠습니까?

이철수 네. 할 수 있을 것 같아요.

도현, 이철수 앞에 황비서 사진을 내민다.
이철수, 사진을 건네받아 보려 하는데.

탕! 하고 열리는 재판정 문.

일동, 소리 나는 쪽을 보는데.

문을 열고 재판장을 가로질러 걸어 들어오는 황비서.

웅성거리는 사람들, 황비서에게 다가가는 법정 경위.

이철수, 사람들 시선 따라 황비서 얼굴을 살피다가 벌떡 일어나 황비서를 가리키며,

이철수　　저 사람이에요!! 나한테 거짓말하라고 시키고 돈 준 사람!

도현, 당황한 얼굴로 황비서를 바라보는.

황교식　　... 제가 허재만에게 김선희를 살해하라고 지시했습니다.

도현을 비롯한 재판정 안의 사람들, 놀라서 황비서를 보는.

조기탁도 당황한 표정이다.

굳어 있던 황비서의 얼굴에 서서히 여유가 서리며 뒤쪽으로 포커스 넘어가면...

방청석 한쪽. 옅은 미소를 짓고 있는 누군가. 바로 제니 송이다.

S# 25. 은서경찰서 사무실 안/ 오전

벌떡 자리에서 일어나며 전화를 받는 기춘호.

기춘호　　뭐!!! 황교식이 재판정에 나타났다고.

책상에 앉아 있던 서팀장도 놀라 자리에서 벌떡 일어나고.

기춘호　　알았어. 바로 갈게.

전화 끊고 그대로 튀어나가는 기춘호.

S# 26. 법정 안/ 오전

황비서, 증인석에 앉아 있고.
도현, 앞에 서 있다. 도현이 조금 상기된 표정이다.

도현   증인, 증인은 조금 전에 김선희씨를 살해하라고 교사, 그러니까 지시했다고
       말했습니다. 맞습니까?

황비서 그렇습니다.

나판사 증인. 교사범은 실행범과 똑같이 처벌받거나 사안에 따라서 더 중하게 처벌
       받을 수 있습니다. 증언하기 전에 이 점을 상기시켜드립니다.

황비서 알고 있습니다.

도현   다시 묻겠습니다. 증인은 저기 있는 피고인에게 김선희를 살해하라고 지시했
       습니까.

황비서 네, 제가 지시했습니다.

       방청석, 다시 웅성거리고.
       대체 뭔 일인가 씨익 미소를 짓는 조기탁.

도현   증인은 김선희와 어떤 관계입니까.

황비서 아무 관계도 없습니다.

도현   그렇다면 왜 살해하라고 지시를 내린 겁니까.

황비서 저도 지시를 받았기 때문입니다.

       다시 웅성거리고,

도현   정리하자면 증인은 중간에서 살해하라는 지시를 전달만 했다는 건가요?

황비서 맞습니다..

도현   그렇다면 누가 김선희를 살해하라고 지시했습니까.

머뭇거리는 황비서, 선뜻 대답 못하고

도현   다시 묻겠습니다. 김선희를 살해하라고 지시한 사람이 누굽니까?

다들 황비서를 주목하고. 긴장된 표정들.
하지만 제니 송의 표정만은 다른 이들과 달리 느긋하다...
심호흡을 하는 황비서.

황비서   ... 유광기업 오택진 회장입니다.

나판사, 현준. 놀란 표정.
방청석, 웅성거리고. 기자인 듯 보이는 사람들 몇이 뛰쳐나간다.
황비서를 뚫어지게 쳐다보는 도현.
그리고 그 너머로... 제니 송 미소 짓고 있다.

S# 27. 유광기업 회장실 안/ 오전

차를 마시다 마치 스틸 모션이 걸린 듯 멈춰진 오회장.
그 앞으로 TV에서 흘러나오는 속보.

앵커   방금 들어온 속보입니다. 은서구 철거 지역 김선희 살인사건 교사 혐의로 수
배를 받고 있던 황모씨가 재판정에서 교사 혐의를 시인했습니다. 황모씨는
자신에게 살인 청부를 지시한 인물로 오모씨를 지목함으로써 파장이 일고
있습니다. 황모씨는 무기 중개 회사로 알려진 모 기업의 회장 비서로...

그대로 찻잔을 엎어버리는 오회장.

오회장   (분을 못 이기는) 이 미친 새끼가!

서둘러 핸드폰을 들어 어딘가로 전화를 걸려고 하는데...

문밖이 시끄럽더니... 쾅 열리며, 들어서는 기춘호와 형사들.
기춘호, 오회장 앞에 성큼 다가와 선다.

기춘호 서로 같이 가주셔야겠습니다.

서로 노려보는 기춘호와 오회장의 모습에서,

S# 28. 유광기업 로비/ 오전

기춘호와 형사들에 의해 연행되는 오회장.
삼삼오오 모여서 그저 지켜볼 뿐인 직원들.

S# 29. 송일재단 이사장실 안/ 오전

조기탁의 재판에 관한 속보가 방송되는 TV.

추명근 (골치 아프다는 듯) 음...

작은 탄식과 함께 고민스러운 듯, 양손으로 머리를 매만지는 추명근.

S# 30. 법원 앞/ 오후

포승줄과 수갑이 채워진 채 호송 버스에 오르는 조기탁과 황비서.

S# 31. 호송 버스 안/ 오후

조기탁이 앉아 있고, 뒤이어 황비서가 올라타 앉는다.

조기탁 어이~ 황상사님.

황비서의 대각선 뒤쪽에 앉은 채 매섭게 황비서를 보고 있는 조기탁.
하지만 황비서, 반응 없다.

조기탁 (빈정대듯) 나를 찌를 때만 해도 이렇게 될지 몰랐겠지, 우리 황상사님도.
교도관 조용히 해, 조기탁.
조기탁 기대해, 앞으로의 수감 생활. 나와 내 동생이 받은 몫, 철저하게 셈을 치를 테니까.

꼴좋다는 듯 실실대며 황비서를 보는 조기탁.
하지만 묵묵히 눈을 감은 채 꼼짝 않는 황비서.

S# 32. 법정 밖 복도/ 오후

문을 열고 나오는 도현.
복도를 따라 몇 걸음 걷던 도현이 발걸음을 멈추면...
복도 한쪽에서 도현을 보고 서 있는 제니 송. 뒤에는 경호.

제니 송 최도현 변호사님?
도현 네. 그런데요.
제니 송 (선글라스를 벗으며) 송재인이라고 합니다. 드릴 말씀이 있는데... 최필수 준위에 관해. (미소 짓는)
도현 !!!

S# 33. 법원 건물 어딘가/ 오후

마주 서 있는 두 사람. 조금 떨어진 곳에 경호 서 있고.

제니 송	... 설화는 제가 화예를 자주 이용하던 때 아끼는 애였어요. 근데 그 아이가 죽었다고 하더군요. 그리고 오늘 그 살인 용의자가 바로 오택진 회장이란 소식을 들었고.
도현	... 그럼 혹시 당신도 10년 전... 차승후 중령 사건이 일어나던 때도 현장에 있었나요?
제니 송	그것까지 말하기는 곤란하고...
도현	...
제니 송	하지만 차승후 중령을 살해한 사람이 최필수 준위가 아니라는 건 알아요.
도현	!!!
제니 송	내가 보기엔 최변호사님 아버지는 누굴 죽일 사람이 못 돼요. 오히려 위험을 무릅쓰고 설화, 그 아이도 살리려고 했으니까요.
도현	(놀라며) 예?

(플래시백 - 10년 전 화예 별채 방 안)

문이 확 열리면, 문에 서 있는 김선희. 놀라고...

그와 동시에 탕~ 발사되는 총과 함께,

김선희를 향해 몸을 던지는 최필수.

(CUT TO)

법원 건물 어딘가.

도현	... 당신 말을 어떻게 믿죠?
제니 송	믿지 않으셔도 돼요. 그건 최도현 변호사 당신이 결정할 일이니까. 저는 단지 제가 아는 사실을 알려주고 싶을 뿐이에요. 10년 전 그 사건에 대해서.
도현	무슨 이유로 제게 이런 얘기를 하시는 거죠?
제니 송	죽은 설화를 위해서라면... 믿으시겠어요?

탐색하듯 잠시 서로를 보는 두 사람.

도현	하나만 묻죠. 그 자리에 또 누가 있었죠?

제니 송	미안하지만 그건 제가 대답하기 곤란해요.
도현	그럼 이렇게 묻죠. 박시강이 그 자리에 있었나요?
제니 송	(대답 대신 옅은 미소를 지어 보이는..)
도현	인정하시는 거라고 생각해도 되겠습니까.
제니 송	(어깨를 으쓱해 보이는...)
도현	혹시 다른 누군가가 또 있었습니까, 그 자리에? 저희 아버지. 김선희씨. 그리고 당신. 차승후 중령. 오택진 회장. 박시강.
제니 송	어쩌죠. 내가 아는 건 거기까진데. 조만간 또 볼 일이 있을 거예요.

그러고는 자리를 뜨는 제니 송. 도현 뭔가 더 물으려고 따라붙으려면 제지하는 경호. 어쩔 수 없다는 듯 멀어지는 제니 송을 보는 도현.

S# 34. 법원 복도/ 오후

만족스러운 듯 미소를 지으며 걷고 있는 제니 송. 뒤에 경호가 같이 걷고 있다.

경호	어디로 모실까요?
제니 송	오회장이란 오른팔은 잘랐지만... 아직 왼팔이 남았잖아.

무슨 말인지 알겠다는 듯 끄덕이는 경호.

S# 35. 은서경찰서 취조실 안/ 오후

수갑을 찬 채 취조실에 앉아 있는 오회장과 그 앞으로 기춘호.

기춘호	(서류를 보며) 저한테는 분명 황교식이 오래전에 관둔 사람이라고 말씀하신 거 같은데... 관둔 사람한테도 월급이 꼬박꼬박 나가나 보죠, 그 회사는.
오회장	(가소롭다는 듯 웃는..)

기춘호   뭐 보나 마나 변호사 오기 전까진 절대 입은 안 여실 거고... 대체 어떤 변호
        사님을 쓰시려고 이렇게 기다리시나...

이때, 문이 열리며 들어오는 변호사. 지창률이다.

기춘호   (예상했다는 듯) 자주 뵙네요.
지창률   (무시하고) 일단 이 수갑 좀 풀지. 그리고 지금부터 의뢰인을 접견해야 하니
        좀 나가주시고.
기춘호   (비꼬듯) 살인범 허재만은 오래전부터 자문 변호를 맡고 있다고 하시더니...
        교사범하고도 오래전부터 인연이 있었나 봅니다. 이렇게 바로 오는 거 보니.
지창률   아직 입증된 건 아무것도 없습니다. 당장 이 수갑 풀지 못합니까!
기춘호   풀어드리지요. 당연히 풀어드려야 하고. 근데 김형사 얘가 어디 갔나... (살짝
        놀리듯) 열쇠는 제가 없어서요. 일단 접견하고 계세요. 찾아보죠. (나가는..)
지창률   (목소리를 낮춰) 사무실은 어떻게...?
오회장   나올 건 없을 거예요. 미리 정리해놔서.
지창률   잘하셨습니다. 그러니까 제가 말씀드리지 않았습니까. 황교식 그자를 잘 좀...

차마 더 이상 말은 못하고 한쪽에 설치된 CCTV를 빤히 보는 지창률의 모습
에서,

S# 36. 은서경찰서 취조실 옆 모니터실 안/ 오후

모니터 위로 보이는 취조실 안의 상황.
상황을 지켜보는 기춘호 옆으로 서팀장이 있다.

기춘호   황교식은?
서팀장   조기탁이 이미 교사범으로 지목을 했고, 황교식 그자도 본인이 자백을 했으
        니 법정 구속됐죠.
기춘호   그렇다면 우리가 조사하긴 힘들다는 건데...
서팀장   검찰에서 넘겨줄 리 절대 없죠.

기춘호　　그렇겠지...

이때, 기춘호에게 걸려오는 전화. 도현이다.

기춘호　　(받으며) 어, 최변. 그렇지 않아도.... (놀라며) 뭐!!! 송재인 그 여자가 최변을 찾아왔다고!

서팀장 무슨 소린가 싶은지 기춘호를 보는...

S# 37. 박시강 사무실 방 안/ 오후

문이 열리고 들어오는 제니 송.

제니 송　　그간 잘 지내셨어요, 의원님

박시강　　이젠 서로 볼 일이 없다고 생각했는데...

제니 송　　무슨 그런 섭섭한 말씀을... 의원님도.

박시강　　용건이 뭐야, 이렇게 직접 찾아오고?

제니 송　　이제 용건만 말하는 사이가 됐네요, 우리가.

박시강　　(어이없다는 듯) 우리...

제니 송　　그럼, 용건만 말하죠. 저 지금 최도현 변호사 만나고 오늘 길이에요.

박시강　　뭐!!! 누굴 만나?

제니 송　　못 들으셨나... 최도현 변호사라고 했는데요. 최필수 준위의 아들 최도현 변호사.

박시강　　만나서 뭐라고 한 거야?

제니 송　　그거야 이제 의원님이 알아봐야 하지 않을까요. 만나서 제가 무슨 얘기를 나눴는지.

박시강　　(호흡이 거칠다..) 제니 송. 당신도 분명 그 사건에서 자유롭지 못할 텐데...

제니 송　　그럴까요... 난 별로 그렇게 생각하지 않는데... 총을 든 군인과 대통령의 조카. 그리고 반짝반짝 별을 단 기무사 사령관까지... 그에 비해서 전 그저 가녀린 여자일 뿐인데... 과연 그 상황에서 제가 할 수 있는 게 있었을까 싶은데요.

박시강   ... (그저 거친 숨소리만)

제니 송   아무튼 옛정을 봐서 이렇게 직접 찾아와 알려주는 거예요. 저는 원래 기본
         적으로 페어플레이가 모토거든요. 박의원님처럼 남의 뒤통수를 치는 술수가
         없어서...

박시강   (버럭 하며) 뭐!!!

제니 송   흥분하시는 거... 건강에 안 좋아요. 이젠 의원님도 건강 챙기실 나이잖아요.
         그럼 이만...

         박시강을 향해 한껏 미소를 날리며 나가는 제니 송.

박시강   저게 미쳤나... 어디다 대고 협박질이야, 협박질이...

         잔뜩 열이 받은 표정의 박시강.

S# 38. 은서경찰서 취조실 안/ 오후

         은밀히 이야기를 나누는 지창률과 오회장.

지창률   황교식 그자가 직접 지 발로 왔다는 건 분명 뭔가 믿을 만한 게 있다는 건
         데...

오회장   (보면...)

지창률   증거 같은 거요. 혹시 뭐 짐작되는 거 없습니까?

오회장   (곤혹스럽다) 글쎄요...

지창률   일단 북부지검 쪽에 배당은 해놨거든요. 검사도 제가 핸들링할 수 있는 녀석
         이고. 만일 증거가 있다고 해도 초반에는 바로 들이밀 거 같지는 않고 눈치
         를 좀 보겠죠. 흘러가는 상황도 체크할 거고...

오회장   그렇겠죠.

지창률   그땐 제가 한번 슬쩍 떠보죠. 갖고 있는 패가 뭔지. 아무튼 저쪽에서 아무리
         회장님을 물고 늘어져도 우린 속도전으로 나갈 겁니다. 조기탁은 살인 혐의
         로 무기징역이나 사형 때리고, 황교식은 김선희의 살해 교사범으로 적당히

	엮어서 끝내는 거죠.
오회장	... 엮을 만한 것이 있을까요. 황교식이랑 김선희랑.
지창률	없으면 만들어야겠죠. 적당히 중간에 둘을 엮을 만한 증인 한 명 정도면.
오회장	증인이라... (떠오르는 사람이 있는지...) 그거야, 뭐...
지창률	그쵸. 그럼 별문제 없을 겁니다.
오회장	(만족스런 미소를 짓는...)

이때, 들어오는 기춘호.
찰칵... 풀리는 오회장의 수갑.

기춘호	죄송합니다. 김형사 이놈이 제법 멀리 가 있는 바람에...
지창률	됐고. 나가주시기나 하지. 마저 의뢰인하고 접견을 해야 하니.
기춘호	접견... 하셔야죠. 접견. 근데 소식 들으셨어요. 황교식이가 북부지검에 배당됐다던데.
지창률	(짐짓 모른 체) 그래... 북부지검이라면 좋은 검사들 많으니 어련히 알아서 잘들 수사하겠구만.
기춘호	(뼈가 있다..) 그렇겠죠. 어련히 알아서... 그리고, 방금 전 최도현 변호사한테 전화가 왔었는데, (오회장을 보며) 궁금해하실 거 같아서요.
오회장	(보는...)
기춘호	(툭 던지듯) 제니 송.
오회장	(표정 굳어지는)
기춘호	최도현 변호사를 만나러 왔었다고 하더라고요.

기춘호의 말에 급 흔들리는 오회장.

기춘호	김선희. 아니 설화라고 하는 게 더 이해가 쉽겠죠. 아무튼 설화에 대해 할 말이 있다며... 그럼 마저 접견하시죠. (나가는...)

잔뜩 표정이 굳는 오회장.

S# 39. 제니 송 차 안/ 오후

눈을 감은 채 뒷자리에 앉은 제니 송.
운전을 하면서 슬쩍 뒷자리의 제니 송을 살피는 경호.

제니 송 (눈 감은 채) 왜?

경호 (시선을 거두며) 아.. 아닙니다.

제니 송 일단은 내가 할 건 다 했고... (눈을 뜨며) 이젠 저쪽에서 움직일 차례인데... 어떨 거 같아?

경호 글쎄요...

제니 송 단단히 대비해야 할 거야.

경호 예?

제니 송 저놈들은 자기 이익을 위해서라면 무슨 짓이든 할 수 있는 인간들이야. 근데 지금은 단순히 돈 몇 푼이 걸린 게 아니고 자기들 안전이 위협받고 있다고 느낄 테니까 더 물불을 안 가리고 날뛰겠지.

경호 ....

제니 송 위험하긴 하지만 그때가 우리한테는 기회가 될 거야. 판을 단번에 뒤집을 수 있는 기회...

다시 눈을 감는 제니 송.

S# 40. 송일재단 이사장실 안/ 오후

박시강과 마주한 추명근.
지그시 눈을 감은 채 생각에 잠긴 추명근.

박시강 (흥분한) 아주 이게 오냐오냐해줬더니, 남의 나라 와서 개진상 짓을 하네. 나 참... (추명근을 보며) 어째요? 대책이 좀 서요?

쓰윽 눈을 뜨는 추명근.

(플래시백 - 10회 36씬, 한정식집 방 안)
방 안에 앉아 있는 제니 송, 박시강과 추명근.

제니 송   시작이 잘못됐으면 싹을 자르고 다시 시작해봐야죠.
　　　　　근데. 두 분하고 이렇게 식사자리에 있으니까 예전 생각이 나네요.

추명근, 박시강 보면,

제니 송   ... 화예였나?

(CUT TO)
이사장실 안.
박시강이 추명근 맞은편 의자에 앉아 있다.

추명근   다시 시작한다... 10년 전 그때부터...
박시강   제니 송, 걔 지금 물귀신 작전인 거죠.
추명근   (고개만 끄덕...)
박시강   혼자는 못 죽으니까 같이 죽겠다... 이게 어디서, 진짜... 처음엔 우리 둘 사이
　　　　를 흔들기 하더니, 이젠 물귀신 작전을 펴... 누가 화류계 출신 아니랄까 봐
　　　　아주 쌘마이로 놀고 있네, 이게....
추명근   (박시강을 보는)
박시강   왜요?
추명근   제니 송이 최도현을 만났다...
박시강   그렇다니까요.
추명근   제니 송과... 최도현. 그리고... 흔들기! (뭔가 생각난 듯 미소를 짓는...)
박시강   무슨 말이에요? 알아듣게 말을 하든지.
추명근   (씨익 웃으며) 그럼 우리도 한번 흔들어보자는 거지요.
박시강   (여전히 무슨 말인가 싶은) 흔들어요??? 뭘 흔들어?

미소를 짓는 추명근.

S# 41. 도현 사무실 안/ 밤

도현이 책상에 앉아 있고, 소파에 유리와 진여사가 앉아 있다.
들어오는 기춘호.

진여사   이렇게 중간에 오셔도 괜찮아요?

기춘호   서팀장이 취소하고 있습니다. 그리고 이차피 묵비권으로 일관하기 때문에 나올 건 없어요. 차라리 황교식 쪽을 기대하면 모를까.

진여사   그렇군요...

기춘호   (도현에게) 대체 제니 송 그 여자가 갑자기 최변을 찾아온 이유가 뭔 거 같아?

도현   ... 김선희씨와의 인연을 얘기하지만 의도는 박시강을 압박하려는 거 같아요, 저를 통해서.

기춘호   박시강을?

도현   표면적으론 오회장의 유광기업과 제니 송이 이번 차세대 전투 헬기 사업 선정에 각각 미국 쪽과 독일 쪽을 담당하고 있지만, 미국 쪽 실세는 아무래도 오회장보다는 박시강이라고 볼 수 있죠. 박시강 의원이 훨씬 사업 선정에 있어서 가장 중요한 국방위나 이쪽에 영향력을 행사할 수 있으니까.

기춘호   그렇겠지.

도현   제니 송의 입장에서는 분명 자신보다 더 힘이 세고 큰 상대를 상대하기 위해선 그 상대의 약점을 공략할 수밖에 없다는 결론이 나온 거겠죠.

기춘호   상대방의 약점이라면... 화예!

도현   네, 맞습니다.

기춘호   (생각하는) 그럼 유리씨가 전에 말한 대로 확실히 박시강도 그 자리에 있었다는 건데...

도현   그게 합리적인 의심이죠. 그래야 김선희씨와 박시강이 연결이 되니까요.

기춘호   그렇다면... 제니 송, 그 여자밖에 없다는 건데. 지금으로서 우리가 할 수 있는 게...

진여사   김선희랑 인연이 있다는 말이 아주 거짓말 같지는 않은데... 둘을 연관 지어서 찾아보면 뭔가 나오지 않을까요?

기춘호　　저도 그렇게 생각합니다... (자리에서 일어나며 도현을 보고) 일단 뭔 일 있으
　　　　면 다시 연락하고. 난 바로 제니 송 이 여자 더 파볼게. 김선희랑 엮어서.

도현　　　저희도 시간 나는 대로 한번 찾아볼게요. 나올 만한 거.

기춘호　　그래... 그럼, 먼저 가보겠습니다. (나가는...)

S# 42. 황비서 구치소 방 안/ 밤

수감복으로 갈아입은 채 구치소 벽에 기댄...
착잡한 황비서의 얼굴에서...

(플래시백 - 11회 34씬에 이어서, 별장 안)
소파에 제니 송과 마주 앉아 있는 황비서.

제니 송　　누가 설화를 죽이라고 명령한 건가요.

황비서　　...

제니 송　　황비서님을 자살로 위장해서 처리하려고 했는데도 입을 다무신다... 군인 정
　　　　신인가요, 그런 게.

황비서　　(고민하다) ... 지시한 사람만 얘기해주면 전에 약속한 돈을 주실 겁니까.

제니 송　　(웃음) 상황이 바뀌었잖아요, 지금은. 돈을 지급한다고 해도 황비서님이 과
　　　　연 안전할 수 있을까요?

황비서　　...

제니 송　　이렇게 하죠. 저한테 말고, 재판에 가서 밝히세요.

황비서　　그렇게 되면... 저도 처벌받습니다.

제니 송　　그렇겠죠. 하지만 황비서님은 중간에 지시를 대신 전달한 사람일 뿐이잖아
　　　　요. 처벌이 무겁진 않을 거예요. 변호사 비용과 이후는 제가 책임을 지도록
　　　　하죠. 어디 가서 생활하든 모자람이 없도록.

황비서　　(고민하는...)

제니 송　　시간이 별로 없지 않을까요, 황비서님께는...

(CUT TO)

구치소 방 안.

생각이 많은 듯 길게 한숨을 내쉬는 황비서.

S# 43. 제니 송 호텔 전경/ 밤

S# 44. 제니 송 호텔 화장실 안/ 밤

귀에 이어폰을 꽂은 채 음악을 들으며 욕조에 몸을 담그고 있는 제니 송.

S# 45. 제니 송 호텔 거실 안/ 밤

창가에 서서 어둠에 묻힌 도심을 바라보고 선 경호.

이때, 경호에게 걸려오는 전화. 발신자를 보더니...

경호   (독일어로) 여보세요?

잠시 수화기 건너서 들려오는 소리를 듣고 있던 경호, 제니 송이 있는 화장
실 쪽을 한번 보더니 방으로 들어가는 경호.

S# 46. 은서경찰서 전경/ 밤

S# 47. 은서경찰서 취조실 옆 모니터실 안/ 밤

문을 열고 기춘호 들어오면...

한쪽에 앉아 취조실 상황을 지켜보는 서팀장과 김형사.

기춘호	어떻게 됐어?
서팀장	휴식이 필요하시답니다. 지병이 있으셔서.
기춘호	(어이없다는 듯) 지병?
김형사	의사 소견서 끊어 왔어요. 지병이 있다는.
기춘호	준비 단단히 했구만... 어차피 여기서 나올 거 없을 거 같은데 우린 제니 송. 한국명 송재인을 한번 더 파보자구.
서팀장	그건 대충 한번 훑었잖아요?
기춘호	그렇긴 한데... 이 여자 10년 전 차승후 중령 살해사건과도 연관이 있어. 김선희하고도 잘 아는 사이였고
서팀장	네? 김선희요??
기춘호	그래. 의도는 모르겠지만 최변에게 일부러 정보를 흘려줬어. 조사해보라고 팁을 준 거지.
서팀장	10년 전이라면... 최도현 변호사 아버지 그..?
기춘호	맞아. 그러니까 이제부터 우린 현재가 아니라 10년 전 사건에 초점을 맞춰서 다시 한 번 제니 송 그 여자를 찾아보는 거야.
서팀장	(혼잣말처럼) 그 여자 말만 믿고 조사하는 건 좀 그렇지 않나...
기춘호	일단 10년 전 김선희 출입국 기록이랑 송재인 이 여자 출입국 기록 한번 쭉 찾아보자고. 그리고 시간 되는 대로 돌아가면서 호텔 쪽 뻗치기 한번 들어가 보고. 분명 특급 호텔 스위트룸 정도에 묵을 테니.
김형사	예...
서팀장	이거 품이 너무 많이 들어가는 거 아니에요?...
기춘호	할 수 있는 건 해봐야지. 적어도 뭔가는 나오지 않겠어. (모니터 속 오회장과 지창률을 가리키며) 저 인간들 붙들고 있는 거보다는 그게 빠른 길인 것 같아.
서팀장	그건 확실히 그렇죠...

S# 48. 은서경찰서 앞/ 오전

검은 양복을 차려입은 회사 직원들의 보호를 받으며 경찰서를 나오는 오회장과 함께 일제히 몰려드는 기자들.

사방에서 "무혐의로 풀려나셨는데 하실 말씀 없으신가요?" "무고죄로 혹시 고소를 하실 생각이십니까?" 등등의 질문이 쏟아져 나오지만 묵묵히 그들을 물리고 가는 오회장.

한쪽에 세워진 차에 오르는 오회장.

짙게 선팅된 유리창 덕에 안의 상황이 잘 보이지 않는다.

오회장, 바로 핸드폰을 꺼내 지창률에게 전화를 거는.

오회장　수고했어요, 지대표.

지창률(F)　수고는요… 좀 더 일찍 보내드렸어야 하는데 이렇게 시간 꽉 채워서 보내드리게 돼서 제가 죄송하죠.

오회장　죄송은 무슨… 우리 사이에.

지창률(F)　끝까지 곁에 있어야 하는데… 사방에 기자들이 깔려서…

오회장　이해해요, 지대표 입장. 그러니까 이렇게 내가 전화를 건 거 아닙니까. 아무튼 좀 잠잠해지면 식사 한번 합시다. 거~ 하게 말이요.

지창률(F)　알겠습니다.

오회장　그래요… (전화를 끊는)

이때 오회장의 차를 막아서는 몇몇 사람들. 그들 손에는 패널이 하나씩 들려 있다.

'부실 전투 헬기 유리온을 들여온 유광기업을 고발한다' '군납 비리 유광기업을 조사하라' 등등…

그대로 그들을 밀치듯 가는 오회장이 탄 차량.

S# 49. 은서경찰서 회의실 안/ 오전

회의실로 들어오는 기춘호, 서팀장, 김형사

서팀장　출입국 기록 받아봤는데요… 진짜 10년 전 송재인이랑 김선희랑 같은 날 같은 비행기로 출국했던데요. 필리핀으로.

기춘호	그래? 날짜가 언제야?
김형사	2009년 4월 9일이요. 13시 30분 비행기고.
기춘호	2009년 4월 9일이면... 최변 아버지 재판이 끝났을 때쯤이네.
김형사	그리고 열흘 뒤인 19일에 송재인만 다시 필리핀에서 여기로 들어왔다가... 22일에 다시 출국했어요. 미국으로.
기춘호	사업자 선정이 있었거든. 그쯤... 그리고 그게 끝나고 다시 돌아간 거지. 미국으로. 김선희는 필리핀 쪽에 떨군 거고. 적당히 입막음용 돈을 건넸겠고.
서팀장	근데... 4년 전에 한 번 더 들어왔더라고요.
기춘호	4년 전에?
서팀장	한 보름 머물다 갔거든요. 그래서 한번 찾아보니까 그때쯤 무기 협약이 있었더라고요. 근데... 그땐 동행자가 한 명 있었어요.
기춘호	동행자?
서팀장	마크 최라는 이름의 남자예요. 같은 비행기를 타고 들어와서 같은 비행기를 타고 갔더라고요. 나이나 이런 건 아직 모르겠고...
기춘호	마크 최... 혹시 그때 황교식의 집에서 본 그놈 아냐?
김형사	이름으로 봐선 교포 같은데... 이건 한번 찾아볼게요. 최근에 입국한 사실이 있는지.
기춘호	그래... 그리고 그 이름으로 호텔 쪽도 한번 찾아봐. 제니 송 그 여자 그 이름으로 투숙했을지도 모르니까.
김형사	예..
기춘호	이번엔 왠지 뭐 하나 걸릴 거 같은데. 예감이...
서팀장	그 예감 또 잘 맞지.
기춘호	(보면...)
서팀장	진심에서 한 말이에요. 농담 아니고..

S# 50. 도로 위 + 오회장 차 안 + 송일재단 이사장실 안/ 오전

빠르게 한강변을 달리는 오회장의 차.
그제야 구두를 벗고 다리를 쭉 뻗으며...

| 오회장 | 아이고~ 이제 좀 살 것 같네. (잠시 창밖을 바라보는) 황교식이 내 이 자식을 지금 씹어 먹어도 시원찮겠는데... 참는다, 지금은... |

분을 참는 듯 길게 한번 숨을 몰아쉬더니 핸드폰을 들어 전화를 걸면...
전화를 받는 추명근. 이하 교차.

추명근	오회장. 그렇지 않아도 내가 한번 전화 넣을까 했는데...
오회장	아닙니다. 신경 써주신 덕에 바로 나왔습니다.
추명근	신경은 내가 뭘 한 게 있다고... 아무튼 고생했어요, 오회장.
오회장	아닙니다. 괜히 중요한 일 앞두고 심려 끼쳐드려 죄송합니다.
추명근	죄송은.... 일단 오늘은 푹 쉬시고 다시 연락을 하지요.
오회장	예, 알겠습니다. 그럼 들어가십시오...

전화를 끊는 추명근. 그 옆으로 수행비서가 서 있다.

추명근	어떻게... 그쪽은 알아봤어?
수행비서	예... 오늘 밤에 일 끝나고 만나기로 약속 잡았습니다.
추명근	오늘 밤이라... 눈치가 워낙 빠삭한 여자라 과연...

쓰윽 가늘어지는 눈자위와 함께 툭툭... 손가락을 튕겨보는 추명근.

S# 51. 도현 사무실 안/ 저녁

문을 열고 사무실 안으로 들어오는 도현.
한쪽에 가방을 놓고 노트북을 켜는데 걸려오는 전화. 보면...
모르는 번호다.

도현	최도현입니다.
제니 송(F)	제니 송이에요.
도현	!!!

제니 송(F)   10년 전 화예 사건. 나머지 진실을 듣고 싶지 않아요?

도현   ... 무슨 뜻이죠?

제니 송   말 그대로에요. 10년 전, 차승후 중령이 살해되던 때의 진실을 듣고 싶지 않
          냐고요?

도현   듣고 싶습니다.

제니 송(F)   그럼 얘기해주는 장소로 오세요. 앞으로 한 시간 후.

도현   (시간을 보는)

제니 송(F)   단, 혼자만이에요. 누가 같이 온다면 진실을 들을 기회는 영원히 없어져요.

          도현, 핸드폰을 바꿔 들고 급히 메모지에 주소를 쓴다.
          서둘러 외투를 챙기고 사무실을 나서는.

S# 52. 기춘호 차 안 + 도현 차 안/ 저녁

          서팀장과 함께 차를 타고 가는 기춘호.
          이때 도현에게 전화가 온다. 받으면,
          운전하며 통화 중인 도현. 이하 교차.

도현   반장님. 저에요.

기춘호   어, 최변.

도현   저 지금 제니 송씨 만나러 가고 있어요.

기춘호   제니 송? 갑자기 무슨 말이야.

도현   조금 전에 전화가 왔어요. 만나서 모든 얘기를 해주겠다고 하네요.

기춘호   방금 전?

도현   ... 예.

기춘호   뭔가 냄새가 나는데...

도현   그렇긴 한데... 그래도 가봐야 할 거 같아요. 그래서 말인데요. 주소 하나 보
          낼게요. 근처에서 대기하고 계셔주세요.

기춘호   뭐, 위험한 상황이라도 벌어진다는 거야?

도현   글쎄요... 그건 아닌 거 같은데... 시간을 정해놨거든요. 한 시간 안에 오라고.

제가 볼일을 끝내면 뒤를 좀 쫓아주세요. 장소는 파현시 남주동 쪽이거든요.

기춘호   알았어. (통화 끊고는 서팀장에게) 차 돌리자.

기춘호의 말에 재빨리 1차선으로 차선을 바꾸더니 급 유턴을 하는 서팀장.

S# 53. 공장 주변 도로 위 + 도현 차 안/ 저녁

도심을 벗어나 외곽 공장이 즐비한 곳을 지나는 도현의 차.
막 어둠이 내리기 시작하는 시간.
간간이 켜진 가로등. 하지만 인적은 거의 없다.
네비를 보면.... 남은 거리가 채 1-2분 내외.

S# 54. 도로 위 + 기춘호 차 안/ 저녁

빠르게 앞차들을 추월하며 달리는 기춘호가 탄 차량.

S# 55. 창고 앞/ 저녁

조그만 등 하나만이 켜진 창고 앞.
저 너머로 헤드라이트 켠 채 다가오는 도현의 차.
창고 앞에 멈추더니 차에서 내리는 도현.
잔뜩 경계하며 주변을 살피면... 어둑어둑한 주변. 그리고 살짝 열려진 창고
문.
어쩔까... 잠시 고민을 하다 다가가면... 불이 꺼진 창고 안. 어둡다...
스마트폰으로 비추며 스르륵 나머지 문을 열고 들어가는 도현과 함께,

S# 56. 사거리 도로 위 + 기춘호 차 안/ 저녁

통행이 거의 없는 도로. 신호등에 멈춰 있는 기춘호의 차 안.
사거리 반대편에 차 한 대가 멈춰 서 있다.
이때, 김형사에게 걸려오는 전화.

기춘호　어, 김형사.

김형사(F)　아까 말한 마크 최라는 놈. 좀 알아봤는데 반장님이 말한 그놈 같은데요. 황
　　　　교식의 집에서 봤다는.

기춘호　그래...

김형사(F)　한국 이름은 최경호고. 출입국 기록 찾아보니까 제니 송보다 삼 일 먼저 들
　　　　어왔더라고요. 그리고 말씀하신 대로 마크 최라는 이름으로 파크빌호텔 스
　　　　위트룸을 잡았고. 근데... 방금 호텔 쪽에 전화해보니까 체크아웃 했다는데
　　　　요. 한 시간 전에요.

기춘호　(의아한) 한 시간 전에... 체크아웃을 해?

김형사(F)　예.

기춘호　공항 쪽은?

김형사(F)　출국 기록은 아직 없고요.

기춘호　알았어. 뭐 다시 나오는 대로 전화 주고.

김형사(E)　예... (전화 끊는)

기춘호　체크아웃을 했다... 여길 떠날 일은 없을 텐데. 아직은.

서팀장　호텔 옮기는 거 아니에요.

기춘호　호텔을 옮겨? 왜?

서팀장　모르죠. 그건... 어떤 사정이 있는지.

기춘호　사정.... 어째 이거 불안한데...

서팀장　그죠. 딱 느낌이...

이때, 어디선가 들려오는 사이렌 소리.
뭐지?? 보면... 기춘호의 차량 뒤로 사이렌을 울리며 빠르게 오는 경찰차들.
근데 한 대가 아니다. 비상 상황을 알리는 듯 여러 대의 경찰차들.
그 순간, 딱 눈이 마주치는 기춘호와 서팀장.

기춘호	젠장...

재빨리 차 위에 경광등을 붙이는 기춘호와 함께,
부릉~ 신호를 무시하고 그대로 액셀을 눌러 밟는 서팀장.
그 순간, 반대편에서 신호를 대기하던 차와 빠르게 스쳐 지나며 희미하게 보이는 운전석의 인물.

기춘호	!!! (고개를 돌려 뒤를 보는)
서팀장	왜요?
기춘호	(잠시 생각하다) 아냐. 그냥 가.

그대로 멀어지는 기춘호의 차와 신호 대기 중인 차량.

S# 57. 창고 앞/ 저녁

경광등을 반짝이며 빠르게 창고로 다가오는 기춘호의 차.
한쪽에 도현의 차가 서 있다.
그리고 그 너머로 불빛을 반짝이며 다가오는 한 떼의 경찰차들.
재빨리 차에서 내리는 기춘호. 창고를 보면... 불이 환하게 켜져 있다.
심상치 않은 표정으로 천천히 창고 앞으로 다가가는 기춘호, 서팀장.
반쯤 열린 창고 문을 열고 들어가면...

S# 58. 창고 안/ 저녁

등을 보이고 있는 도현. 그리고.... 그 앞으로 놓인 회전의자.
하지만 도현의 등에 가려 잘 보이지 않는다.

기춘호	최변!!!

그 소리에 천천히 도현 돌아서면...
도현의 손에 들린 뭔가가. 바로 총이다.
그리고 그 너머로 보이는 회전의자.
바로 가슴에 총을 맞고 앉아 있는 제니 송...
돌아보는 도현.
짧게 부딪치는 도현과 기춘호의 눈빛에서...

- 제12회 끝 -

13회

S# 1. 창고 안/ 저녁

　　　등을 보이고 있는 도현. 그리고.... 그 앞으로 놓인 회전의자.
　　　하지만 도현의 등에 가려 잘 보이지 않는다.

기춘호　　최변!!!

　　　그 소리에 천천히 도현 돌아서면...
　　　도현의 손에 들린 뭔가. 바로 총이다.
　　　그리고 그 너머로 보이는 회전의자.
　　　바로 가슴에 총을 맞고 앉아 있는 제니 송...
　　　돌아보는 도현.
　　　짧게 부딪치는 도현과 기춘호의 눈빛에서.

기춘호　　최변, 그 총 내려놔.

　　　도현, 의자에 앉은 채 죽어 있는 제니 송을 돌아보고. 다시 한 번 자신의 손
　　　에 있는 총을 본다. 할 수 없다는 듯 바닥에 내려놓고 손을 드는.
　　　서팀장이 도현 앞으로 다가와 도현의 손에 수갑을 채운다.

기춘호, 도현 앞으로 와 서고 마주 보는.
두 사람의 심각한 표정에서...

S# 2. 은서경찰서 사무실 안/ 밤

들어오는 도현과 기춘호. 서팀장. 도현의 손에 수갑이 채워져 있다.
형사들 일어나 무슨 일인지 궁금한 표정들.

S# 3. 은서경찰서 취조실 안/ 밤

책상을 마주하고 도현과 기춘호가 앉아 있다.

기춘호   얘기 좀 해봐.

기춘호를 물끄러미 바라보다 입을 여는 도현.

도현   ... 반장님. 저한테 생각할 시간을 좀 주세요.
기춘호   ... 좋아. 이거 하나만 대답해줘. 죽였어, 안 죽였어?

도현, 기춘호를 가만히 보는.

기춘호   왜 말을 못해?
도현   (고민하다) ... 제가... 죽였습니다.
기춘호   (놀라는) 지금... 내가 무슨 소리를 들은 거야?
도현   ... 제가 죽였다고 했습니다.
기춘호   (당장이라도 한 대 날릴 듯..) 너, 이!
도현   지금은 말씀드릴 수 있는 게 그게 다입니다.
기춘호   끝까지 정말! 지금 그 말을 나보고 믿으라는 거야?
도현   (기춘호의 눈을 피하는) ...

기춘호	좋아! 그럼 왜 죽인 거야?
도현	...
기춘호	(자리를 박차고 일어나는) 이건 묵비권 따위로 넘어갈 게 아니야!

도현을 노려보는 기춘호. 외면한 채 허공을 바라보는 도현.

S# 4. 은서경찰서 사무실 안/ 밤

화난 표정으로 취조실을 나오는 기춘호. 소파에 다가가 주저앉는다.
서팀장, 다가오고.

서팀장	뭐래요?
기춘호	(대답 없이 인상만 쓰는)...
서팀장	아무 말도 안 해요?
기춘호	죽였단다.
서팀장	네???
기춘호	... 지는 그랬다는데... 그럴 리가 있냐.
서팀장	(고개를 절레거리며) 이게 대체 뭔 일인지. 최변이 제니 송 그 여자를 왜 죽여요. (기춘호를 보면)
기춘호	...
서팀장	... 진짜 죽인 거에요?

기춘호, 생각에 잠기고.

서팀장	그렇잖아요. 본인이 죽였다고 자백하는데, 그것보다 더한 증거가 어딨어요? 최변이 그럴 리는 없지만 사람 일이란 게... 좋아요. 자백했다 치고, 이유는요. 이유는 말해요?
기춘호	안 해. (한숨을 내쉬며) 뭔 생각을 하는 건지... 참...
서팀장	(기춘호 보다가) 어떻게 하실 거예요? 혹시 형님하고 둘이 무슨 작전이라도 짠 거요? 나 빼고?

기춘호	(어처구니없다는 듯 피식.... 그러다) 그러고 보니 상황이 묘하네.
서팀장	뭐가요?
기춘호	난 최변이 제니 송을 죽였다고 보지 않아. 최변은 아버지가 살인을 했다고 믿지 않고. 근데 둘 다 자기가 죽였다고 자백하고 있잖아. 10년 전이랑 비슷한 상황이야.
서팀장	이상한 우연이네요.
기춘호	(되뇌이며...) 이상한... 우연....

기춘호, 생각하는.

(플래시백 – 12회 52씬, 기춘호 차 안 + 도현 차 안)
서팀장과 함께 차를 타고 가는 기춘호.
이때 도현에게 전화가 온다. 받으면,
운전하며 통화 중인 도현. 이하 교차.

도현	반장님. 저에요.
기춘호	어, 최변.
도현	저 지금 제니 송씨 만나러 가고 있어요.
기춘호	제니 송? 갑자기 무슨 말이야.
도현	조금 전에 전화가 왔어요. 만나서 모든 얘기를 해주겠다고 하네요.
기춘호	방금 전?
도현	... 예.
기춘호	뭔가 냄새가 나는데...
도현	그렇긴 한데... 그래도 가봐야 할 거 같아요. 그래서 말인데요. 주소 하나 보낼게요. 근처에서 대기하고 계셔주세요.
기춘호	뭐, 위험한 상황이라도 벌어진다는 거야?
도현	글쎄요... 그건 아닌 거 같은데... 시간을 정해놨거든요. 한 시간 안에 오라고. 제가 볼일을 끝내면 뒤를 좀 쫓아주세요. 장소는 파현시 남주동 쪽이거든요.
기춘호	알았어. (통화 끊고는 서팀장에게) 차 돌리자.

기춘호의 말에 재빨리 1차선으로 차선을 바꾸더니 급 유턴을 하는 서팀장.

(CUT TO)
은서경찰서 사무실 안.
생각 중인 기춘호.

기춘호   (심각하다...) 뭔가 이상했어, 처음부터. 그리고 그놈....

(플래시백 - 12회 56씬, 기춘호 차 안)
재빨리 차 위에 경광등을 붙이는 기춘호와 함께,
부릉~ 신호를 무시하고 그대로 액셀을 눌러 밟는 서팀장.
그 순간, 반대편에서 신호를 대기하던 차와 빠르게 스쳐 지나며 희미하게 보
이는 운전석의 인물. 경호다!!!

(CUT TO)
은서경찰서 사무실 안.

기춘호   (서팀장에게) 그때 사거리에서 지나쳤던 차량, CCTV 확인 좀 해봐. (서팀장
이 보면) 아무래도 그놈 같아. 황교식의 집에서 본.
서팀장   ... 마크 최인가, 최경호인가... 걔 얘기하는 거죠?
기춘호   (고개를 끄덕이는....)

S# 5. 교도소 협력병원 전경/ 밤

S# 6. 교도소 협력병원 병실 안/ 밤

침대에 최필수가 누워 자고 있다.

(최필수의 꿈 - 화예 별채 안)
총을 들고 있는 최필수. 탁자 위에 차중령이 쓰러져 있다.

총을 들고 있는 손이 부르르 떨리고.

쓰러져 있던 차중령, 서서히 상체를 일으키는.

놀라는 최필수!

차중령, 일어서서 배를 보고는 손을 대자 피가 잔뜩 묻는다.

고개 들어 최필수를 슬픈 눈으로 바라보는.

(CUT TO)

헉! 소리와 함께 벌떡 일어나는 최필수. 주위를 보면 병실 안이다.

교도관1이 앉아 졸고 있고.

최필수, 옷깃을 열어 배를 보면 붕대가 매어져 있다. 고개를 허리 쪽으로 돌리는데, 통증이 이는지 고통스러운 표정을 지으며 다시 눕는.

S# 7. 은서경찰서 안/ 아침

경찰서로 들어오는 기춘호.

책상에 고개를 젖히고 자고 있는 서팀장에게로 간다. 책상을 두드리는 기춘호.

서팀장, 졸린지 눈을 게슴츠레 뜨고 하품을 하는.

기춘호　얘기했던 차량 CCTV 어떻게 됐어?

서팀장　마지막으로 건암거리에서 확인되고 놓쳤어요. (사진을 건네며) 거기 CCTV에 찍힌 건데... 그놈이더라고요.

사진을 보면.... 도로 CCTV에서 찍힌 차량 운전자의 얼굴. 흐릿하지만... 경호다.

서팀장　깨끗해요. 도주 경로와 은신처까지 미리 준비한 모양인지.

기춘호　(혼잣말로) 오회장이나.... 박시강 쪽을 뒤져봐야 하나...

서팀장　뭐라고 하신 거예요?

기춘호　아, 아니야.

기춘호, 유치장 쪽을 보는.

S# 8. 은서경찰서 유치장 안/ 아침

도현이 벽에 기대어 앉은 채 눈을 감고 있다.
그 모습을 보고 있는 기춘호. 한숨을 쉬고는 돌아선다.
도현, 눈을 뜨고 기춘호의 뒷모습을 보다가 품에서 사진을 꺼낸다.
심각한 표정으로 사진을 보는 도현.
사진이 비춰지면, 최필수의 목에 빨간 줄이 그어져 있는!!!
도현, 사진 뒷면을 보는.
빨간 글씨로. '인정하지 않으면 최필수는 죽는다.'

S# 9. 은서경찰서 사무실 안/ 아침

유리와 진여사가 서팀장과 실랑이를 벌이고 있다.

유리	잠깐이면 됩니다.
진여사	얼굴만 보게 해주세요.
서팀장	안 됩니다. 최변이 원치도 않고요.
유리	1분만요. 네?
진여사	미결 수용자의 가족이 접견하는 건 헌법 제10조가 보장하고 있는 행복추구권의 일부예요. 만나게 해주세요.
서팀장	가족 아니시잖아요.
유리	팀장님, 우리 가족이나 마찬가지예요.

취조실에서 나오다 보는 기춘호. 돌아서고,

유리	반장님!

기춘호, 에이 하는 표정으로 돌아서서 유리 쪽으로 간다.

진여사 어떻게 된 거예요?
유리 말도 안 돼요! 도현이가 사람을 죽이다니. 그걸 누가 믿어요?!
기춘호 진정하시죠.
유리 지금 진정이 돼요? 도현이 어딨어요?
기춘호 제가 잘 보호하고 있으니 오늘은 두 분 다 돌아가세요.
진여사 그럴 일이 아니잖아요. (애원하는 투로) 반장님…

진여사를 보는 기춘호. 한숨을 쉬고는 어쩔 수 없다는 듯 말하려는데.
우르르… 다가오는 기자들. 기춘호를 보고는,
"최도현 변호사 건으로 좀 여쭤볼게요" "정말 최도현 변호사가 사람을 죽인
겁니까?" "지금 최도현 변호사는 어떤 상태죠?" 등등 정신없이 한마디씩 던
진다.

기춘호 (손을 내저으며) 죄송합니다, 죄송합니다. 지금 수사 중이어서, 나중에, 나중
에 다 말씀드릴게요. (유리와 진여사에게) 일단 돌아가 계세요. 연락드릴게요.

서둘러 문을 닫고 기자들을 피해 안으로 들어가는 기춘호.
뒤이어 안에 있던 김형사 등이 나와 기자들을 상대하며 밖으로 밀어낸다.
그 틈바구니에서 그저 황망하게 서 있는 유리와 진여사,

S# 10. 은서경찰서 유치장 안/ 아침

시끌시끌한 바깥 소리….
도현이 벽에 기대어 앉아 생각에 잠겨 있다.

S# 11. 도현 사무실 안/ 오전

사무실을 왔다 갔다 하는 유리와 가만히 앉아 생각에 잠긴 진여사.

유리 　가만히 기다리라니... 말도 안 돼...

진여사 　반장님도 다 생각이 있으실 거예요. 믿고 기다려보죠.

유리 　그게 아니라... 말이 안 되잖아요, 말이. 도현이가 왜 그 여자를 죽여요. 죽일
　　　이유가 없잖아요.

진여사 　알아요. 유리씨. 그러니까 좀 더 기다려보자고요. 지금 누구보다도 상황을 잘
　　　알고 계신 게 기반장님이시니까...

그 소리에 조금은 진정하며 자리에 앉는 유리.

진여사 　(생각하는) 누구 짓일까요? 로비스트인 제니 송이 죽고, 그걸 변호사님에게
　　　뒤집어씌웠어요. 조기탁이 김선희를 죽이고, 한종구에게 덮어씌운 것처럼.

유리 　그럼, 제니 송과 도현이를 동시에 엮을 만한 인물이 누구일까요?
　　　박시강... 당선되자마자 무리수를 둔다?
　　　오택진? ... (고개 젓는) 상대편 로비스트였는데, 죽인다는 건 누가 봐도 내가
　　　죽였다고 외치는 거잖아요.

진여사 　어찌 됐든 둘 다 이유는 충분하죠.

유리 　그렇죠...

심각하게 고민에 빠지는 두 사람의 표정에서.

S# 12. 은서경찰서 사무실 안/ 아침

기춘호, 서팀장에게 다가가며.

기춘호 　검사 결과는 아직이야?

서팀장 　형님은 뭐든 급해요, 진짜. 그게 벌써 나와요? 빨라야 오후쯤 나오겠죠.

기춘호 　(약간 짜증 투로) 좀 일찍 안 되나?

서팀장	진정 좀 하세요. 그런다고 빨리 나오는 것도 아니고. 나오면 어련히 알아서 신팀장이 이리로 보낼까요.
기춘호	...

기춘호, 뭔가 떠오르는 표정이다.
책상으로 가 차중령 사건 조서를 빼내 읽어보는. 표정이 뭔가 놓쳤다는.

서팀장	(다가오며) 왜요?
기춘호	그러고 보니까... 당시에 검사 결과가 나한테는 오지 않았어.
서팀장	당시요? 언제 적 얘기하는 거예요?
기춘호	(생각하다 취조실 쪽을 보고는) 가봐야겠어.
서팀장	어딜요.
기춘호	신재식이한테. (조서를 툭 던져놓고 서둘러 나가는...)
서팀장	형님!

기춘호, 이미 문밖으로 사라졌다.
못 말린다는 듯 보는 서팀장.
한쪽에 기춘호가 던져놓고 간 차중령 사건 조서가 보인다.

S# 13. 경찰과학수사대 건물 밖/ 오전

경찰과학수사대 간판이 걸린 건물.
기춘호, 건물을 쳐다보고는 들어간다.

S# 14. 경찰과학수사대 감식팀장실 안/ 오전

팀장실 안으로 신재식이 들어온다. 조그만 회의 탁자에 앉아 있는 기춘호.
서류를 탁 던지는 신재식.

기춘호	(서류를 넘겨보며 심각하다...) 잔사물이 나오지 않았다... 세 발을 쏘고도... 왜 우리 쪽으론 이게 안 왔을까?

기춘호 (서류를 넘겨보며 심각하다...) 잔사물이 나오지 않았다... 세 발을 쏘고도... 왜 우리 쪽으론 이게 안 왔을까?

신재식 글쎄... 검사를 했으면 당연히 넘겼을 텐데... 거기가 됐든 검찰이 됐든.

기춘호 암튼 난 당시에 받은 건 없었어... 검찰 쪽에 넘긴 건 맞어?

신재식 10년 전 일이다. 내가 어떻게 다 기억하냐? 말했잖아. 검사했으면 넘겼을 거라고.

기춘호 (생각해보는.... 그러다) 최변 건 나왔어?

신재식 그래. 나왔다. 그 밑에 같이 있잖아.

밑에 서류를 빼내 급히 넘기는 기춘호. 찬찬히 서류를 살피는... 표정이 심각해지고.

신재식 빨리 갖고 가라. 나도 좀 쉬자.

기춘호 고생했어. 고마워.

신재식 참, 오래 살고 볼 일이다. 그 입에서 고맙다는 소리도 다 나오고.

기춘호 나중에 한잔하자고.

신재식 얼른 가기나 가서~

기춘호, 서둘러 나가는.

S# 15. 은서경찰서 유치장 안/ 오전

벽에 머리를 기대고 생각 중인 도현.
도현, 창을 툭툭 두드리는 소리에 고개를 돌려 보면 기춘호, 서 있다.

기춘호 잠깐 취조실로 가지.

도현 ...

S# 16. 은서경찰서 취조실 안/ 오전

취조실로 들어오는 두 사람. 마주 앉고.
기춘호, 총기 잔사물 검사지를 꺼내 탁자 위로 탁 올려놓는다.

기춘호   안 쐈어.

도현   ... (보면)

기춘호   최변이 죽이지 않았다고.

기춘호, 노려보고.
도현, 예의 담담한 표정으로 기춘호를 바라본다.

(플래시백 – 12회 55씬에 이어서, 창고 앞 + 안)
차에서 내리는 도현.
잔뜩 경계하며 주변을 살피면... 어둑어둑한 주변. 그리고 살짝 열려진 창고
문.
어쩔까... 잠시 고민을 하다 다가가면... 불이 꺼진 창고 안. 어둡다...
주머니에서 스마트폰을 꺼내 비추며 나머지 문을 열고 들어가는 도현.
어둠 속에서 핸드폰 불빛에 의지한 채 한 걸음 한 걸음 내딛는 도현.

도현   송재인씨! 송재...

이때 뒤에서 들려오는 인기척에 돌아보면...
픽~ 도현을 향해 내려치는 뭔가가...
바닥에 떨어지는 핸드폰과 함께 쓰러지는 도현.
쓰러진 도현 앞에 서 있는 누군가...

(CUT TO)
은서경찰서 취조실 안.
기춘호, 도현을 노려보고. 도현, 담담한 표정으로 기춘호를 바라본다.

기춘호   최변 손에선 총기 잔사물이 나오지 않았다고.

도현, 검사지를 끌어당겨 본다.

기춘호 대체 어쩌려고 허위 자백이나 하고. 도대체 무슨 생각을 하는 거야?
도현 반장님... 혹시... 10년 전에도 이 검사를 했었나요?

기춘호, 검사지 한 장을 더 꺼내어 올려놓고 고갯짓으로 보라는.
검사지를 끌어당기는 도현.

도현 !!!
기춘호 10년 전에는 나한테는 안 왔어. 아마 검찰로 바로 갔겠지.

도현, 기춘호 보지 않고 뚫어지게 검사지만 보는.

기춘호 그냥 보완 자료일 뿐이야. 결정적인 증거는 아니라고.
도현 (고개 들어 보고)
기춘호 최변 상황과는 경우가 좀 다르다는 얘기야.
도현 보완 자료도 모이면 결정적인 증거로 활용할 수 있죠. 더구나 이건
재판 과정에서는 다루지 않았어요.
기춘호 자백한 이상 그럴 필요가 없었을 테니까.
도현 ....
기춘호 이제 어떡할 거야?
도현 (생각하다) ... 이대로 그냥 가볼까 해요.
기춘호 무슨 소리야? 안 썼다는 증거가 있는데.
도현 ... 누명 쓴 채 있는 것도 나쁘지 않겠다 싶어서요.
기춘호 ... 그걸 말이라고 해?
도현 반장님. (기춘호가 보면) 부탁드릴 게 있어요.

궁금한 표정으로 보는 기춘호.

S# 17. 현준 검사실 안/ 오전

현준이 서류 보자기를 들고 들어와 책상 쪽으로 가서 올려놓는데, 안계장이 다가오며,

안계장   검사님. 이것 좀 보셔야겠습니다.

안계장, 태블릿 피시를 꺼내 보여주는. 헤드라인으로 '충격! 변호사, 총기 살인'이 보인다. 황당한 현준의 표정. 태블릿 피시를 들고 재빨리 읽는. 믿을 수 없다는 표정의 현준.

현준   ... 최도현이 지금 어디 있어요?
안계장   은서경찰서 유치장에 있습니다.
현준   (태블릿을 돌려주며) 피해자 신상은요.
안계장   이중 국적자라는 것 빼고 경찰이 함구하고 있습니다.
현준   직접 물어본 겁니까?
안계장   네. 아직 알려줄 수 없다는 답변만 오던데요?
현준   이것들이?
실무관   검사님. 부장님이 찾으십니다.

S# 18. 양인범 부장검사실 안/ 오전

양인범 책상에 앉아 생각 중이다.
노크 소리와 함께 들어오는 현준.

현준   부르셨습니까.
양인범   최도현 변호사 일 알고 있나?
현준   네. 방금 기사 봤습니다.
양인범   조사 좀 해봐.
현준   아직 경찰 쪽에서 영장이 청구되지 않았습니다.

양인범	검사가 영장 청구돼야 조사할 수 있는 거 아니잖아.
현준	... 어떤 쪽 결과를 원하시는 겁니까.
양인범	... 이검은 최도현 변호사에 대해 얼마나 알고 있어?
현준	네? (의아하다는 듯) ... 사시 차석에 저하고는 연수원 동기고...
양인범	최도현 아버지 사건 알고 있냐고 묻는 거야.
현준	사형수라는 건 알고 있습니다만.
양인범	그 사건 내가 담당했던 거야.
현준	네?
양인범	놀랄 거 없어. 수백 개 사건 중 하나였을 뿐이야.
현준	근데, 왜...
양인범	이번 최도현 사건과 관련 있을 거야. 이검이 다시 살펴봐줘.
현준	... 알겠습니다. (하고 돌아서려는데...)
양인범	나한테만 보고해. 하나도 빠짐없이.
현준	네!

현준 인사하고 나가고, 양인범에게 전화가 온다. 확인하면 지창률이다.

| 양인범 | (전화 받는) 네. 말씀하시죠. (사이) 봤습니다. 아직 담당 검사는 배정이 안 됐습니다. (사이) 네. 알겠습니다. 거기서 뵙죠. |

통화 끝내고 심각한 표정의 양인범.

S# 19. 교도소 협력병원 최필수 병실 안/ 오전

침대에 비스듬히 누워 있는 최필수.

(플래시백 - 12회 12씬, 최필수 교도소 공용 탈의실 안)
윽! 최필수의 입에서 나오는 신음 소리.
어느새 재소자3, 최필수의 허리에 금속 조각을 박고 있다.
바닥에 피가 떨어지고, 벽에 기대어 서서히 앉는 최필수.

피가 바닥에 흐르기 시작한다.

(CUT TO)
병실 안.
침대에 누워 있는 최필수.

최필수   (머릿속으로) 이번엔 위협 수준이 아니었어... 나를 죽이려고 했다는 건... 도대체 무슨 일이 벌어지고 있는 거지...

걱정스런 표정의 최필수.

최필수   교도관님!

자리에 앉아 책을 읽고 있던 교도관1. 보고.

최필수   부탁이 하나 있습니다.
교도관   ???

(CUT TO)
소리(E)   전원이 꺼져 있습니다.

교도관1, 최필수를 보며. 핸드폰을 들어 보이고.

교도관1   사무실도 핸드폰도 다 안 받습니다.

최필수, 심각해지는.

S# 20. 송일재단 이사장실 안/ 오후

추명근, 탁자 위에 있는 서류를 보고 있다.

인터폰	유광기업 오택진 회장님 오셨습니다.
추명근	들어오시라 해.

추명근, 서류를 한번 흘깃 보고는 책을 서류 위에 올려놓는다.
들어오는 오회장.

오회장	제니 송이 죽었습니다.
추명근	그래요? 허.. 어쩌다가...
오회장	현장에서 잡힌 범인이 최도현입니다.
추명근	(의아한) 최도현? 최필수 아들 아닙니까.
오회장	네.
추명근	최필수 아들이 왜 그랬을까요. 오회장은 아십니까.
오회장	... 모르겠습니다.
추명근	그런가요.

살짝 의심스러운 눈초리로 추명근을 보는 오회장.

오회장	... 하지만 덕분에 방해꾼도 없어졌고, 이제 정부 발표만 기다리면 될 것 같습니다.
추명근	오회장.
오회장	네.
추명근	요새 유광이 비리니 뭐니 시끄럽던데... 유리온 사고 유족들도 시위하고 있다면서요?
오회장	떠들어봐야 금방 식을 겁니다. 냄비 근성이 어디 가겠습니까. 아시잖습니까.
추명근	이번엔 쉽게 넘어갈 것 같지 않던데요. 검찰이 나선다는 소문도 있고...
오회장	... 그래서 뵈러 왔습니다. 검찰 쪽만 좀 막아주신다면...
추명근	허... 제가 요새 무슨 힘이 있다고. 옛날에나 먹혔지. 지금은... (고개를 가로젓는)
오회장	실장님...
추명근	일단 돌아가세요.

오회장	이번에는 미국 쪽으로 정리해야 합니다. MOU도 맺어놨고...
추명근	(말을 끊으며) 알아요, 알아.
오회장	이번 전투 헬기 사업 잘못되면... 전 끝장입니다. (일어서서 고개를 숙이며) 부탁드립니다.
추명근	허.. 힘없는 늙은이 자꾸 부담 주지 마세요.
오회장	저희는 쭉- 같은 배를 탄 사이잖습니까.
추명근	(쓰윽 굳어지는...) ... 꼭 혼자 죽지는 않겠다는 말로 들립니다.
오회장	...
추명근	알겠으니 가봐요. 이만.

오회장, 추명근을 보다 인사하고 돌아서고.
추명근, 오회장의 뒷모습을 깍지 끼며 보는.
추명근이 올려놓은 책 밑에 서류가 살짝 삐져나와 있다.
보이는 글자, '독일 엠비테사'...

S# 21. 은서경찰서 취조실 안/ 오후

국밥이 놓여 있고, 도현과 기춘호가 마주 앉아 먹고 있다.
도현, 숟가락을 내려놓는.

도현	... 무슨 맛인지도 모르겠네요. 아직도 사건 현장이 어른거려요.
기춘호	나도 처음엔 적응이 안 됐지.
도현	... 제 핸드폰은 언제 돌려받을 수 있습니까.
기춘호	알잖아? 증거품이니까 조금 더 있어야 해.
도현	(한숨을 쉬고) ... 누가 제니 송을 죽였을까요.
기춘호	지금은 황교식 집에서 봤던 놈이 가장 유력해. 그놈이 실행범일지, 배후에 뭐가 있을지는 파보면 나오겠지.
도현	네... 지금까지 일련의 사건들을 보면...
기춘호	청부지. 누군가 살해 청부를 했다면... 제니 송이 제일 거추장스러운 인물이겠고.

도현	게다가 그 살인을 저한테 뒤집어씌우면 이익을 보는 인물이겠죠.
기춘호	일부러 언론에다 알리라고 한 건 왜 그런 거야?
도현	... 저들의 계획이 성공했다고 믿게 하고 싶었어요. 또... (말을 하려다 마는)
기춘호	하여간...

기춘호, 못 말리겠다는 표정.
전화 울리고 보면 유리다.
도현에게 발신자 유리를 보여주는 기춘호.
고개 젓는 도현.

기춘호	아, 유리씨!

전화 받으며 일어나는 기춘호.

S# 22. 은서경찰서 휴게실 안/ 오후

휴게실에 앉아 있는 기춘호, 유리, 진여사.

유리	너무하네, 최도현.. 그러니까 지금 일부러 유치장에 있다는 거예요?
기춘호	누군가 제니 송을 죽이고, 최변을 함정에 빠뜨렸어.
유리	그게 일부러 유치장에 있는 이유가 돼요?
기춘호	상대방을 방심하게 만들려는 거지. 뜻대로 되고 있다고 믿게끔.
진여사	아무리 그렇다고 해도... 이러다 검찰로 이관되면... 그땐 상황이 달라질 거예요.
기춘호	(웃으며) 그렇게는 안 될 겁니다. 제가 가만있지 않죠.
유리	도현이가 아니라는 확실한 증거는 있는 거죠?
기춘호	(고개를 끄덕이는) 경찰이 바보는 아니죠.
진여사	우린 이제 어떻게 하죠?
기춘호	답답하시겠지만 일단 최변을 믿고 좀 더 기다려보시죠. 상황이 바뀌면 제가 바로 연락드릴 테니까. 그리고 혹시 모르니까 집이든 사무실이든 안전한 곳

에 계시고요.

진여사 　그래요... 저희 걱정은 마시고. 저흰 기반장님 믿고 좀 더 기다려볼게요. (유리를 보면...)

대답 대신, 후~~~ 한숨을 내쉬는 유리.

S# 23. 유흥음식점 안/ 저녁

양인범이 앉아 있다.
들어오는 지창률. 양인범, 일어선다. 순간, 얼굴을 찌푸리는 양인범.
지창률 뒤로 박시강이 들어선다.

박시강 　이야~ 양부장. 오랜만이네. 표정 뭐야? 내가 와서 안 될 자리야?
양인범 　... 아닙니다. 당선, 늦었지만 축하드립니다.
박시강 　뭘 축하해. 당연한 건데.
지창률 　자, 자. 앉으시죠.

양인범을 보는 박시강. 양인범은 불편한 기색이다.

지창률 　최도현이 말이야. 검찰에서 확실히 처리해줘.
양인범 　...
박시강 　사람이 죽어 있고 현장에서 총 들고 있다 잡혔다면서. 그럼 누가 봐도 살인자 아냐?
양인범 　지금 경찰에서 조사 중입니다만.
박시강 　거 말귀 알아듣는 게 영 시원찮네. 그러니까 경찰 손을 묶으라고. 괜한 짓 못하게
양인범 　...
지창률 　검찰로 바로 이관시켜서 끝내라는 얘기잖아.
양인범 　...

(플래시백 - 10년 전 유흥술집 안)
대답 없는 양인범의 표정에서 과거 비슷한 술자리로.
거만한 자세로 앉아 있는 박시강.
앞에 지창률이 있고, 양인범이 긴장된 자세로 앉아 있다.

박시강   (따지듯) 최필순지 뭔지 왜 아직도 구속 안 하는 거야?
지창률   경찰에서 조사 중입니다.
박시강   총 들고 현장에서 잡혔다면서? 자백도 했고. 더 이상 뭔 조사가 필요한데?
양인범   영장 청구하면 바로 구속시키겠습니다.
박시강   (컵을 잡고 날리려는 시늉) 확! 씨... 당장 하라고 새꺄! 말귀 못 알아들어!
양인범   그래도 절차라는 게...
박시강   이 새끼는 하여간 말이 안 통해.

지창률이 양인범에게 인상 찡그리며 눈짓을 준다.

박시강   지부장! 책임지고 알아서 해요!
지창률   알겠습니다.

박시강에게 전화 오는.

박시강   어디긴요. 검사님들하고 한잔하고 있어요. (사이, 짜증 나는 투로) 뒤처리를
         내가 하고 있잖아요. (두 사람을 보며) 내가 죽인 것도 아닌데.

양인범, 컵을 만지작거리다 박시강의 말을 듣고는 슬쩍 박시강을 보는.
어두운 표정의 양인범.

(CUT TO)
박시강(E) 많이 컸어. 양부장. 부장 자리가 오래갈 줄 아나봐.

박시강의 소리에 회상에서 돌아오는 양인범.

박시강	알아들었을 테니, 자! 술이나 합시다. 여기 최고로 비싼 것도 시키고.
양인범	오늘은 일어나보겠습니다.
박시강	왜?
양인범	몸이 좋지 않습니다.
지창률	양부장. 분위기 좀 맞춰.
박시강	(비꼬듯) 사람이 말이야. 한결같아야 돼. 좋다고 넙죽넙죽 받아먹더니 이젠 기억도 안 나나봐. 양부장님.

양인범, 표정이 좋지 않다. 고개를 숙이고 문 쪽으로 가는. 노려보는 박시강.

S# 24. 교도소 협력병원 최필수 병실 안/ 저녁

생각에 잠긴 채 침대 위에 앉아 있는 최필수.
교도관2가 하품을 하고 있고. 교도관1, 스트레칭을 하고 있다.

최필수	교도관님. (교도관1이 보면) 부탁 하나만 더 들어주십시오.
교도관1	???

(시간 경과)
교도관1이 들어온다.

교도관1	저기... (난처한 듯 신문을 건네며) 직접 보세요.
최필수	(의아한 표정으로) 고맙습니다.

최필수, 신문을 받아 드는데 슬쩍 헤드라인 뉴스가 보인다.
멈칫, 급히 신문을 펼치고 읽는. 최필수, 표정이 심각해지고... 난처한 듯 다시
병실을 나가는 교도관1.

S# 25. 은서경찰서 사무실 안/ 저녁

취조실 쪽에서 걸어오는 기춘호. 현준과 서팀장이 실랑이를 벌이고 있다.

현준   왜 영장 청구 안 하는 거냐고. 묻잖습니까?

서팀장   말씀드렸잖습니까. 아직 조사가 덜 끝났다구요.

현준   우리가 맡을 테니 그만 넘겨요.

서팀장   아무리 검사님이 이래라저래라해도 우리도 절차라는 게 있습니다.

기춘호   뭐야.

현준   (고개 돌려 기춘호 보고) ... 그때 그 전직 형사... 한종구 때 아주 제대로 나를 물 먹였죠. 근데 여기 왜 있는 겁니까?

기춘호   (고개만 살짝 끄덕이는) ...

서팀장   여기 소속 형삽니다.

현준   뭐 복직이라도 한 거야?

서팀장   예, 이번에 복직을 했습니다.

현준   아하! 그래서 최도현을 안 넘기는 겁니까? 한종구 사건으로 친해져서?

서팀장   (따지듯) 경찰을 도대체 뭘로 보는 겁니까.

기춘호   (서팀장에게) 가만있어. (현준에게) 조금만 시간 좀 주십시오. 아직 파악해야 할 게 남아서요.

현준   그 파악이라는 거, 우리가 합니다. 최도현은 변호사예요. 괜히 잘못해서 빠져나갈 구멍 만들어주지 말고 넘기라는 겁니다.

기춘호   아직 초동 수사도 끝나지 않았습니다.

현준   그렇게 미적거리고 있으니까 경찰이 욕먹는 거 아닙니까.

서팀장   (욱해서) 뭐라고요?

현준   현장에서 현행범으로 체포했다면서요. 그럼 게임 끝난 거죠. 무슨 초동 수사 따위로 시간을 끌고 있냐는 겁니다.

기춘호   초동 수사 잘못해서 살인범 풀어주는 경우도 많습니다. 저희가 실수를 되풀이하지 않게 좀 도와주시죠.

현준   그래서 못 넘기겠다는 겁니까?

기춘호   (단호하게) 그렇습니다.

눈싸움을 벌이는 두 사람.

현준　　(기춘호를 노려보다가) 모레까지 영장 청구하고 검찰 송치하십시오. 분명히 말하는데 다음엔 당신들이 아니라 여기 서장한테 직접 찾아갈 겁니다. 알겠습니까!

　　　　현준, 두 사람을 슥 보고는 나가는. 서팀장, 인상 쓰고.

기춘호　　최변 핸드폰 감식은.
서팀장　　최변 말대로에요.
기춘호　　...
서팀장　　언제까지 유치장에 둘 거예요?
기춘호　　... 최변이 원할 때까지.
서팀장　　(답답하다) 여기가 무슨. 있고 싶으면 있고, 가고 싶으면 가는 데에요?
기춘호　　모르는 사이도 아닌데, 며칠 재워준다고 생각해.

　　　　기춘호, 유치장으로 걸어가는. 고개를 절레거리는 서팀장.

S# 26. 은서경찰서 유치장 안 / 저녁

　　　　벽에 기대어 앉아 있는 도현. 옆에 다가서는 기춘호.

기춘호　　검사가 왔었어. 자네 아버지 사건 때 그랬던 것처럼.
도현　　　누가 왔었습니까.
기춘호　　양인범 부장검사 생각했지?
도현　　　...
기춘호　　아니야. 이현준 검사야. 뭐, 한통속이겠지.
도현　　　...
기춘호　　... 계속 이러고 있을 거야?
도현　　　오늘은 지키셨네요. 10년 전엔 내어줬지만.

피식 웃는 기춘호.

기춘호   ... 계속 이러고 있을 거냐고?
도현   제 혐의가 풀린 건가요?
기춘호   최변 핸드폰 녹음 감식 결과까지 나왔어. 우리로서는 더 잡아둘 명분이 없
          어. 이걸 예상했던 거야?

          (플래시백 - 도현 차 안)
          창고 입구가 보이는 차 안. 도현, 핸드폰에 녹음 버튼을 누르는.
          핸드폰을 옷에 집어넣고, 차 문을 연다.

          (CUT TO)
          은서경찰서 유치장 안.

도현   제니 송의 증언을 녹음해두고 싶었어요. 이런 일이 벌어질 줄은 몰랐죠.

          (플래시백 - 12회 55씬 이어서, 창고 안)
도현(E)   송재인씨! 송재...

          퍽 소리와 함께 바닥에 쓰러지는 소리.
          잠시 후, 핸드폰에 녹음되는 경호의 목소리.

경호(E)   접니다. 세팅... 끝났습니다. (사이) 112죠. 저 총소리를 들은 거 같아서요. 예,
          확실히 총소리 같았거든요. 여기가 어디냐면요...

          (CUT TO)
          은서경찰서 유치장 안.

기춘호   녹음된 거엔 총소리도 없었고, 최변 손에 총기 화학 반응도 없었어. 그리고
          최변이 아닌 다른 남자의 112 신고 목소리까지.
도현   그래도 아직 밖에는 알리지 말아주세요.

기춘호	오래는 못 끌 거야. 검찰도 주시하고 있으니까.
도현	(생각하다) ... 반장님. 화예에 한번 가볼 수 있을까요?
기춘호	화예는 왜?
도현	제니 송이나 김선희씨가 목격자였다면... 그 자리에 오회장, 차중령, 아버지 단 세 명만 있었다는 오회장의 증언은 거짓이죠. 그렇다면 그 자리에 또 다른 인물이 있었을 가능성도 배제할 수 없습니다.
기춘호	다른 인물이라면... 박시강?
도현	네. 물론 박시강 외에 다른 인물이 더 있을 수도 있고요. 그런 가정하에 사건 현장을 다시 보고 싶습니다. 분명 다른 게 보일 수도 있을 거예요.

기춘호, 도현 보다가 순경을 부른다. 순경 오면,

기춘호	열어줘.

일어나는 도현.

S# 27. 교도소 협력병원 최필수 병실 안/ 저녁

침대에 앉아 있는 최필수. 멍하니 창문 쪽을 보는.
무릎 위에는 신문 기사가 놓여 있다. '충격! 변호사, 총기 살인'이란 헤드라인 도...

최필수	(허망한 듯) 어떻게 살려낸 목숨인데....

믿기지 않는 듯 고개를 내젓는... 그러다 자신의 발목에 채워진 수갑에 눈이 가는...

최필수	그럴 리 없어... 도현이가...

무릎 위에 놓인 신문을 구겨 쥐는 최필수와 함께 뭔가를 결심하는 눈빛.

S# 28. 화예 대문 앞/ 밤

　　화예 대문을 쳐다보고 있는 기춘호와 도현. 대문을 밀고 들어간다.

S# 29. 화예 별채 방 안/ 밤

　　도현, 현장 사진을 보고 방 안을 둘러보고 다시 현장 사진을 보는.
　　사진 속에는 차중령이 등에 피를 흘린 채 탁자 위에 쓰러져 있다.
　　다른 사진을 보면, 포승줄이 묶인 상태에서 총을 겨누고 있는 최필수.
　　이리저리 사진과 현장을 번갈아 보는 도현. 뭔가 이상한 듯 고개를 갸웃거린
　　다.
　　사진 속 피가 튄 곳 바닥을 유심히 보고 있다.
　　튀어 있는 피와 다른 모양의 피 흔적이 있는.
　　도현을 가만히 지켜보고 있던 기춘호. 다가온다.

기춘호　　왜 그래?
도현　　... 조금 이상한 게 있어서요.
기춘호　　이상한 거?

　　사진을 보여주는.
　　사진 속엔 차중령이 쓰러져 있는 자리 옆 바닥에 피가 튀어 있다.

기춘호　　(빤히 사진을 보는....)
도현　　(사진 속 한 지점을 가리키며) 바닥에 피가 흐른 모양을 잘 보세요. 여기서
　　는...
기춘호　　(무슨 말인지 알겠다) 뭔가 있었네. 이 자리에.
도현　　그런 거 같죠. 뭉개져 있다고 해야 할까... 다른 부분의 핏자국하곤 분명 틀리
　　죠.

기춘호   뭘까....

도현   ... 오회장 말로는 이 안에는 아버지와 차중령. 그리고 자신밖에 없었다고 했
         어요. 게다가 오회장 본인은 그 당시 화장실을 다녀왔다고 했고.

기춘호   (기억을 더듬어보며) 내가 신고를 받고 도착했을 때도... 그 옆에는 아무도 없
         었어. 어떤 물건도 없었고...

(플래시백 – 6회 11씬, 10년 전 화예 별채 방 안)
문을 열고 들어오는 기춘호.
보면 오회장이 팔짱을 끼고 서 있고, 차중령이 쓰러진 채 피를 흘리고 있다.
차중령 맞은편에 꼿꼿한 자세로 앉아 있는 최필수.

(CUT TO)
화예 별채 방 안.
심각한 표정으로 생각에 잠기는 도현..

도현   ... 전에 제니 송을 만났을 때 그런 말을 했어요. 아버지는 위험을 무릅쓰고
         김선희를 살리려고 했다고.

(인서트 – 12회 33씬 중, 10년 전 화예 별채 방 안)
문이 확 열리면, 문에 서 있는 김선희. 놀라고...
그와 동시에 탕~ 발사되는 총과 함께,
김선희를 향해 몸을 던지는 최필수.

(CUT TO)
화예 별채 방 안.

기춘호   글쎄... 그 말을 어디까지 믿어야 하나...

도현   ... 저도 그렇게 얘기는 했습니다.

기춘호   그랬더니?

(플래시백 – 12회 33씬, 법원 건물 어딘가)

도현 앞에 서 있는 제니 송.

제니 송 믿지 않으셔도 돼요. 그건 최도현 변호사 당신이 결정할 일이니까. 저는 단지 제가 아는 사실을 알려주고 싶을 뿐이에요. 10년 전 그 사건에 대해서.

(CUT TO)
화예 별채 방 안.
곰곰이 제니 송의 말을 곱씹어보는 도현...

도현 ... 거짓말 같지는 않았어요.
기춘호 그래... (슬쩍 시간을 확인하곤) 이제 그만 가봐야 할 거 같은데. 가서 찬찬히 다시 한 번 생각해보고.
도현 예...

나가며 다시 한 번 방을 둘러보며 나가는 도현과 기춘호.

(CUT TO)
천장 위에 놓인 먼지에 뒤덮인 녹음기.

S# 30. 은서경찰서 전경/ 밤

S# 31. 은서경찰서 취조실 안/ 밤

팔짱을 끼고 앉아 화예 사건의 사진을 보며 생각에 잠긴 도현.
이때 들어오는 기춘호.

기춘호 이것 좀 마셔.

도현 앞으로 음료 하나를 내미는 기춘호. 오렌지주스다.

| 도현 | 고마워요, 반장님. |

뚜껑을 따서 마시는 그러다 잠시 뭔가 떠오른 듯 멈칫하고 음료를 보는....

| 기춘호 | 왜, 이상해? |
| 도현 | 아뇨. 그게 아니라... |

마시던 주스를 책상 위에 뿌리는 도현. 그 위로 손바닥을 댔다가 떼는.
다시 혈흔이 찍힌 현장 사진을 보는 도현. 기춘호에게 사진을 들어 보이고.
기춘호, 사진과 책상 위를 비교하는

| 기춘호 | ... 누군가 있었다... 죽은 차승후 중령 옆자리에... |

심각한 표정을 지으며 고개를 끄덕이는 도현.

도현	반장님. 부탁이 있습니다.
기춘호	부탁?
도현	아버지를 한번 만나주세요.
기춘호	(의아한) 만나주실까?
도현	아마 그곳에서도 지금쯤 제 소식을 들으셨을 겁니다. 그럼 분명 만나주실 거예요.
기춘호	... 언론에 일부러 흘리라고 한 게... 이것도 염두에 둔 거야? 햐...
도현	... 재심을 청구할 겁니다.
기춘호	재심?
도현	... 증거들이 모였어요. 하지만 먼저 아버지의 자백 번복이 필요해요. 반장님이 우선 설득을 해주세요...
기춘호	(도현을 보다가) ... 해보지.

S# 32. 최필수 교도소 민원실 입구/ 오전

기춘호가 민원실로 들어간다.

(시간 경과)
기춘호, 문을 열고 나오며 통화를 하는.

기춘호 나야. 최변 바꿔봐. (주차장으로 걸어가며) 교도소에 없고 병원에 입원했어.
도현(F) (놀라는) 네? 어디가 안 좋으신 겁니까!
기춘호 ... 자세한 건 몰라. 일단 병원에 가보려고.
도현(F) ... (걱정스런) 네. 연락 주세요.
기춘호 너무 걱정 말고 있어.

통화 끊고, 차 쪽으로 걸어가는.

S# 33. 교도소 협력병원 최필수 병실 안/ 오전

침대에 기대 누운 최필수.
교도관1이 들어온다. 앉아 있던 교도관2 일어서고.

교도관1 나머지 치료는 교도소 가서 해도 된답니다. 준비하시죠.

몸을 돌려 한쪽 관물대에 있는 물건을 챙기는 교도관2.
철컥!
교도관1이 침대와 최필수의 발목이 연결된 수갑을 푸는데...
갑자기 바뀌는 최필수의 인상. 눈빛이 날카로워지고...

S# 34. 교도소 협력병원 최필수 병실 앞 복도/ 오전

병실 문이 열리고 교도관 복을 입고, 모자를 눌러쓴 최필수가 나온다.

아무 일도 없었다는 듯 복도를 걸어가는 최필수.

S# 35. 교도소 협력병원 엘리베이터 앞/ 오전

엘리베이터 앞에 서는 최필수. 문이 열리면서 모자로 얼굴을 가리듯 고개를 숙이는 최필수와 함께 기춘호가 나오고.
기춘호와 스쳐 지나가며 엘리베이터에 올라타는 최필수.
문이 닫히자 걸어가던 기춘호. 엘리베이터를 돌아본다. 잠시 보다 걸음을 옮기는.

S# 36. 교도소 협력병원 최필수 병실 안/ 오전

기춘호, 병실 호수를 확인하고 문을 여는데.
안에는 교도관1과 속옷 차림의 교도관2가 수갑과 주사 줄로 묶인 채 바닥에 앉아 있다. 정신을 잃은 듯 고개를 숙이고 있는.
놀라는 기춘호. 휙 고개를 돌려 온 방향을 보는.

S# 37. 교도소 협력병원 밖 + 은서경찰서 유치장 안/ 오전

급히 나오며 전화를 하고 있는.

기춘호   난데, 최변 바꿔! (사이) 그냥 빨리 바꾸라고!

(CUT TO)
유치장 쪽으로 걸어가며 핸드폰에서 귀를 떼는 서팀장.

서팀장   아이 깜짝이야, 진짜. (유치장 앞으로 와서) 최변! 기춘호 반장님 전화시다.

안으로 핸드폰을 건네주는 서팀장. 도현, 의아한 표정으로 받고.

도현   네. 반장님. 네?

도현의 놀라는 표정에서.

S# 38. 도현 사무실 안/ 오후

문이 열리며 사복 차림의 사내들이 들이닥친다.
놀라는 유리와 진여사.

(시간 경과)
소파에 앉아 있는 사내도 있고, 창문 밖을 감시하고 있는 사내, 문 앞에도 사
내가 서 있다.
진여사 책상 쪽에 기대서 있는 유리와 진여사. 속삭이듯 대화하는 두 사람.

유리   여기 오실 리가 없잖아요. 무사하시겠죠?
진여사   무사하실 거예요. 그나저나 변호사님하고 연락이 닿아야 할 텐데...

사내1의 무전기에서 들리는 소리.

소리(E)   밖에는 아직 보이지 않는다. 사무실은 계속 대기하도록.

무전기가 지지직거리고.
걱정스런 표정의 유리와 진여사.

S# 39. 화예 대문 앞/ 오후

차에서 오회장이 내린다. 화예 대문 앞으로 들어가는.

잠시 후 차 한 대가 들어와 서고, 차 안에서 화예 대문을 보는 누군가의 시선.

S# 40. 화예 별채 방 안/ 오후

오회장이 앉아 있다. 문을 열고 들어서는 박시강.

오회장　어서 오세요.

박시강, 방 안을 둘러보고는 앉으며.

박시강　여긴 변한 게 별로 없네.
오회장　(술을 따라주며) 제니 송이 죽었어요.
박시강　알고 있어요. 그 여자 너무 날뛰었어. 안 그래요?
오회장　(조금 걱정스런 표정) ......
박시강　표정이 왜 그래요? 잘된 일 아녜요?
오회장　... 요새 저희 회사가 좀 시끄러운 일이 생겨서 말입니다.
박시강　에이, 그렇다고 뭔 일 있겠어요. 한두 푼에 움직이는 회사도 아니고. 뭐하면 추실장 연락하면 되잖아요.
오회장　그게.. 추실장님 태도가 좀 변해서요.
박시강　추실장이? (이상하다는 듯) 그대로던데?
오회장　저기... 박의원님. 이번 전투 헬기 사업권 말이요.
박시강　...
오회장　우리 회사 몫에 반을 더 넘겨드리리다.
박시강　(뜻밖의 제안이라는 듯) 호...
오회장　이번 일이 잘못되면 부도나게 생겼어요.
박시강　아이고. 부도나면 안 되지.
오회장　그러니 의원님이 추실장님께 말 좀 잘해주십시오.
박시강　너무 넘겨짚는 거 아니오? 우리 다 같은 편인데.
오회장　이 나이 되니 눈치가 빨라져서 말입니다.

박시강	추실장이 그렇다... 거, 너무 걱정 말아요. 추실장이 뭘 하든 난 완전 오회장 편이니까.
오회장	그 말 들으니 안심이 됩니다. 한잔 더 하시죠.

오회장이 잔을 따르려는데, 잔을 뒤집는 박시강.
오회장, 의아한.

박시강	(태도가 바뀌며) 근데 말이요. 왜 날 여기서 만나자고 한 거요?
오회장	...
박시강	나한테 옛날 일 가지고 뭐, 무언의 압박... 이라도 해보겠다. 그런 거요?
오회장	(손을 내저으며) 압박이라뇨. 당치 않아요. 난 그냥 우리가 영원히 한편이라는 거 잊지 말자. 뭐 그런 뜻으로다...
박시강	(노려보며) 한 번만 더 이딴 데서 만나자고 해봐. 사업이고 뭐고 없으니까. (오회장 앞으로 얼굴을 들이대고는 빈정대듯이) 그리고 혹시 몰라서 다시 한 번 상기시켜드리는데... 차중령. 당신이 죽였잖아. 안 그래?
오회장	...

씨익 웃으며, 일어서서 문 쪽으로 나가는 박시강.
오회장, 박시강의 뒷모습을 노려보는.

(플래시백 – 10년 전 화예 별채 방 안)
총을 들고 있는 오회장. 당겨지는 방아쇠. 탕!
탁자 위에 쓰러져 있는 차중령.

(CUT TO)
화예 별채 방 안.
오회장, 차중령이 있던 자리를 가만히 보는.

S# 41. 화예 대문 앞 + 오회장 차 안/ 오후

박시강이 대문으로 나온다. 차 안에서 박시강을 보는 누군가의 시선.
박시강의 차가 떠나고... 시선이 떠나는 차의 뒷모습을 쫓아가는.
시동을 거는 누군가. 대문 앞으로 가는 차.
이때, 차가 서 있는 쪽으로 오회장이 걸어온다.
오회장, 뒷좌석으로 올라타고.

(CUT TO)
오회장 차 안.

오회장   집으로 가지. 피곤하군.

차가 움직이고.

S# 42. 화예 근처 어딘가 + 오회장 차 안/ 오후

차가 멈춰 서고. 철컥, 차 문들이 잠기는 소리.
운전석에서 몸을 내미는 최필수. 알아보고는 놀라는 오회장.

오회장   !!!
최필수   (매섭게 쏘아보는) 사령관님!
오회장   최... 최준위. 아니, 어떻게...

'충격! 변호사, 총기 살인' 문구가 보이는 신문 조각을 들이미는 최필수.

최필수   제 아들한테... 무슨 짓을 하신 겁니까!

오회장을 노려보는 최필수.

오회장   나 아니야!
최필수   ... 경고했잖습니까! 내 아들은 건드리지 말라고!

오회장   진짜 이번 일은 내가 아니야!

최필수   그럼 누굽니까! 누가 내 아들에게 살인 누명을 씌웠느냔 말입니다.

오회장   ... 누군지 정말 모른다고.

최필수   제가 사형수인 걸 잊었습니까! (목소리에 힘을 주며) 여기서! 어떤 일을 벌여
         도! 아무 상관 없다는 뜻이란 말입니다!

오회장   ... 내가 입을 열면 뭐가 달라질 거 같은가?

최필수   (뭔 일을 벌일 표정으로) ... 정말... 마지막으로 묻겠습니다. ... 누굽니까.

         오회장, 최필수을 보며 고민하는.

최필수   누구냐고!

         오회장, 결국 얘기하는데.

오회장   ... 박시강. 박시강의 짓이야.

최필수   !!!

오회장   현직 국회의원을 건드리기라도 할 건가?

최필수   말씀드렸지 않습니까. 저는 어차피 지금 사형수 신분입니다. 제 아들을 해치
         려는 자는 누구라도 용서할 수 없습니다.

오회장   그것보단 아들이나 먼저 만나봐야 하는 거 아닌가? 시간도 없을 텐데.

최필수   ....

오회장   허긴 조만간 교도소에서 부자 상봉을 하게 생겼군. 아님... (야비한 미소를 지
         으며) 채 교도소에 들어가기도 전에 죽을 수도 있겠고...

         최필수의 표정이 심각해지고.

S# 43. 오회장 차 밖/ 오후

         트렁크에서 운전수를 들어 꺼내는 최필수. 트렁크 안에는 교도관복이 있다.
         운전수를 바닥에 뉘여놓고는 다시 차에 올라타는 최필수.

차가 떠나고, 떠난 자리에 오회장이 서 있다.
인상을 쓰며 차가 가는 것을 바라보는 오회장.
오회장 뒤로 화예 전경이 점점 뚜렷하게 보인다.

S# 44. 송일재단 이사장실 안/ 저녁

추명근. 뒷짐을 지고 창 앞에 서서 밖을 바라보고 있다.
문이 열리며 박시강이 들어와 다가서고.

박시강   도대체 어떻게 판을 짜고 있는 거요? 갑자기 독일 쪽이라니.
추명근   전화로 해도 될 일을 바쁘신 박의원이 여기까지 왔습니다.
박시강   제니 송도 뒈졌는데. 그럼 이젠 방해물도 없는 거 아뇨!
추명근   …
박시강   아, 씨. 꿀 먹은 벙어리가 됐나. (따지듯) 말을 해보라고요!
추명근   박의원.
박시강   (반항 조로) 왜요! 미국 쪽으로 내가 얼마나 로비를 해놨는데.
추명근   (쏘아보며 어조를 강하게) 박의원!
박시강   (살짝 쫀다) … 뭐요.
추명근   박의원은 손해 볼 일이 없어요. 가져갈 몫도 그대로고.
박시강   오회장이 가만 안 있을 텐데…
추명근   앞으로 오회장 정신없을 겁니다.
박시강   (무슨 뜻인지 눈치채는) 그래요… 뭐, 나한테만 불똥 안 튀면 되긴 하지.
추명근   자, 이제 대충 정리된 거 같으니 박의원은 가서 나랏일 보셔야죠.

박시강, 추명근을 보다 돌아서는.
추명근, 의자에 앉아 몸을 젖히는.

S# 45. 송일재단 이사장실 앞 복도/ 저녁

박시강, 복도를 걸어가는데, 반대편에서 걸어오는 경호.
경호가 박시강을 스쳐 지나가는데, 의아한 표정으로 슬쩍 보고 지나가는 박
시강.
경호는 별 신경 쓰지 않고, 회의실 문으로 가 노크를 한다.

S# 46. 송일재단 이사장실 안/ 저녁

의자에 앉아 몸을 젖힌 채 생각 중인 추명근.
노크 소리가 들리고, 문이 열리며 들어오는 사내. 경호다.
경호, 추명근 앞으로 다가서고. 추명근, 호기심 어린 눈으로 본다.
경호, 무표정하게 추명근을 바라보는.

(플래시백 - 창고 안)
누군가의 손에 들려 있는 종이를 보고 있는 제니 송. 종이 안에는 창고 주소
가 적혀 있다. 제니 송이 살짝 고개를 돌려 보면... 제니 송을 향해 총을 겨누
고 있는 경호.
제니 송, 손으로는 문자를 보내는 듯 핸드폰의 버튼을 누르며 조작하고 있다.
핸드폰을 내어주며 경호와 눈을 마주치는 제니 송.

제니 송   누가 시킨 거야?
경호   그냥 모르고 가시는 게 낫지 않겠습니까.
제니 송   어차피 이렇게 된 거 알려주면 안 되겠어? 그동안 정이란 게 있잖아.
경호   ... 회사로부터 명령을 받았습니다.
제니 송   회사에서? 추실장이 아니고?
경호   ... 회사입니다.
제니 송   (헛웃음 나오고) 그동안 내가 뭐한 거지?

제니 송, 갑자기 깔깔깔 웃는, 자조적인 웃음이다. 가만히 보고만 있는 경호.

제니 송   이렇게 혼자 가긴 아깝네...

경호	...
제니 송	나 복수할 건데.
경호	그럴 수 없잖습니까.
제니 송	두고 보면 알 거야.
경호	...
제니 송	마음을 바꿀 생각... 정말 없어?
경호	죄송합니다.

제니 송, 혹시나 경호를 가만히 보는. 경호, 고개를 젓는다.
마지막이라는 걸 느끼는 제니 송.

제니 송	... 얼굴 쪽은 안 돼.

선글라스를 끼는 제니 송. 경호의 총구가 가슴을 향한다.
탕!

(플래시백 - 12회 55씬에 이어서, 창고 안)
픽~ 소리와 함께 바닥으로 쓰러지는 도현.
경호 다가와 쓰러진 도현 품에 최필수의 사진을 집어넣는다.

(CUT TO)
송일재단 이사장실 안.
경호, 품에서 사진을 꺼내 추명근 앞 탁자 위에 올려놓는다.

경호	확인하십시오.

추명근, 사진을 들어 보면, 총을 맞고 죽어 있는 제니 송이 찍혀 있다.
다른 사진을 보면, 총을 쥐고 쓰러져 있는 도현.
경호, 품속에서 서류를 한 장 꺼내 내민다.
서류에는 협약서란 제목으로, 독일 엠비테사를 대한민국 차세대 전투 헬기
사업자로 선정하기 위해 협력한다는 내용과 엠비테사가 사업자 선정이 되지

않을 시 어떠한 불이익도 감수한다는 내용이 담겨 있다.
펜을 들어 자신의 이름 옆에 사인을 하는 추명근.
앞으로 밀면, 경호가 다시 품에 집어넣고.

추명근   제니 송을 왜 그런 식으로 처리하라고 했는지 궁금하지 않아요?
경호   전 명령만 수행할 뿐입니다.

         인사를 하고 나가는 경호.
         깍지 끼고는 경호의 뒷모습을 보다 닫자 위 사진으로 시선을 향하는 추명근.

추명근   내 상대가 되려면 아직 멀었다는 것쯤은 알고 갔겠지.

         미소 짓는 추명근.

S# 47. 은서경찰서 유치장 앞/ 저녁

         유치장 안을 걱정스런 표정으로 서성거리고 있는 도현.
         기춘호, 급하게 다가오는.

도현   어떻게 된 일이에요?
기춘호   최변 소식을 들은 거겠지. 일이 너무 커졌어.
도현   ... 설마 그렇게까지 하실 줄은 몰랐어요.
기춘호   아버지가 갈 만한 곳 있어?
도현   ... 저를 만나려고 하신다면...
기춘호   (시계를 보며) 여기라면 벌써 왔을 텐데.

         도현, 걱정스런 표정.

도현   ... 나가야겠어요.
기춘호   어디 가려고?

도현	무슨 일을 벌이기 전에 아버지를 찾아야죠. 일이 벌어지면 재심은 의미가 없
	어져요.
기춘호	그러니까 어딜 갈 거냐고.
도현	... 오회장이요.
기춘호	다른 쪽이면.
도현	그쪽이 아니길 빌어야죠.

기춘호, 순경을 손짓으로 부르고, 손으로 잠금 장치를 가리키며 열라는 신호
보낸다.

S# 48. 은서경찰서 사무실 안 + 은서경찰서 취조실 앞/ 저녁

안쪽에서 걸어 나오는 도현과 기춘호.
사무실 입구에 양복 차림의 최필수가 서 있다.

도현	!!!

도현, 떨리는 표정으로 최필수 앞으로 다가서는.
기춘호, 놀라고!!!
최필수, 기춘호를 알아보고 살짝 고개를 숙여 인사하는.

최필수	조용한 데서 얘기를 하고 싶습니다.
도현	(기춘호를 바라보며) 반장님!

기춘호, 알겠다는 듯 도현에게 고개를 끄덕이고.

기춘호	(최필수에게) ... 저를 따라오시죠.

도현과 최필수, 잠깐의 정적으로 마주 보다가,
도현과 최필수, 기춘호와 같이 취조실로 걸어가고.

서팀장. 무슨 일인지 모르겠다는 듯 어깨를 으쓱거리며 자리로 가려다 무음
으로 틀어놓은 TV 화면에 눈이 간다.
'속보, 병원에서 치료받던 재소자 탈출.' 사진이 올라오고, 보면 최필수다.
눈이 커지는 서팀장. 취조실 쪽으로 휙 고개를 돌리고.
그때, 안으로 들이닥치는 현준 일행.
서팀장, 취조실 쪽과 현준 일행을 번갈아 보며 낭패한 표정.

서팀장   (들으라는 듯 크게) 아이구~ 이검사님~~

(CUT TO)
취조실로 들어가던 도현과 안내하던 기춘호, 서팀장의 목소리에 돌아보면....
막 경찰서 안으로 들어오는 현준이 보인다.
서둘러 도현과 최필수를 취조실 안으로 들여보내고는 현준에게 다가가는 기
춘호.

기춘호   이검사님, 오늘은 또 뭡니까?
현준   초동 수사 다 끝냈죠? (취조실 쪽 보며) 최도현 용의자 어딨습니까?
기춘호   (서류 보다가 흔들며) 뭐가 이렇게 급합니까? 날 밝으면 천천히 오시면 될
        걸...
현준   (어이없다는 듯) 경찰에 복귀한 지 얼마 안 돼서 감을 잃은 모양인데.. 수사
        는 우리가 지휘합니다. 아시겠습니까! 최도현 어디 있습니까.
기춘호   (잠시 생각하는...) 근데 이 사인 누굽니까?
현준   이 양반이 단단히 감을 잃었군... 지금 사인이 중요한 게 아니라, 경찰 비호 아
        래 살인 용의자를 그대로 둘 수만은 없다는 검찰 측 판단이 중요한 겁니다.
        그래서 보완 수사를 하겠다는 거고. 다시 묻겠습니다. 최도현 어디 있습니까.

더는 어쩔 수 없다는 듯. 하지만 최대한 시간을 끌어볼 요량인지...

기춘호   검사님 말씀하신 대로 제가 워낙 오랜만에 복귀를 한 거라 도통 감을 잃어
        서... 서류를 좀 검토해보고 말씀드리겠습니다.
현준   이 사람이 진짜... (획~ 하니 기춘호의 손에서 서류를 빼앗는)

이때, 전화 울리고 받는 현준.

현준 네 부장님, 그게... 네... 죄송합니다. 네 알겠습니다. (짜증 난다는 듯 전화를 끊고는) 손발이 맞아야 일을 하지 이거 원....

신경질적으로 핸드폰 넣고 돌아서는 현준.
기춘호, 나가는 현준을 보고는 취조실 옆 모니터실로 향하는.

S# 49. 은서경찰서 취조실 옆 모니터실 안/ 저녁

문이 벌컥 열리며 들어오는 서팀장, 흥분한 표정.
기춘호가 투명 유리창으로 취조실 안을 보고 있다.

서팀장 형님!
기춘호 (고개도 안 돌리고) 아니까 흥분하지 말고 기다려.
서팀장 아무리 그래도... 이거 시말서 감이에요.
기춘호 내가 쓸 거니까 걱정하지 마.
서팀장 진짜... 씨...

안에서 얘기가 흘러나온다.

S# 50. 은서경찰서 취조실 안/ 저녁

걱정스런 표정의 도현.

도현 아버지가 병원을 탈출하실 필요는 없었어요.
최필수 (품 안에서 신문을 꺼내 놓으며) ... 너무 걱정스러웠다.
도현 ...

최필수	내 아들이 살인을 했다는 걸... 도저히 믿을 수 없었다.

도현과 최필수, 말없이 서로를 보고.

도현	... 왜... 병원에 계셨던 거예요?
최필수	가볍게 부상을 입은 것뿐이다.

도현, 최필수의 안색을 살피다 사진을 한 장 꺼내어 탁자 위에 올려놓는다.
최필수, 보면 자신의 사진이다. 목에 빨간 줄이 그어진.
최필수, 사진 뒷면을 보면, '인정하지 않으면 최필수는 죽는다.'

최필수	!!!
도현	앞으로도 계속될 겁니다. 저를 함정에 빠뜨리고, 아버지를 위협하고...
최필수	그러니까 멈추라고 했잖니.

도현 최필수를 바라보다가

도현	... 저는... 죽이지 않았습니다.
최필수	...
도현	아버지도 믿지 않았잖아요.
최필수	...
도현	저도 아버지가 그랬다는 걸 믿지 않아요! (울먹해지는) 그래서... 그래서... 멈출 수가 없는 거예요...

최필수, 크게 한숨을 쉬는.

최필수	그냥 믿고 살았으면 좋았을 일을...
도현	재심을 청구하겠습니다.
최필수	... 꼭 해야만 하겠니.
도현	아버지... (힘 있게) 말씀해주세요. 진실을!
최필수	(대답 없는) ...

도현   (재촉하듯) 아버지!

최필수, 한숨을 쉬고는 잠시 눈을 감는다.
도현이 대답을 기다리고 있다.
눈을 뜨는 최필수. 결심한 표정. 드디어 입을 여는.

최필수   (도현을 잠시 보고) 나는... 죽이지 않았다.

도현, 먹먹해지고. 잠시 허공을 쳐다보는.

도현   ... 누구예요... 누가... 아버지에게 누명을 씌운 겁니까.
최필수   ... 내가... 스스로 했다...
도현   네?
최필수   사령관님에게... 제안을 받았을 때... 난 거절할 수가 없었다... 그때는... 도저
        히...

허공을 쳐다보고 있는 최필수.
말을 듣고 있는 도현, 역시 한숨을 쉬는.

최필수   선택의 여지가 없었다.
도현   ...
최필수   ... 네 엄마에게 약속했다. 반드시 살려내겠다고... 살려내서 지켜주겠다고...
도현   절 살리기 위해 누군가는 희생될 수 있다는 걸 모르셨다고 해도...
        그렇게 살려낸 목숨이 얼마나 가치가 있을까요.
최필수   ... 사람을 죽일 줄은 몰랐다.
도현   겨우 그게 변명이세요? 저 때문에 죽은 사람 유족에게 가서 뭐라고 하실 건
        데요. 내 아들 살리기 위해서... 당신 가족을 죽였다고... (북받치는) 하실 수
        있으시냐구요...
최필수   ....

(CUT TO)

은서경찰서 모니터실 안.
놀라는 표정의 서팀장. 반면, 기춘호. 가슴이 먹먹해진다.

서팀장   형님. 이때쯤... 설명이 좀 필요한 거 같은데요?

기춘호 대꾸 없이 부자를 바라본다.

(CUT TO)
은서경찰서 취조실 안.
최필수, 한숨을 쉬는.

도현   ... 차중령은 누가 죽인 거예요?
최필수   모른다.
도현   ???
최필수   확실히 누구 손에 죽었는지는 모른다는 얘기다. 나도 보지 못했으니까. 그 장소엔 여러 사람이 있었다. 특히 그중에는... (머뭇거리는)
도현   ... 박시강 의원이 있었죠. 제니 송도 있었고, 김선희씨도 있었고.
최필수   ... 다른 사람... 한 사람이 더 있었다.
도현   !!!...
최필수   그 사람이 누군지는 몰라. 다만 거기서 가장 힘이 있는 사람이라는 느낌이 들었다.

(CUT TO)
은서경찰서 모니터실 안.
듣고 있던 기춘호.

기춘호   비선 실세...
서팀장   비선 실세요?
기춘호   우리가 쫓아야 할 꼭대기겠지.
서팀장   ???

(CUT TO)

은서경찰서 취조실 안.

도현   ... 많은 생명이 희생됐어요. 그 일을 저지른 사람들은... 지금도 권력을 휘두르며 살고 있죠. 전 용서할 수 없어요. 희생된 사람들을 위해서라도 다 법정에 세울 겁니다.

도현과 최필수, 한동안 아무 말도 하지 못하고 정적이 흐른다.

도현   아버지의 무죄를 입증하기 위해 시작했지만... 10년 전에 멈춰 있는 사건이 아니었어요. 차승후 중령의 진범은 지금도 살인을 멈추지 않고 있어요. 그날의 진실을 알고 있는 사람은 모두 죽었어요. 아버지가 도와주셔야 합니다. 10년 전에 시작된 이 미친 짓을 멈출 수 있게...

최필수, 괴롭게 눈을 질끈 감았다 뜬다.

최필수   ...... 미안하다... 너무 늦었지만... 내가 알고 있는 진실은 얘기하마...
도현   ...
최필수   최도현 변호사...
도현   ...
최필수   저의 재심 변호를 의뢰합니다.

최필수와 도현 서로 바라보다가.

도현   .... 변호를... 수락하겠습니다!

최필수와 도현, 굳게 결심한 눈빛이 부딪친다.

- 제13회 끝 -

14회

S# 1. 은서경찰서 취조실 안/ 저녁

도현과 최필수 마주 앉아 있고.

도현   ... 많은 생명이 희생됐어요. 그 일을 저지른 사람들은... 지금도 권력을 휘두르
        며 살고 있죠. 전 용서할 수 없어요. 희생된 사람들을 위해서라도 다 법정에
        세울 겁니다.

        도현과 최필수, 한동안 아무 말도 하지 못하고 정적이 흐른다.

도현   아버지의 무죄를 입증하기 위해 시작했지만... 10년 전에 멈춰 있는 사건이
        아니었어요. 차승후 중령의 진범은 지금도 살인을 멈추지 않고 있어요. 그
        날의 진실을 알고 있는 사람은 모두 죽었어요. 아버지가 도와주셔야 합니다.
        10년 전에 시작된 이 미친 짓을 멈출 수 있게...

        최필수, 괴롭게 눈을 질끈 감았다 뜬다.

최필수   ...... 미안하다... 너무 늦었지만... 내가 알고 있는 진실은 얘기하마...
도현   ...

최필수   최도현 변호사...

도현   ...

최필수   저의 재심 변호를 의뢰합니다.

최필수와 도현 서로 바라보다가.

도현   .... 변호를... 수락하겠습니다!

최필수와 도현, 굳게 결심한 눈빛이 부딪친다.

S# 2. 은서경찰서 사무실 안/ 저녁

사복 교도관들에게 이끌려 경찰서 안을 나서는 최필수.
최필수, 멈추고 돌아보는데, 도현과 기춘호 서서 보고 있다.
도현을 보는 최필수의 복잡한 심경. 도현, 걱정 말라는 듯 고개를 끄덕인다.
최필수, 나가고.

S# 3. 은서경찰서 현관 앞/ 저녁

사복 교도관에 이끌려 나오는 최필수.
기자들이 달려들고. 터지는 카메라 세례.

기자1   도주 후 은서경찰서로 온 이유는 뭐죠? 최도현 변호사 때문입니까?

최필수   ...

기자들 앞다퉈 마이크 들이대고.

기자2   부자가 같은 살인 혐의를 받고 있는데 우연이라고 생각하십니까?

최필수   ...

| 기자1 | 최도현 변호사는 만났습니까? 살인했다고 인정합니까? |
| 최필수 | (낮지만 단호하게) 아들은 살인하지 않았습니다! |

기자들 웅성거리고.
기자들 질문 세례를 퍼붓는데, 교도관들이 더 이상 대답하는 걸 허용하지 않는다.
호송 차량에 올라타는 최필수.

S# 4. 은서경찰서 사무실 안/ 저녁

이층 창에서 보고 있는 도현, 기춘호.

기춘호	병원 탈출이 재심에 영향은 안 미치려나...
도현	물론 징계는 있겠지만 재심과는 별건이라 별다른 영향은 없을 겁니다.
기춘호	재심이 결정되면 나도 바빠지겠군. 검찰에서 재수사 요구가 올 테니.
도현	관계자들을 정식으로 수사할 여건이 되는 거죠.
기춘호	상황 한번 뭐 같네.
도현	???
기춘호	경찰이나 검찰, 법원까지 판결이 뒤집히는 걸 원치 않아.
도현	... 그렇겠죠. 본인들 잘못을 인정해야 하니까요.
기춘호	그러니까 웃기는 상황이지. 다른 형사도 아니고, 담당 형사였던 놈이 그 판결을 뒤집겠다고 용을 쓰는 꼴이니...
도현	반장님이 제대로 된 형사라는 증거죠.
기춘호	안 띄워줘도 돼.

도현, 살짝 미소 짓는.

| 도현 | 반장님. 준비해주세요. |

기춘호, 고개를 끄덕거리고.

S# 5. 도현 사무실 안/ 저녁

팔짱을 끼고 노려보는 유리.
여전히 진 치고 있는 사복 사내들.
이때, 사복 사내 한 명에게 전화가 오고 전화를 받는 사내의 진지한 표정.

사내 네... 네... 알겠습니다. (전화를 끊곤 다른 사내를 향해) 자, 그만 철수한다.

사내의 말에 일사분란하게 나가는 사복 사내들.
순간, 뭐지?? 싶은 유리와 진여사.

유리 (나가는 사내 한 명을 잡고) 어떻게 된 거죠?

하지만 답하지 않고 그냥 나가는 사내.
순간, 느낌이 들었는지 기춘호에게 전화를 하는 유리. 하지만 받질 않는다.

유리 (초조하다) 안 받는데요... 안 되겠어요, 여사님. 저 기반장님 좀 뵙고 올게요.
    (막 나가려는데...)
진여사 (뭔가 생각이 난 듯) 잠깐만, 유리씨.

한쪽에 놓인 리모컨으로 TV를 켜면,
'속보 : 병원 탈출 재소자, 자수'란 타이틀과 함께 나오는 방송.

앵커 교도소에서 부상을 입고, 협력병원에서 치료 중에 탈출했던 재소자가 자수
    를 했습니다. 사건 발생 6시간 만에 탈출극은 막을 내렸지만 재소자의 탈출
    동기가 총기 살인 현행범으로 검거된 최도현 변호사를 만나기 위한 것으로
    밝혀져 궁금증을 자아내고 있습니다. 10년간 사형수로 복역 중이던 최도현
    변호사의 아버지로...

안도하는 유리, 진여사.

유리   결국 만났네요. 도현이 아버지...,

진여사   그러게요.... (하면서 슬쩍 유리를 보면...)

복잡한 표정으로 TV를 보는 유리.
유리에게 걸려오는 전화. 기춘호다.

유리   네 반장님, 뉴스 봤어요.

도현(F)   나야. 유리야...

S# 6. 은서경찰서 취조실 안/ 밤

나란히 마주한 도현과 유리.

유리   괜찮아?

도현   (미소 짓고는) 괜찮아. 너한테는 먼저 알려야 할 거 같아서...

유리   뭘?

도현   ... 아버지... 재심 신청하기로 했어.

유리   (애써 밝은 척) 그래... 잘됐네...

도현   ... 재판 과정에서... 심장이식에 대한 얘기... 나올 거야...

유리   ... (크게 숨을 들이쉬고는...) 그렇겠지... (애써 웃으며) 드디어 비밀이 풀리는 건가.

도현   (차마 눈을 마주치지 못하는...)

유리   최도현. 우리... 약속했잖아. 그날 우리 아빠 앞에서.

도현   (다시 유리를 보는...)

유리   그 얘기 하려고 나 부른 거야? (김빠진다는 듯) 난 또 내가 해야 할 큰 일이 있는 줄 알고 왔는데.

도현   ... 해줄 일 하나 있어.

유리   그래...

S# 7. 최필수 교도소 벌칙방 안/ 밤

교도관들이 최필수를 벌칙방 안으로 거칠게 집어넣는다.
찔린 부위가 아픈지 인상을 쓰는 최필수. 벽에 기대어 앉는다.
머릿속에 스치는 도현의 소리.

도현(E)　　... 많은 생명이 희생됐어요. 그 일을 저지른 사람들은... 지금도 권력을 휘두르
　　　　　며 살고 있겠죠. 전 용서할 수 없어요. 희생된 사람들을 위해서라도 다 법정
　　　　　에 세울 겁니다.

최필수, 한숨을 쉰다.

S# 8. 은서경찰서 유치장 안/ 새벽

유치장 구석에 앉아 있는 도현.
들어서는 기춘호.

기춘호　　눈 좀 붙여.
도현　　　잠이 안 오네요.
기춘호　　(불편하게 앉아 있는 도현을 보며) 숙직실로 가지.
도현　　　(웃는) 특혜는 사양하겠습니다.
기춘호　　(같이 웃는) 빡빡하긴. 불편하게 자 그럼.
도현　　　(나가는 기춘호에게) 반장님.
기춘호　　(돌아보면)
도현　　　고맙습니다.
기춘호　　뭐야. 싱겁게.
도현　　　그런데... 지금이라도 발 빼셔도 돼요...
기춘호　　이 친구가... 잘나가다 선을 긋나. 내 일이기도 해. 자네가 10년이나 준비할 동

안 난 까맣게 몰랐던 일이야. 그때 내가 자네 아버지 자백을 한 번만 의심했더라면... 진실이 묻혀버린 데에는 내 책임도 커. 끝까지 갈 거야. 혼자 갈 생각이라면 지금이라도 생각 바꿔.

도현　　... 고맙습니다.

S# 9. 은서경찰서 로비 + 은서경찰서 현관 앞/ 아침

로비에 서서 현관 쪽을 보고 있는 서팀장과 이형사, 김형사.
기자들이 몰려와 있다. 다들 궁금한 표정.

서팀장　(이형사에게) 확실히 나은 거야?
이형사　(배를 만지며) 걱정 마세요. 며칠 휴가 다녀온 것같이 컨디션 최곱니다.
서팀장　(이형사 어깨 툭 치며) 고생했다.

(CUT TO)
현관 앞에 서 있는 기춘호. 의미심장한 표정이다.
다들 이목이 집중되고.

기춘호　두 가지 간단하게 말씀드리겠습니다. 먼저, 4월 27일 파현시 소재 인근 창고에서 발생한 총기 살인사건에 대한 브리핑입니다. 당 사건의 용의자로 최도현 변호사를 검거해 조사한 결과, 어떠한 혐의점도 찾을 수 없었습니다. 이에 오전 7시를 기점으로 최도현 변호사를 귀가 조치합니다. 진범을 찾는 데 은서경찰서 강력팀은 총력을 다할 것입니다.

기자들, 플래시 터지고. 질문 세례가 이어진다.
"최도현 변호사의 자백은 어떻게 된 거죠?"
"사건 현장에서 검거했는데 왜 그곳에 있던 거죠? 등등.

기춘호　질문은 이 자리에서 받지 않겠습니다. 이후 보도자료로 대신하겠습니다. 두 번째 사안에 대해 말씀드리겠습니다.

호흡을 고르고 좌중을 둘러보는 기춘호.

S# 10. 양인범 부장검사실 안/ 아침

노크 소리와 함께 급한 걸음으로 현준이 들어온다.

양인범 뭐야!

현준 부장님. 보셔야 될 거 같아서...

현준, TV 켜는.
TV에서는 기춘호가 브리핑하고 있는 모습이 자막과 함께 나온다.

S# 11. 은서경찰서 현관 앞 + 은서경찰서 로비/ 아침

9씬에 이어,

기춘호 10년 전 차승후 중령 살인사건으로 기소되어 사형 판결을 받은 최필수씨가
어젯밤 자백을 번복했습니다. 저희 은서경찰서 강력팀은 당시 사건 조사에서
오류가 있었던 점을 인정하고, 2009년 3월 11일 일어난 차승후 중령 살인사
건을 재수사하기로 결정했습니다.

기자들 웅성거리고, 카메라 플래시들 터지고. 사방에서 날아드는 질문들.

(CUT TO)
현관 안 로비.
기춘호가 기자회견을 하고 있는 모습을 보고 있는 서팀장과 이형사, 김형사.

이형사 (걱정스러운 듯) 날 제대로 잡았네. 마침 서장님도 안 계신데...

서팀장	그걸 노린 거 아니겠냐.
이형사	예???

이때, 서팀장에게 걸려오는 전화. 서장이다. 젠장... 구겨지는 서팀장의 표정과 함께,

(CUT TO)
현관 앞에서 기자회견을 하고 있는 기춘호.
여기저기서 질문 세례가 쏟아진다.

기자1	왜죠? 당시 사건이 조작됐다고 보시는 건가요?
기춘호	아닙니다.
기자2	그럼 지금 와서 재수사를 하겠다는 이유가 뭡니까.
기춘호	여러 가지 이유가 있습니다. 한 가지만 말씀드리자면 당시 검찰이 최필수의 자백이 거짓일 수 있는 증거를 확보하고도 사형을 구형했다는 겁니다. 그 과정에서 외압이 있었다는 정황도 드러났습니다.

이때, 기자들 틈에서 손을 드는 사람.
기춘호 손 들어 지목하면, 유리다.
쓰윽 미소를 짓는 유리와 함께,

(플래시백 – 14회 6씬에 이어서, 은서경찰서 취조실 안)
도현과 유리, 마주 앉아 있다.

도현	... 기자회견이 있을 거야. 거기서 10년 전 아버지의 재판에 관여했던 관련자들을 언급해줘. 공개적으로.
유리	관련자들이라면...

무슨 의도인지 알겠다는 듯 고개를 끄덕이는 유리.

(CUT TO)

은서경찰서 현관 앞.

유리 당시 사건 담당이었던 현 북부지검 양인범 부장검사, 지창률 로펌 대표가 연루됐을 가능성이 있다는 겁니까?

기춘호 조사해봐야 알 것 같습니다.

유리 그 외압에 현역 국회의원과 당시 비선 실세가 관여되었다고 하던데요. 맞습니까?

유리의 입에서 나온 국회의원과 비선 실세라는 말에 한순간 웅성거리는 기자들.

기춘호 그것 역시 조사를 해봐야 할 것 같습니다.

S# 12. 양인범 부장검사실 안/ 아침

심각한 표정으로 TV를 보고 있는 양인범, 현준.

현준 이것들이... 검찰을 뭘로 보고. (고개를 돌려 양인범을 보며) 부장님, 조치를 취해야...

양인범, 얘기 말라는 듯 손을 들어 만류하고, TV만 보고 있다. 전화 오는. 액정에 지창률이 뜬다.

양인범 양인범입니다.

지창률(F) (버럭) 내가 얘기했지. 최도현 건 바로 검찰로 이관시키라고.

양인범 그럴 수 없다고 말씀드린 걸로 알고 있습니다.

지창률(F) 뭐! 그래서 지금 저 짓거리를 지켜보겠다고.

양인범 ...

지창률(F) 어떻게든! 무슨 수를 쓰든! 경찰 재수사 막아.

양인범 아시잖습니까. 경찰 재조사까지 저희가 막을 수는 없는 거.

지창률(F) 못 막는다… 허… 야! 너 생각 잘해! 나야 이미 검찰을 떠난 사람이지만 넌 아니잖아. 그게 무슨 말인지 알아?

양인범 … 잘 알고 있습니다.

지창률(F) 알고 있다… 알고 있다면 더 얘기할 필요가 없겠네. (경고하듯) 잘 생각해. 똑바로. 괜히 감상에 젖지 말고. 어울리지 않게.

양인범 … 알겠습니다.

양인범, 전화 끊고, 잠시 생각에 빠지는.

현준 어? 부장님! 최도현입니다.

양인범의 눈이 다시 TV로 향하고.

S# 13. 은서경찰서 현관 앞/ 아침

유리, 질문을 하고 있다.

유리 재수사를 시작한다는 건… 재심을 청구하겠다는 의미인가요?

기춘호 옆으로 살짝 돌아서면,

도현(E) 그렇습니다.

모습을 드러내는 도현.
도현을 알아보고 동요하는 기자들,

도현 10년 전, 차승후 중령 살인사건으로 기소되어 복역 중인 최필수씨에 대해 재심을 청구하겠습니다!

기자들, 카메라 터지고… 자리를 뜨는 도현.

따라오는 기자들 질문들에 답하지 않고 차에 타는 도현의 모습 위로,

서장(E)   너! 지금 내가 없는 사이에 대체 뭔 짓을 한 거야!

S# 14. 은서경찰서 서장실 안/ 오전

기춘호가 서 있고, 그 앞으로 잔뜩 얼굴을 붉히고 있는 서장.

기춘호   잘못된 걸 바로잡으려 하는 겁니다.
서장   청장님까지 연락 오고 난리도 아니야! 너 이러려고 복귀한 거냐?
기춘호   (그렇다고는 말 못하지만 무언의 긍정) ......
서장   그러게 왜 검사를 조사하겠다고 입방정을 떨어!
기춘호   거짓 증언인 걸 입증할 수 있는데도 하지 않았습니다. 명백한 직무 유기입니다.
서장   지금 네가 하는 게 직무 유기야! 그 사건 담당도 너였잖아!
기춘호   그래서, 재수사하겠다는 거 아닙니까. 진범 찾아내겠습니다. 자, 짜르실 겁니까?
서장   하... 진짜. 너 짜르면! 이 사건 덮으려 한다고 또 난리 칠 거 아냐!
기춘호   ... 그럼 관련자들 소환해서 조사해도 되겠습니까.
서장   (분이 치미는) 이!!!

서장, 기춘호를 죽일 듯한 표정으로 노려보지만, 기춘호도 지지 않고 서장을 보고 있다.

기춘호   서장님.
서장   뭐~ 어!!
기춘호   이번 재심, 경찰한테 꼭 손해만은 아니라고.
서장   ???
기춘호   내가 담당했던 사건이요. 잘못한 걸 인정하고! 경찰이 먼저 나서서 사건의 진상을 밝혀내면!

서장	... 잘못을 먼저 인정하고, 억울한 사형수를 구제한다...???
기춘호	(대답 대신 강한 고갯짓을 하는..)
서장	.. 자신 있어?
기춘호	저 아시지 않습니까. 제가 이렇게까지 했다는 건...
서장	(이야기 받으며) 자신 있다는 거겠지.
기춘호	예, 자신 있습니다. 그리고 저도 저지만 최도현, 그놈 똘똘해요. 재심하면 고구마 줄기 엮듯이 끌어낼 거요.
서장	변호사라는 그 사형수 아들?
기춘호	(고개를 끄덕이는)
서장	(잠시 고민하다가) 너! 내가 복직시킨 거 알지? 은혜를 원수로 갚거나 하면 너 죽는다.
기춘호	감사합니다. 믿어주셔서. (하고 나가는데..)
서장	잠깐만. 근데 어디까지 엮여 있는 거야?
기춘호	박명석 전 대통령 조카, 유광기업 오택진.. 전 정부 비선 실세.. (더 말하려는데)
서장	잠깐, 잠깐! 박명석 전 대통령 조카면..

기춘호, 서장이 생각하는 동안 뒤로 돌아 걸어간다.

| 서장 | 박시강? 그 양반 국회의원 아냐? 야!!! 안 돼!!! |

어느새 기춘호 문을 열고 나가고 있다.

| 서장 | 미쳤나 저게... |

골머리를 싸매는 서장.

S# 15. 은서경찰서 사무실 안/ 오전

서팀장을 비롯한 형사들, 일제히 서장실을 나오는 기춘호에게 몰리는 시선.

서팀장	뭐... 뭐래요, 서장님이?
기춘호	뭐래긴... 잘해보라고 하지.
이형사	진짜요?
기춘호	가짜면... 확인해볼래?
이형사	아뇨. 그건 아닌데...
기춘호	자~ 이제 할 일 태산이니, 다들 회의실로....

보무도 당당히 앞장서서 회의실로 들어가는 기춘호와 뒤를 따르는 형사들.

S# 16. 도현 사무실 안/ 오전

사무실로 도현, 유리가 들어온다. 맞이하는 진여사.

도현	다녀왔습니다.

초췌한 도현, 진여사와 마주하는

진여사	(도현의 팔을 잡으며) 고생했어요. 변호사님.
도현	걱정 끼쳐드렸습니다. 죄송해요.
진여사	걱정은 많이 했어요. (도현과 유리 보며 미소) 두 분 정말 멋지던데요?
도현	이제 시작입니다.
유리	선전 포고, 제대로 됐겠죠?
진여사	충분히요.
도현	이제부턴 더 조심해야 해요. 다들 신변에 무슨 일이 생기면... 제가 후회할 지도 모릅니다.
진여사	가스총 몇 개 더 구입해야겠네. (웃는)
유리	얼마든지 오라고 그래.
도현	(웃다가 한숨) 그들이 얼마나 언론을 통제할 수 있을까.
유리	(핸드폰을 검색하며) 시작했어. 이미 검색 순위에서 쫙 밀렸어.

진여사	법원이 재심을 받아들일까요?
유리	그걸 노리고 기자회견한 거 아냐? 안팎으로 이슈화하려고.
도현	… 조용히 진행해선 안 될 사안이니까.
진여사	법원도 지금쯤 난리겠네요. 우리나라 형사소송 재심은 결정될 확률이 굉장히 낮잖아요.
유리	요새 몇 건 있긴 해요. 재심 전문 변호사도 있고…
도현	… 복역 중인 사형수가 재심 결정이 받아들여진 경우는 없어. 사법사상 단 한 번도 없었으니…
유리	근데 조기탁 재판은 어떡할 거야? 당장 재심 준비하려면…
도현	대신 다른 변호사를 찾아봐야겠지. 다행히 황교식이 자기 발로 찾아와서 살인 교사를 인정했으니 사형까지는 가지 않을 거야.

S# 17. 조기탁 구치소 접견실 안/ 오후

조기탁과 마주한 도현.

조기탁	사형까지 가지 않는다…
도현	예, 그럴 겁니다.
조기탁	우리 약속의 핵심은 그게 아니었는데…
도현	알고 있습니다. 조기탁씨와 한 약속. 그들을 꼭 법정에 세워 그 죗값을 치르게 하겠다는.
조기탁	지금 그 약속… 변호사님 아버지 재심을 통해서 하겠다는 그거지. 요지는.
도현	그렇습니다.
조기탁	(피식 웃는…) 과연…
도현	부탁이 있습니다.
조기탁	부탁?
도현	모든 죄를 인정하고 죗값을 받으세요. 그것이 조기탁씨의 손에 희생당한 모든 이들을 위해 조기탁씨가 할 수 있는 마지막 사죄입니다.
조기탁	변호사라 그런지… 말을 참 잘해. 마지막 사죄라…

알 듯 모를 듯 옅은 미소를 짓는 조기탁.

S# 18. 법원 전경/ 오전

S# 19. 법원 회의실 안/ 오전

법원장과 판사들이 앉아 있다. 나판사도 보이고.
다들 재심 청구 서류를 살펴보고 있다.

법원장   다들 주지하는 바와 같이 이번 재심을 결정하는 게 무슨 뜻인지 잘 알 겁니다. 재심을 결정한다는 건 우리 법원이 내린 판결이 잘못됐다는 걸 인정하는 거에요. 그런 오점을 우리가 남겨서야 되겠습니까.

나판사   잘못을 인정하지 않는 게 오점을 남기는 게 아닐까요?

다들 의아한 표정으로 나판사를 보고.

나판사   저는 일사부재리 원칙을 이용해서 자백한 케이스도 겪었습니다. 한종구 사건. 기억하십니까.

지법원장   (조금 짜증스런) 그걸 기억 못하는 판사가 어디 있습니까.

나판사   저는 당시 한종구가 김선희를 살해했다고 생각했습니다. 하지만 판결 이후 추가 제시된 새로운 증거나 증언을 통해 저의 판단이 틀렸다는 걸 알았습니다. 재심 사건도 그렇습니다. 새로운 증거나 새로운 증언이 과거의 그것을 뒤집을 수 있다면 그 판단은 다시 행해져야 합니다. 그리고 그것이 바로 재심 제도가 만들어진 이유이기도 합니다.

판사들, 나판사의 말에 당황스런.

지법원장   알잖아요. 이번 재심을 인용하면 다른 사건들은 가만있겠어요? 일 년 내내 재심 청구가 넘쳐날 거예요.

나판사   피고인 측 입장에서 보면 충분히 재심을 청구할 만한 사유들입니다. 검찰이 증거를 고의적으로 누락시킨 정황도 있고요. 억울한 사람을 구제하는 것보다 더 중요하다고 보이지 않습니다.

판사들, 굳은 얼굴로 듣고 있는.

법원장   나판사! 정말 이럴 겁니까.

법원장, 나판사를 쏘아보고. 나판사, 법원장의 눈길을 외면한다.

법원장   ... 이제 결정합시다. 이번 결정이 법의 권위를 훼손할 수 있다는 점, 다들 엄중히 생각해주세요. 다시 한 번 얘기하지만 이건 우리 법원만의 문제가 아닙니다.

판사들의 굳어 있는 표정에서.

S# 20. 법원 기자회견장 안 + 도심 어딘가/ 오전

법원 회견실 안에서 기자가 멘트를 하고 있다.

기자   잠시 후, 차중령 살인사건 재심 결정이 이곳 법원 회견장에서 발표될 예정입니다. 우리나라에서는 사법사상 현재 복역 중인 사형수에 대한 재심이 결정된 바는 없었기 때문에 이번 법원의 판단이 초미의 관심사가 되고 있습니다. 더욱이 일사부재리 원칙이 최초로 적용되어 무죄 판결을 받아냈던 변호인인 최도현 변호사가 제기한 재심 청구라는 점이 세간의 관심을 불러일으킨 가운데, 재심 의뢰인인 사형수가 최도현 변호인의 아버지라는 점 또한 화제가 되고 있습니다.

(CUT TO)
전광판으로 전환되는 기자의 멘트 장면.

시민들 몇몇이 전광판을 올려다본다.

S# 21. 송일재단 이사장실 안/ 오전

추명근, 통화하고 있다.

추명근 총장님. 저 추입니다. 그 차승후 중령 살인사건 재심 말입니다. (사이) 사법부의 위신이 걸린 문제인 만큼 검사 선임도 머리가 아프실 텐데...

뭐라 얘기를 하고.

S# 22. 법원 기자회견장 안 + 도현 사무실 안/ 오전

회견장 단상대로 법원 공보판사가 등장하고, 카메라 세례가 터진다.

공보판사 차승후 중령 살인사건에 대해 최필수의 변호인이 제기한 재심 청구에 대한 법원의 입장을 말씀드리겠습니다. 결정은 형사 합의부 재판 판사들의 다수결에 의한 것임을 알려드립니다.

다들 호기심과 긴장된 표정으로 바라보고 있고.

(CUT TO)
도현 사무실 안.
노트북으로 회견장 방송을 보고 있는 유리와 진여사.
도현은 책상에 앉아 눈을 감고 있다.

(CUT TO)
법원 기자회견장 안.
드디어 공보판사 입에서 결정문이 낭독된다.

공보판사 사건 번호 2009 고합 00에 대한 재심 청구를...

회견장이 정적에 싸이고...

공보판사 개시한다.

와, 하는 작은 탄성이 여기저기서 튀어나온다.

공보판사 다만, 이 같은 재심 결정이 최필수의 살인 혐의에 대해 무죄를 선고하는 것을 의미하는 것은 아니며, 또한 무죄를 입증할 확실한 증거가 나온 것이 아니다. 때문에 최필수 변호인 측이 요구한 형의 집행 정지는 허가하지 않기로 한다. 이상입니다.

노트북을 치는 기자들 손이 빨라진다.

(CUT TO)
도현 사무실 안.
주먹을 꽉 쥐는 도현,
기쁨으로 마주 보는 유리와 진여사.

S# 23. 양인범 부장검사실 안/ 오전

양인범에게 전화 오고. 책상에 앉아 있다 벌떡 일어서는.

양인범 총장님! 네! 제가 차중령 살인사건 담당이었습니다. (힘없이) 알겠습니다.

양인범, 전화 끊고는, 의자에 털썩 주저앉는.

S# 24. 황비서 집 안/ 오후

장갑을 끼고 집 안을 뒤지는 기춘호와 형사들.

기춘호   (금고 쪽을 바라보며) 다 안 된 거야?
김형사   열렸습니다.

기춘호, 서팀장. 금고 쪽으로 가고. 금고 전문요원이 비켜서고, 김형사가 재빨리 안에 있는 걸 뒤져 본다.

김형사   텅 비었는데요.
서팀장   뭐? (들여다보고는) 금고는 왜 있는 거야? 그럼.

기춘호, 실망한 표정으로 보고 있다. 다른 곳을 뒤지던 이형사, 다가오는.

이형사   아무것도 안 나오는데요.
서팀장   (기춘호에게) 어떡하죠?
기춘호   급하게 도망갔을 텐데... 다 치웠다...

기춘호, 천천히 다시 거실을 둘러보는... 그러다 문득 한쪽에 걸린 기무사 전역 기념 액자에 눈길이 간다.
액자를 떼서 뒤를 보는. 하지만 아무것도 없다. 다시 걸어놓으려는데, 칼에 연결된 가느다란 체인 끝으로 뭔가 보인다. 액자를 기울이면 밑에서 미끄러져 나오는 뭔가가. 그대로 툭 바닥에 떨어진다. 보면... 열쇠다.

서팀장   뭐야, 이게. 열쇠 아냐?

바닥에 떨어진 열쇠를 줍는 기춘호. 한눈에도 열쇠가 일반 열쇠와는 달라 보인다.

기춘호   (혼잣말) 은행 개인 금고 열쇠 같은데...

S# 25. 조기탁 구치소 운동장 안/ 오후

구치소 운동장 벽에 기대어 서 있는 황비서. 곁으로 다가서는 조기탁.
황비서, 조기탁을 슬쩍 보고는 다시 앞 쪽을 본다.
조기탁, 황비서 앞에 바짝 다가가 선다.

조기탁   (눈을 노려보며) 눈에 띄지 말라고 했을 텐데.
황비서   (질세라 날카롭게 보는) 같은 옷 입고 있다고 같은 처지라고 생각하지 마.
조기탁   하긴... 믿는 구석이 있으니 지 발로 직접 찾아왔겠지.
황비서   (어이없다) 지 발로..
조기탁   그럼 이젠 우리 사이에 남은 셈을 치러야 할 텐데... (주위를 둘러보는)
황비서   셈?! (그러다 뭔가를 본 듯 놀라면...)

품에서 뾰족한 뭔가를 꺼내 든 조기탁. 그대로 황비서의 한쪽 손등을 내려찍
는다.

황비서   악~~~
조기탁   얘기했지. 내 눈에 띄지 말라고.

씩 웃으며 일어서는 조기탁.
황비서, 찔린 손등을 보다 조기탁이 사라진 방향으로 노려본다.

S# 26. 은서경찰서 사무실 안/ 오후

여기저기 전화를 걸고 있는 이형사와 김형사. 은행 금고 열쇠 사진을 전송하
고.
은행 목록에서 하나씩 지워나가는.
기춘호, 서서 초조하게 기다리고 있다.

이형사	알아냈습니다!
기춘호	!!! 어디야?
이형사	한주은행입니다.
기춘호	가자!

S# 27. 한주은행 앞/ 오후

한주은행이 보이고.
은행 문이 열리며 조그만 금속 박스를 들고 나오는 기춘호와 서팀장.

S# 28. 차 안/ 오후

길가에 세워둔 차 안, 뒷좌석으로 들어오는 기춘호와 서팀장.

이형사	찾았어요?
서팀장	그래.

박스를 열면, 노트가 하나와 핸드폰 두 개가 있다.
기춘호, 핸드폰들을 꺼내 운전석의 이형사와 조수석의 김형사에게 하나씩
주며,

기춘호	살펴봐.

본인은 노트를 꺼내 살피는. 옆에서 서팀장 같이 보고 있다.
쫙 적혀 있는 송금 내역.

기춘호/서팀장	!!!

기춘호, 노트를 넘겨가며 손으로 내역을 짚어가는.

기춘호 비자금 로비 내역이야.
서팀장 많이도 보냈네. 이거 다 얼마야?
기춘호 (페이지에 SI라는 글자를 가리키며) SI가 누굴까? 여기만 보낸 금액이 유독 많아.
서팀장 다 무슨 기금이라고 적어놨는데요.
기춘호 기금???

기춘호, 이형사, 김형사를 보며.

기춘호 핸드폰에 뭐 남아 있어?
이형사 (핸드폰을 들어 보이며) 공기계인데요?
김형사 (역시 핸드폰을 보여주며) 이건 패턴 잠금장치가 되어 있습니다. 열 수가 없는데요?
기춘호 !!

S# 29. 도현 사무실 안/ 밤

도현이 책상에서 차중령 살인사건 재판 기록을 읽고 있다. 들어오는 기춘호.

기춘호 황교식이 비밀 장부를 찾았어.
도현   !!! 뭐가... 나왔습니까.
기춘호 송금 내역만 적어놨어. 제일 많이 나온 이름이 SI라는 곳인데, 거기에만 보낸 게 자그마치 천억이 넘어.
도현   천억이요!!!
기춘호 단위가 다르지. 우리가 생각하는...
도현   그 정도 금액이 오갈 정도면.. 조 단위의 사업이라는 건데.... 방산!
기춘호 그렇지. 방위산업을 둘러싼 이권 다툼! 우리가 예상했던 대로.
도현   천억 원 상당의 이권을 배분받은 곳... SI는 어디일까요?

기춘호	그걸 아직 몰라. 황교식이 이놈. 송금 내역을 앞에 들이미는데도 입을 딱 열지 않아.
도현	... 거기가 바로 우리가 아는 그 이상의 힘을 가진 그자겠군요. 비선 실세.
기춘호	그렇겠지. 그를 두려워하는 건지. 아님 그가 황교식의 뒷배인지 모르겠지만.
도현	...
기춘호	(화제를 돌리듯) 내일 조기탁 재판은 가볼 거야?
도현	... 선고 날이라 저는... 굳이 안 가도 될 것 같아요. 다른 변호사도 있고...
기춘호	(고개를 끄덕이고는) ... 그럼, 재심 재판 준비는?
도현	그럭저럭이요.
기춘호	그럭저럭.... 처음 들어보는 단언데. 최변 입에서.
도현	그런가요...
기춘호	부담이 큰 거 알아. 하지만 10년을 준비했잖아. 이걸 위해서.
도현	그렇죠. (책상 위에 놓인 재판 기록에 눈이 가는...)
기춘호	잘할 거야. 최변이라면. (도현 어깨에 손을 올리는...)
도현	예, 잘할 겁니다. 반드시.

도현, 각오를 다지듯 길게 숨을 들이쉬는...

S# 30. 법원 앞/ 오전

법원 앞에 멈추는 택시와 함께 차에서 내리는 유리와 진여사.
잠시 멈춰 서서 법원을 바라보는 진여사의 모습에서...

S# 31. 법정 안/ 오전

판사들이 입장하고, 뒤이어 법정으로 들어오는 조기탁.
재판정 한쪽에 앉은 진여사, 그 옆으로 유리.
피고인석에 앉아 있는 조기탁, 옆에는 도현이 아닌 다른 변호사가 있다.

나판사 　지금부터 사건 번호 2019 고합 871번, 병합 1036번. 피고인의 망 김선희 살
　　　　인사건에 대해 형법 제278조와 제250조, 161조와 망 노선후 살인미수에 대
　　　　해 살인에 관한 형법 제250조를 전조로 하는 제254조 위반에 대한 판결을
　　　　선고하겠습니다.

　　　　담담히 듣고 있는 조기탁. 머릿속으로 사건이 스쳐 지나간다.

　　　　(플래시백 - 10년 전 화물차 안)
　　　　컴컴한 밤. 도로에 주차되어 있는 화물차 안.
　　　　사내(문석호)가 고개를 조수석에 숙인 채 문에 기대어 앉아 있고,
　　　　운전석에 앉아 있는 조기탁, 약병을 드는데, 페티딘이라는 문구가 보인다.
　　　　따서 내용물을 주사기에 옮기고 옆 문석호의 팔에 주사한다.
　　　　다시 주사기로 자신의 팔에도 주사하는 조기탁. 의자를 뒤로 젖혀 눕는.
　　　　핸드폰 진동 소리. 핸드폰의 통화 버튼을 누르는 조기탁.
　　　　핸드폰에서 나오는 소리.

황비서(F) 　실행해.

　　　　조기탁, 몸을 일으켜 목을 스트레칭 하듯이 까닥거리고는, 의자를 바로 하고
　　　　시동을 건다.

　　　　(플래시백 - 10년 전 도로 위)
　　　　달리는 화물차. 멈춰 있는 승용차를 그대로 들이받는다.
　　　　화물차가 멈춰 서 있고, 노선후의 차가 저 멀리 밀려나 있다.
　　　　화물차에서 내리는 조기탁. 노선후의 차로 천천히 다가간다.
　　　　얼굴에 피를 흘리며 운전석에 앉아 있는 노선후.
　　　　조기탁, 노선후의 지갑에서 운전면허증 꺼내 이름을 확인하고 차 안을 살펴
　　　　보다 뒷좌석의 카메라 가방을 챙기고는 자리를 뜬다.
　　　　천천히 감기는 노선후의 시선으로 그 모습을 쫓고 있다.

　　　　화면 위로 나판사의 판결문 낭독이 겹치고.

나판사(E) ..... 병합된 사건 모두 그 죄질이 지극히 나쁘다 할 수 있다.

(CUT TO)
법정 안.
나판사 판결문을 읽고 있고. 조기탁 서서 보고 있다.

나판사 .... 이에 본 재판부는 피고인을 사회로부터 격리시킬 필요성이 충분하다고 판단한다. 선고하겠습니다. 주문! 피고인을 무기징역형에 처한다!

한숨을 내쉬는 진여사. 조기탁을 바라보는...
멍하니 허공을 바라보는 조기탁.
유리, 진여사의 팔을 살그머니 잡아주고.
진여사, 울음이 터져 나오는 것을 꾹꾹 눌러 참고 있는..
F.O

S# 32. 도현 사무실 전경/ 아침

S# 33. 도현 사무실 안/ 아침

옷매무새를 만지고 거울을 보는 도현.
결의를 다지듯 문을 나선다.

S# 34. 법원 현관 입구/ 아침

기자들이 몰려든다. 말없이 기자들을 헤치고 계단을 오르는 도현.
차가 서고, 내리는 오회장. 기자들이 우르르 오회장 앞으로 몰려간다.
오회장도 아무 말 없이 계단을 오르다 서 있는 도현과 마주친다.

서로의 눈이 부딪치고.

S# 35. 법정 안/ 오전

자막) 차승후 중령 살인사건 재심 1차 공판

변호사석에 앉아 있는 도현.

법정경위 재판부가 입장합니다. 모두 일어서주십시오.

나판사 들어오고, 뒤따라 배석판사들 들어온다.
모두 일어서고. 도현, 나판사와 눈이 마주치자 살짝 고개를 숙인다.
나판사, 무심한 표정으로 판사석으로 가서 앉는다. 법정 안 사람들 자리에 앉고.
검사석에 양인범과 현준이 있다. 긴장한 현준에 비해 양인범. 알 수 없는 표정을 짓고 있다. 방청석에는 유리와 진여사가 앉아 있다.
양인범이 고개 돌리면 진여사와 시선이 부딪힌다.
살짝 목례하는 양인범에 고개 돌리는 진여사. 기춘호가 뒤늦게 들어와 앉는다.
문이 열리고 교도관에 이끌린 최필수 들어온다. 다가가 맞는 도현.
최필수, 그리 밝은 표정이 아니다.
착석하는 최필수를 보는 도현.

나판사 지금부터 사건 번호 2019 재고합 1451번 공판을 시작하도록 하겠습니다.

(CUT TO)
일어나는 도현.

도현 먼저, 재심 요청을 받아들인 재판부의 결정에 변호인으로서 감사드립니다. (고개를 숙이고는) 재판장님. 오택진을 증인으로 신청합니다.

(CUT TO)
증인석에 오회장이 앉아 있다.
오회장 앞에 도현이 서 있다.

도현 　사건이 있던 장소에 피고인, 증인, 피해자만 있었던 건 사실입니까.
오회장 　그렇습니다. 이젠 하도 얘기해서 입이 아플 정도요.
도현 　당시 상황을 다시 한 번 설명해주시겠습니까?

(플래시백 – 10년 전 화예 별채 방 안)
오회장의 진술과 회상 장면이 겹치며,

오회장(N) 　그 당시 난, 화장실을 갔다 오는 중이었소. 그때 갑자기 총소리가 들렸고, 놀
　　　라서 들어가 보니 차중령이 탁자 위에 쓰러져 있었고, 최필수 준위가 총을
　　　들고 서 있었소. 최필수 준위는 무척 흥분한 듯 보였소. 내가 최준위의 흥분
　　　을 가라앉히고 총을 내려놓게 한 다음 자수를 설득했소. 그 이후는 아시다
　　　시피, 경찰에 전화하고 재판에서 증언을 했지요.

(CUT TO)
법정 안.
오회장 앞에 서 있는 도현.

도현 　총성이 들린 후 들어가셨다면 보지는 못하신 거군요?
오회장 　총을 들고 서 있고. 총 맞은 사람이 쓰러져 있고. 방 안에 그 둘밖엔 없으면
　　　유치원생도 생각할 수 있는 거 아닌가.
도현 　세 발의 총성이 모두 울린 후 문을 여신 거군요.
오회장 　(잠시 멈칫) 그렇지.
도현 　차승후 중령이 총에 맞은 뒤 몸에 손을 대신 적이 있습니까.
오회장 　없소.
도현 　이상하군요. 부하 장교가 총을 맞고 쓰러져 있는데, 생사도 확인 안 하셨다
　　　는 건가요?

오회장	총을 세 발이나 맞은 상태였소. 한눈에 봐도 이미 죽었다는 걸 알 수 있었소.
도현	분명히 세 발이었습니까.
오회장	(생각하는) 그렇소. 세 발 맞소.
도현	재판 기록을 보면 총성이 들린 후라고만 돼 있지 세 발의 총성이 들린 후라는 말은 없어서 말입니다.
오회장	더 있다고 해도 총소리를 듣고 당황했으니까 잘못 들었을 수도 있겠죠.
도현	(보는) 그렇군요. 보통은 생사를 확인해보지 않습니까?
오회장	최준위가 많이 흥분해 있었어요. 흥분을 가라앉히는 게 우선이라고 생각했소. 그리고 사건 현장인데... 섣불리 훼손을 하면 안 되잖아요.
도현	맞습니다. 살인사건은 현장을 훼손하면 안 되죠. 어쨌든 옆에는 가지 않으셨다는 거네요.
오회장	그렇소.
도현	그럼 (최필수를 가리키며) 저기 피고인은 어땠습니까?
오회장	무슨...
도현	차중령의 몸에 손을 대거나 옆에 갔거나 한 적 있었나요?
오회장	(생각하다) 피고인은 쭉 내 옆에, 그러니까 차중령 반대편에 있었소.
도현	(몸을 돌려) 재판장님. 지금 증인의 증언을 기억해주기 바랍니다.
오회장	???

오회장, 대답을 잘못했나... 하는 표정.

도현	(잠시 오회장을 노려보다) 재판장님. 잠시 피고인에게 질문해도 되겠습니까.
나판사	... 질문하세요.
도현	피고인. 당시 사건이 일어났던 시간에 오택진 증인의 말처럼, 같은 방 안에 있었던 게 맞습니까.
최필수	아닙니다. 밖에서 통화 중이었습니다.
도현	누구와 통화 중이었습니까?
최필수	아들의 담당 의사와 통화 중이었습니다.

(플래시백 - 10년 전 화예 별채 마당)

방문 밖에서 대기하고 있는 설화가 보인다.
방문 옆 마당에서 고개를 돌려 통화를 하고 있는 최필수.

심장의(F) 어디 계십니까?
최필수 볼일이 있어 외부에 있습니다. 무슨 일 있습니까?
심장의(F) 도현이 상태가 좀 안 좋습니다. 며칠 내로 수술을 받아야 할 것 같은데...

순간, 탕! 울리는 총소리. 멈칫하는 필수. 획 고개를 돌려 방을 보는.

(CUT TO)
법정 안.
증인석에 심장의가 앉아 있다.

도현 그날 분명히 통화 중에 총소리를 들으셨습니까?
심장의 들었습니다.
도현 총소리인 줄은 어떻게 아신 거죠?
심장의 군 의무관 시절, 훈련 나갈 때마다 들었으니까요.
도현 그럼 피고인이 통화하면서 총을 쐈다고 생각하십니까.
심장의 저와 대화 중에 갑자기 총을 쐈다고는 생각되지 않습니다. 총소리도 가깝지
  않았고요.

도현, 자리로 가 서류를 들고 나판사 앞으로 가며,

도현 당시 피고인의 통화 내역과 차중령의 총격 시간이 담긴 보고서를 제출합니
  다.

판사들 살펴보고, 인상 쓰는 현준.

(CUT TO)
도현, 리모컨을 들어 누르고.

도현　모니터를 봐주십시오.

다들, 모니터로 눈이 향하고. 모니터에는 차중령이 쓰러져 있는 사진이 보인다. 옆에는 차중령이 쓰러져 있는 옆 바닥을 찍은 사진이 확대되어 있다.

도현　(레이저로 가리키며) 여기 보시면 바닥에 피가 흩어져 있습니다. 차승후 중령이 총을 맞는 순간 튄 피의 흔적들입니다.

뭉개진 흔적이 디졸브 되며 커지고. 모니터에 확대된 사진 속 흔적으로 변한다.

도현　자세히 보시면 피가 튄 후에 누군가가 손바닥을 대었다 뗐다는 걸 알 수 있습니다. 누구의 손바닥일까요? (레이저로 다시 가리키며)
　　　(나판사를 향해) 재판장님! 오택진 증인의 증언을 기억해주십시오.
나판사　... 피해자 옆에는 아무도 가까이 가지 않았었다는 증언을 얘기하는 거죠?
도현　그렇습니다. (모니터를 가리키며) 저 증거 사진에 의하면 다른 누군가가 있었습니다. 그렇다면 오택진 증인의 증언은 거짓입니다.

증인 대기석에 앉아 있던 오회장, 당황하는.
방청석, 웅성거리고. 고개를 끄덕이는 사람들도 있다.

(CUT TO)
증인석에 최필수가 앉아 있다.

도현　피고인이 밖에서 총소리를 들었다면 그다음 상황은 어땠습니까.
최필수　총소리가 난 방으로 뛰어 들어갔습니다.

(플래시백 – 10년 전 화예 별채 밖 + 방 안)
통화하다가 총소리에 놀란, 최필수, 전화를 끊고 별채 안으로 뛰어든다.
문이 확 열리면, 문에 서 있는 김선희. 놀라는.
박시강, 문이 열리고 놀라는 소리 들리자 어떨결에 총을 발사하고.

뒤에서 김선희를 덮치며 방 안으로 쓰러지는 최필수.
최필수, 바로 몸을 일으켜 손을 들어 내보이며,

최필수   총, 내려놓으십시오.

어쩔 줄 몰라하다 누군가가 총을 탁자 위에 툭 던져놓는. 일순 정적.
최필수, 쓰러져 있는 차중령을 본다. 다가가려는 순간,
누군가, 뭐라 하면,

오회장   (최필수에게) 문밖에 있어. (고갯짓으로) 그 아이도 같이.

최필수, 설화의 팔을 부축해 문밖으로 나가며 쓰러져 있는 차중령에게 눈이
간다.
차중령의 손가락이 움직이고.
최필수, 보고 차중령에게 다가가려는데,
멈칫거리는 최필수. 오회장을 본다.

오회장   최준위! 나가 있으라니까!

최필수, 할 수 없다는 듯 나가서 문을 닫고.

(CUT TO)
법정 안.
최필수의 증언이 끝나고, 방청객 웅성거린다.
최필수 뒤, 증인 대기석에서 얼굴을 찡그리는 오회장.

도현   총을 들고 있던 사람이 누군지 아십니까.
최필수   네.
도현   누굽니까.
현준   이의 있습니다! 재판장님, 피고인의 일방적 주장일 뿐으로...
나판사   (말을 끊으며) 기각합니다.

실망한 기색으로 앉는 현준. 양인범을 보며,

현준   (속삭이듯) 부장님. 어떻게 하셔야 하는 거 아닙니까?

양인범, 대답이 없다.

도현   말씀하시죠. 총을 들고 있던 사람이 누굽니까.
최필수   ... 박시강입니다.

방청석, 어리둥절한 표정. 깨닫는 데까지 시간이 걸리는 듯.

도현   박명석 전 대통령의 조카인 국회의원 박시강 의원을 얘기하는 건가요?
최필수   네. 분명 박시강이었습니다.
도현   이상입니다.

방청석, 웅성거리고. 일어서는 사람도 있다. 현준, 뭐 씹은 듯한 표정.
오회장도 인상을 찡그리고.

나판사   정숙해주세요.

방청석 웅성거림이 멈추지 않는데, 현준 앞으로 나서고.

현준   총을 쏜 사람을 목격했으면, 목격자로서 진술을 해야지 왜 자신이 총을 쐈다
           고 거짓 자백을 했습니까?
최필수   ... 저로서는 선택의 여지가 없었습니다.
현준   뭡니까. 그 선택의 여지가 없었다는 게.
도현   (일어서며) 재판장님! 지금 이 재판은 피고인이 살인을 했는지 안 했는지의
           여부를 가리기 위해서입니다.
현준   재판장님! 피고인이 자백을 번복해서 재심이 열렸습니다. 그렇다면 그때는
           왜 죽었다고 자백을 했는지 이유를 밝히게 해주십시오.

나판사 ... 피고인. 대답하세요.

최필수 (말을 떼기가 어려운 듯) ... 저에게는... 아들이 하나 있습니다.

최필수, 도현을 한번 쳐다보고는.

최필수 아들은 태어날 때부터 심장이 안 좋았습니다.

한숨과 함께 최필수의 회상이 시작되고....

(플래시백 – 10년 전 기산대학병원 도현 병실 안)
최필수, 침대 위에 누워 있는 도현을 물끄러미 보고 있다.
갑자기 호흡 곤란을 느끼는 도현.

필수 도현아! 왜 그러니? (숨이 넘어갈 듯 온몸이 부르르 떨리는 도현을 흔들며) 정신 차려! (서둘러 침상 위에 설치된 호출 버튼을 누르고는 병실 입구를 향해) 간호사! 간호사!!!

(시간 경과)
산소마스크가 씌워진 도현.
간호사가 도현의 몸에 연결된 선을 점검하고, 바이탈 체크를 하고 있다.
간호사가 내민 서류에 사인을 하는 심장의.

심장의 (침대 위 도현을 보며) 지금은 할 수 있는 게 저런 정도의 긴급 처방밖엔 없습니다.

필수 (근심스런 표정으로) 얼마나 남았습니까?

심장의 알 수 없습니다. 다만 발작 증세가 또 올 겁니다. 그때는 마음의 준비를 하라는 신호겠죠.

의사와 간호사가 나가자 털썩 의자에 주저앉아 산소호흡기에 의지하여 숨을 쉬고 있는 도현을 바라보는 필수. 할 수 있는 게 없는 자신이 원망스러운 듯 두 손으로 머리를 감싸 쥔다.

(CUT TO)

법정 안.

최필수가 증언을 하고 있다.

최필수　아무것도 할 수 없는 제 자신이 그렇게 원망스러웠던 적은 없었습니다. 할 수 만 있다면... 제 목숨을 대신하고 싶었습니다.

방청석, 먹먹해지고.

최필수　그날 그 자리에서 제안을 해왔습니다.

(플래시백 – 10년 전 화예 별채 방 안)

심각한 표정으로 쓰러진 차중령을 보고 있는 최필수.

오회장 옆에 앉아 있다.

오회장　(나지막하지만 힘 있게) 최준위.

최필수　네! 사령관님.

자신의 잔에 술을 따르는 오회장.

오회장　자네... 아들 살리고 싶지 않나?

최필수　무슨 말씀이십니까.

오회장　내가 제안 하나 하지. 선택은 최준위 몫이야.

최필수　???

오회장　최준위 목숨과 아들 목숨을 바꾸는 거.

최필수　그게 무슨...

오회장　오늘 일을 최준위가 책임지면, 아들은 내가 책임지지. 심장이식 수술을 받게 해주겠다는 거야.

최필수　!!! 하지만... 어떻게...

오회장　그건 나한테 맡겨. 만약 내가 자네 아들 목숨을 못 살리면 그땐 다른 선택을 해도 돼.

최필수, 고민 중인. 쓰러져 있는 차중령을 본다.
오회장, 술을 조금 마시고는 내려놓으며.

오회장   최준위가 고민할 줄 몰랐는데?
최준위   ....
오회장   알았으니 그만 나가봐.

최필수, 천장을 향해 크게 심호흡하는.
결심한 듯 탁자 위에 놓인 권총을 집어 든다.
부르르 떨리는 최필수의 손.

(CUT TO)
법정 안.
증언을 계속하고 있는 최필수.

최필수   대신 누명을 쓰고... 살인자라는 낙인을 찍고 살아가는 것 따위가 아들의 목
         숨과 비할 수는 없었습니다. 하지만... 아들이 사는 대가로 이식을 기다리던
         다른 환자가 죽었다는 걸 들었을 때... (한숨을 쉬는) 그 제안에 숨겨져 있던
         의미를 뒤늦게 깨달았습니다...

방청객, 숙연해지고. 도현, 먹먹한 표정으로 허공을 바라본다.

최필수   그렇지만... 미리 그 계획을 알았더라도 제의를 거절할 수 있었을지는 지금도
         모르겠습니다.

유리의 손 위에 살며시 겹쳐지는 진여사의 손.
유리를 보는 안쓰러운 표정의 진여사.

최필수   (회한에 차는) ... 이 세상... 어느 아버지가... (울컥하는) ... 자식을 죽도록 내

버려둘 수 있겠습니까...

유리, 조용히 일어나 나간다.

현준   (빈정대듯) 마치 감동 드라마 한 편 본 기분입니다. 그러니까 피고인은 죽이
지 않았고. 스스로 누명을 썼다.. (손으로 가리키며) 저기 앉아 계신 변호사
아들을 위해서. 이거죠? 지금.

최필수   ... 네....

최필수의 대답에 도현, 한숨을 내쉬고.

(CUT TO)
증인석에 오회장이 다시 앉아 있다.

현준   피고인의 주장대로 심장 수술을 받게 해준다는 제안을 하신 적이 있습니까?

오회장   내가 왜 그런 제안을 합니까. 저 최필수가 차중령을 죽였는데. 설사 그런 제
안을 했다 한들 심장을 내가 무슨 수로 구해다 줍니까?

현준   이상입니다.

현준, 자리로 가고.

나판사   변호인, 반대신문 하시겠습니까.

도현, 고민하다 일어서며.

도현   아닙니다.

현준, 의외라는 듯 보고. 오회장, 안심이라는 표정...

도현   재판장님. 다음 공판에 박시강을 증인으로 요청합니다.

방청석 웅성거리고,

기춘호, 의미심장한 표정이다.

S# 36. 법원 현관 앞/ 오후

기자들 법정에서 나오는 현준 앞으로 몰려들고, 마이크를 들이댄다.

기자1 최필수씨가 박시강 의원을 범인이라고 지목한 겁니까?

현준 (대답 않고 기자를 날카로운 눈빛으로 쏘아본다)

기자1 검찰에서 박시강 의원을 조사할 계획은 없습니까.

현준 (결국 입 여는) 갑자기 자백을 번복한 사형수의 주장일 뿐입니다.

기자2 오택진 회장의 위증 가능성에 대해 어떻게 보십니까?

현준 위증이라고 할 만한 조건이 충족되지 않는바.. (하는데)

뒤쪽 계단 위에서 도현의 모습이 보이자, 기자들 모두 도현에게 몰려간다. 현준의 팔을 부딪치며 올라가는 기자도 있다. 현준, 인상 쓰고...

(CUT TO)

기자들에게 둘러싸여 있는 도현.

도현 저는 박시강 의원이 증인으로 출석할 것을 믿습니다. 제 의뢰인의 주장이 거짓이라면, 법정에 증인으로 출석하지 않을 이유가 없습니다. 출석해서 정확한 진위를 가려주시길 기대하는 바입니다.

말을 마치고, 기자들을 헤치며 계단으로 내려가는 도현.

S# 37. 법원 로비/ 오후

로비에서 현관 앞 상황을 보고 있는 양인범.

발길을 돌리는데, 놀란 표정으로 멈춰 선다.
앞에 서 있는 진여사.

진여사	10년 만에 다시 재판이 열렸네요. 그때도 담당이었죠.
양인범	....
진여사	최필수씨가 아직도 범인이라고 생각하세요?
양인범	... 본인이 그랬다고 말했습니다.
진여사	단지 그걸로 끝내도 되는 일이었나요?
양인범	...
진여사	언젠가 이렇게 다 밝혀지는 거예요. 진실을 쫓는 누군가의 의지만 있다면요.
양인범	선후 사건을 말씀하시는 거라면.... 죄송합니다. 제가 좀 더 신중했어야 했는데...
진여사	신중... 단지 신중하지 못해서 벌어진 일이었나요. 진짜?
양인범	(차마 답하지 못하는...) 죄송합니다... 그만 가봐도 되겠습니까.
진여사	아니요. 하나만 더 묻죠. 도대체 검사는 왜 되신 거예요?
양인범	...

진여사, 잠시 쳐다보고는 스쳐 지나가는.
멍하니 서 있는 양인범.

S# 38. 법원 밖 벤치/ 오후

유리, 벤치에 앉아 허공을 바라본다. 눈물이 맺히지만 떨구지 않는...
다가와 옆에 앉는 진여사, 음료수 캔을 건넨다.
유리 받아 들지만 마시진 않고...

진여사	너무 애쓰지 마요.
유리	아뇨. 이제 시작인데 벌써 무너지면 안 되죠, 제가...

유리, 마음을 다잡은 듯 진여사를 바라보고 씩씩한 미소 지어 보인다.

S# 39. 은서경찰서 사무실 안/ 오후

도현이 법원 앞에서 인터뷰하는 뉴스를 보고 있는 서팀장과 김형사, 이형사.
기춘호 들어온다.

서팀장   최변이 너무 몰아붙이는 거 같은데.
기춘호   (소파에 앉으며) 어차피 박시강을 끌어내지 않으면 의미가 없어.
        (김형사에게) 당시 박시강 회사 직원이나 관계자 아무라도 찾았어?
김형사   네. 화예 사건 일어나고 다들 관두게 한 모양입니다. 나오는 게 없습니다.
기춘호   (생각하다 이형사를 보며) ... 기무사 갔던 일은.
이형사   기무사에선 확인해줄 수 없다고 합니다. 그래서 기무사 전역 장교들을 찾아
        내서 확인해봤거든요. 근데 그 당시 기무사 3처가 국방 쪽 검수 업무를 담당
        했었답니다.
기춘호   검수 업무?
이형사   네. 무기 도입할 때 하는 업무요.
기춘호   !!!

S# 40. 박시강 사무실 앞/ 오후

사무실에서 나오는 박시강. 의전 하듯 일렬로 대기 중인 비서진과 수행원들.
유리, 급히 휴대폰 카메라를 켠다. 초광각 모드로 변경해 일렬로 서서 박시
강을 맞을 준비하는 수행원들이 한 프레임에 잡히게 잡는다.
슈퍼스테디 모드를 켜고 동영상 촬영 시작하는 유리.
비서를 밀치고 뭐라 소리 지르는 박시강.
비서와 수행원들이 어쩔 줄 몰라한다.
유리, 지나가는 행인인 척, 빠른 걸음으로 주변을 걸어 다니면서 촬영을 한
다.
박시강, 빠른 걸음으로 일렬로 서 있는 수행원들 한 명씩 다가가 때린다.

박시강의 동선을 따라 유리도 빠르게 걸어가면서 촬영한다.

유리   그래, 화가 나기도 하겠다. 이제 끝장이니까. 박시강.

화풀이를 끝낸 박시강, 다시 차에 탄다.
출발하는 차를 끝까지 촬영하는 유리.
박시강의 차를 따라간다.

S# 41. 박시강 사무실 방 안/ 오후

신문 기사가 보인다.
'재심 사건의 피고인 최필수. 차중령 살인사건 진범으로 박시강 국회의원 지
목'
'박시강 의원. 증인 출석 요구에 침묵'
기사에서 빠지면 박시강. 신문을 거칠게 집어 던진다.
소파에 앉아 있는 박시강, 지창률, 오회장.

박시강   내가 어떻게 해야 하는 거요?
지창률   증인 소환당했다고 나가야 하는 건 아닙니다.
박시강   안 나가면? 꼭 내가 했다고 하는 거 같잖아. 남들이 보기엔.
지창률   일단 버텨보죠. 저쪽에서 내미는 거 보고 그때 판단하면 되니까.
박시강   지금 언론에서 난리 치고 있는데? 그러고 보니 추실장은 왜 언론 통제를 안
하는 거야?
지창률   ... 했는데, 너무 확산된 거겠죠. 요새는 SNS로 퍼져나가는 세상이니.
박시강   그것도 다 막아야 돼!
오회장   ... 이러다간 우리 사업에도 영향을 미칠까 고민입니다.
박시강   지금 오회장은 이 재판이 남의 일 같아요? 그래서 증언을 개판으로 대충대
충 한 거요?
오회장   개판이라니요.
박시강   기억이 안 나면 모른다고 하면 되는 일을 의도한 것 아니냔 말이요.

오회장 (손을 내저으며) 그건 절대 아닙니다. 그리고 이상한 소문이 들려서 사업 걱
       정을 하는 겁니다.

박시강 ???

오회장 사업이 독일 쪽으로 기울고 있다고요. 제니 송도 죽었는데.. (박시강의 눈치
       를 살피며) 박의원님. 뭐 들은 거 없습니까?

박시강 (살짝 당황) ... 난 들은 거 없는데? (오회장이 의심의 눈초리로 보자) ... 어디
       로 결정되든 지금 그게 문제요!?

오회장 말씀드렸잖아요. 이 사업 잘못되면...

박시강 (버럭 하며) 그놈의 사업, 사업!!! 지금 재판이 먼저 아니야! 막말로 이거 잘
       못되면 당신이나 나나, (지창률을 보며) 당신도!... 다 무사하지 못해! 그리고
       마지막으로 한 번만 더 말하는데, (오회장을 빤히 보며) 차중령! 오회장, 당
       신이 죽였다고. 그거... 절대! 잊지 마. 알았어!!!

       박시강을 가만히 보기만 하는 오회장.

S# 42. 박시강 사무실 건물 앞/ 오후

       유리, 건물을 노려본다.

유리   (울컥하지만 삭히고) 그래, 미워할 사람은 이 사람들이지... 박시강을 비롯해
       서...

       유리, 박시강 사무실 앞에서 촬영한 동영상을 핸드폰에서 재생시킨다.
       촬영한 영상이 플레이 되는데 흔들림 없이 찍혀 있다.
       영상 속, 종종거리며 수하들을 괴롭히는 박시강의 움직임들.

유리   (흡족) 깔끔하게 잘 찍혔네...

       하다가 보면, 오회장이 건물에서 나온다.
       의아한 표정을 짓고는 다시 휴대폰 동영상을 켜고 촬영하는 유리.

S# 43. 송일재단 이사장실 안 + 오회장 차 안/ 오후

추명근, 진동 벨소리가 울리자 전화 받는.
차 안에서 통화하고 있는 오회장. 이하 교차.

오회장   접니다. 실장님.
추명근   그래, 어쩐 일로...?
오회장   ... 독일 쪽으로 움직이신다는 거 알고 있습니다.
추명근   허허... 누가 그런 헛소리를 한답니까.
오회장   이번 사업 못 맡으면 저희 유광기업... 그야말로 공중 분해됩니다.
추명근   ... 이것 봐요. 오회장.
오회장   ...
추명근   사업이야 널려 있는 게 사업 아닙니까. 회사야 또 차리면 되는 거고.
오회장   ...... 말을 쉽게 하시는군요.
추명근   ... 재판이나 잘 넘겨요. 지금은 그게 먼저잖아요. 박의원한테 피해가 안 가도
         록 잘 처신해주세요.
오회장   ... 박의원보다 제가 입을 열면... (말을 할까 하다) .. 실장님도 무사하지 못할
         텐데요.
추명근   ... 허 참, 무슨 말인지 이해가 안 가네요.
오회장   ...
추명근   ... 끊습니다.

오회장, 핸드폰을 잡고 부르르...

(CUT TO)
이사장실 안.
추명근, 전화를 끊고 잠시 생각하는. 그러다 어디론가 전화를 거는.

추명근   나, 추요. (사이) 유광기업, 국세청 감사 말이요. 재판이 일단락될 때까지 시

간을 미뤄주시오. (사이) 횡령이나 배임으로 구속하더라도 나중에 하란 소립니다. 지금 너무 몰아붙이면 무슨 일을 벌일지 모르니까. 조금 쉬었다 갑시다. 무슨 말인지 이해합니까? ... 그래요.

전화 끊은 추명근. 창으로 가는.

추명근 모든 게 계획대로만 되면... 인생살이에 무슨 묘미가 있나... (가볍게 혀를 차는)

S# 44. 도현 사무실 안/ 저녁

도현이 화이트보드 앞에 서 있다.
블랙베어 사업에 관계된 인물들이 쭉 적혀 있다.
박시강, 오택진, 제니 송, 차중령, 최필수.
기춘호, 사무실 안으로 들어오고.

기춘호 ... 자네 아버지. 아직 자네에게 이야기하지 않은 게 있는 거 같군...
도현 ... (기춘호 보면)
기춘호 최변 아버님이 기무사에 있을 당시, 검수 업무를 주로 담당했었어.
　　　　무기 도입에 관한.
도현 ... 아버지가 방산 비리에 연루됐을 리 없어요. 그런 지저분한 이권 다툼에...
기춘호 아니 아니, 그런 얘긴 아니고. 더 들어봐.
도현 (감정 삭히고)
기춘호 오는 길에 출입국 사무소에 들러 확인한 건데, 사건이 일어나기 3개월 전쯤 독일도 직접 다녀오셨더라고. 차승후 중령과 함께.
도현 아버지가... 차승후 중령과 함께요?!
기춘호 (고개 끄덕이면)
도현 차중령이 죽어야 했던 이유는... 누군가가 원치 않는 검수 결과를 내놨기 때문이다...?
기춘호 그렇지.

도현	그 누군가는 차중령을 회유하려다 안 되자 결국 그날...
기춘호	그래. 아버님은 차중령을 죽일 이유가 없어. 진범은 차중령이 죽어야 이익을 얻는 자. 이게 합리적 접근이지.
도현	오회장이 침묵하는 지금으로선 황교식의 비자금 리스트가 단선데...
기춘호	빙고! SI를 알아냈어.
도현	그게 뭡니까.
기춘호	송일재단이라는 곳이야.
도현	송일... 재단이요?
기춘호	주로 장학 사업을 하는 곳이더군.
도현	(의외라는 듯) 장학 사업이요?
기춘호	겉으로 드러난 건 말이야. 그래서 지금부터 한번 파보려고. 대체 어떤 곳인지.
도현	... 전 아무래도 아버지를 다시 한 번 만나봐야겠군요.
기춘호	암튼 다녀와서 다시 연락할게.
도현	예...

기춘호 나가고 잠시 생각에 잠기는 도현.
그러다 앞에 놓인 노트북에 송일재단을 검색하는데... 메일 도착을 알리는 표시.
메일함에 들어가 방금 도착한 메일을 클릭하면,
보낸 이... 송재인이다. 놀라는 도현 얼굴에서,

(플래시백 - 13회 46씬, 창고 안)
누군가의 손에 들려 있는 종이를 보고 있는 제니 송. 종이 안에는 주소가 적혀 있다. 제니 송이 살짝 고개를 돌려 보면 총을 겨누고 있는 경호.
경호와 눈을 마주치는 제니 송, 손으로는 핸드폰의 버튼을 누르며 조작하고 있다.
자세히 보면.... 메일을 보내고 있는 제니 송. 받는 이는 바로.... 도현이다.
마지막으로 〈예약 전송〉을 누르고는...
핸드폰을 내어주며 경호와 눈을 마주치는 제니 송.

(CUT TO)

도현 사무실 안.

도현, 메일을 클릭하면... 메일 내용은 아무것도 없다. 하지만 첨부된 문서 하나.

첨부된 문서의 제목은 〈블랙베어 사업 협약서〉

첨부된 문서를 열어 확인하면... 맨 마지막에 사인명이 보이는데... '대통령 박명석'

도현   !!!

S# 45. 최필수 교도소 전경/ 오전

S# 46. 최필수 교도소 접견실 안/ 오전

도현이 앉아 있고, 최필수 들어와 앉는다.
최필수, 자애로운 미소를 지어 보인다.
도현, 표정이 굳어 있고.

최필수   내일이면 만날 텐데... (도현의 심각한 표정을 보고) 급한 일인가 보구나.
도현   ... 아버지. (최필수 보면) 제게 말씀 안 하신 게 있죠?
최필수   무슨 말이냐.
도현   그날, 차승후 중령과 아버지는 왜 화예에 가신 겁니까?
최필수   ...
도현   10년 전, 독일에는 왜 갔다 오신 거예요?
최필수   ...
도현   블랙베어 사업 검수하러 가셨다는 거 압니다.
최필수   ...
도현   ... 왜 제니 송을 죽일 때 저는 살려둔 걸까요... 이유가 뭘까...

최필수, 한숨 쉬는.

도현   고민해봤어요. 노선후, 김선희, 한종구, 제니 송... 다 그들에게 위협이 되는 사람들이었을 거예요. 그 사람들은 다 죽었는데, 정작 아버지와 저는 왜 무사한 건지.

최필수   ...

도현   ... 저 때문이 아니에요. 아버지가 뭔가를 갖고 있기 때문이에요.

최필수   ...

도현   ... 뭔가요? 그게.

최필수   ...

도현   (얘기를 안 하는 게 안타까운 듯) 아버지... 그게 뭔지 말해주세요.

최필수, 크게 한숨을 쉬는...

도현   ... 이 일에 관여하신 겁니까?!

최필수, 보면, 도현이 서류 한 장을 들어 얼굴 앞쪽으로 내밀고.

최필수   !!!

최필수, 도현이 내민 서류를 낚아채 보면...
제니 송이 도현에게 메일로 보낸 〈블랙베어 사업 협약서〉
최필수를 보는 도현, 화가 난 표정이다.
최필수, 서류를 힘없이 탁자 위에 놓으며.

최필수   (떨리는, 힘겹게 입을 떼는) ... 검수 결과, 블랙베어는 들여오면 안 되는 거였어. 하지만, 당시 차중령과 내 의견은 중요하지 않았다.. 검수 보고서는 조작됐고..

도현   (탄식하는)

최필수   내가 작성한 보고서 원본이 있다...

S# 47. 도현 차 안/ 오후

생각에 잠겨 운전하는 도현 얼굴 위로.

최필수(E) 지난 10년간 세상에 공개된 적이 없는 보고서지.. 이제 때가 된 것 같구나.

S# 48. 납골당 안/ 오후

걸어가다 이선미라 쓰인 함 앞에 서는 도현. 한참을 울적한 기분으로 바라보는.
문을 열어 유골함을 꺼내 한쪽에 놓고 유골함이 놓여 있던 천장 쪽을 매만지면...
떨어지는 칸막이와 함께 툭.. 떨어지는 종이 뭉치.
꺼내어 보면... '블랙베어 사업 검수 보고서'
도현, 한 장씩 걸어 보다 생각에 잠기는.

(플래시백 – 14회 46씬에 이어서, 최필수 교도소 접견실 안)

최필수　나를 용서해줄 수 있겠니.
도현　　... 아버지가 용서를 구해야 할 사람은 제가 아니에요.
최필수　...... 미안하다.
도현　　아버지. 말씀드렸잖아요. 저한테 용서도, 미안해하실 필요도 없다고...

허공을 보는 최필수. 착잡한 심정이다...

(CUT TO)

납골당 안.
도현, 보고서를 손에 든 채 유골함 옆에 사진을 바라보고 있다.
젊은 도현 엄마, 이선미의 사진.

도현   … 알아요. 저도. 아버지가 저를 지키려고 했다는 거. (사진을 물끄러미 쳐다
       보며) … 다음엔 아버지하고 같이 올게요.

       누군가 도현을 지켜보고 있다.

S# 49. 송일재단 건물 밖/ 오후

       건물을 한번 보는 기춘호. 송일재단이란 이름이 커다랗게 보인다.

S# 50. 송일재단 이사장실 안/ 오후

       추명근, 통화 중이다.

추명근   그 보고서가 공개되면 독일 쪽도 난감한 상황이 발생할 거요. (사이) 알아서
       처리하시고, 보고서는 회수해주세요.

       노크 소리와 함께 수행비서가 들어온다. 전화를 끊는 추명근.

수행비서 형사가 찾아왔습니다.
추명근   형사?
수행비서 돌려보낼까요.
추명근   (고민하다) 들여보내요.

S# 51. 납골당 안/ 오후

       입구 쪽으로 걸어가는 도현. 손에는 보고서가 들려 있다.
       심각한 표정의 도현.
       납골당 안쪽에서 누군가가 계속 도현을 지켜보고 있고.

S# 52. 송일재단 이사장실 안/ 오후

문이 열리며 기춘호가 들어선다.
추명근, 자리에 앉아 턱을 깍지 낀 손으로 받친 채 보고 있는.
추명근 앞으로 다가서는 기춘호.
서로 바라보는 두 사람.
기춘호, 뚫어질 듯 보고!
반면에 추명근, 호기심 어린 눈길로 보는!

S# 53. 납골당 밖/ 오후

납골당 계단 위 서 있는 도현. 누군가가 입구에서 따라 나오고 있다.
납골당 입구로 가는 긴 계단.
맨 위에서 내려가기 시작하는 도현.
밑에서 올라오는 모자를 눌러쓴 사내.
모자 밑으로 보이는 얼굴, 경호!!!
경호의 뒤춤에 칼 손잡이가 보인다.
도현과 경호, 점점 둘 사이가 가까워지는데...

- 제14회 끝 -

15회

S# 1. 납골당 안/ 오후

이선미라 쓰인 함 앞에 서는 도현. 한참을 울적한 기분으로 바라보는.
문을 열어 유골함을 꺼내 한쪽에 놓고 유골함이 놓여 있던 천장 쪽을 매만
지면...
떨어지는 칸막이와 함께 툭.. 떨어지는 종이 뭉치.
꺼내어 보면... '블랙베어 사업 검수 보고서'
이때, 납골당 한쪽에서 보고서를 들고 있는 도현의 모습을 사진에 담는 누군
가.

S# 2. 납골당 밖/ 오후

납골당을 나와 계단을 따라 내려가는 도현. 누군가가 입구에서 따라 나오고
있다.
밑에서 올라오는 모자를 눌러쓴 사내.
모자 밑으로 보이는 얼굴, 경호!!!
경호의 뒤춤에 칼 손잡이가 보인다.
도현과 경호, 점점 둘 사이가 가까워지는데...

경호의 손이 뒤춤으로 향하는데,
이때, 도현의 뒤에서 누군가 부르는 소리.

양인범(E) 최도현 변호사!

그 소리에 슬쩍 손을 거두는 경호.
도현, 멈춰서 뒤를 보면 양인범이 걸어 내려오고 있다.
고개를 숙인 채 도현을 그냥 스쳐 지나는 경호.
도현, 인기척에 옆을 보면... 모자를 눌러쓴 채 계단을 올라가는 경호의 뒷모습.

S# 3. 송일재단 이사장실 안/ 오후

서로 바라보는 두 사람.
추명근, 기춘호를 호기심 어린 눈길로 보는!
기춘호, 뚫어질 듯 보고 있는.

(플래시백 – 11회 28씬, 도현 사무실 안)
사진을 보고 있는 기춘호.
청와대 정문으로 들어가는 자동차 사진. 박시강의 얼굴과 옆자리 추명근의 얼굴이 반쯤 잡혀 있는 사진.
반쯤 잡힌 추명근의 얼굴이 온전하게 변하며.

(CUT TO)
송일재단 이사장실 안.
추명근, 자리에 앉아 턱을 깍지 낀 손으로 받친 채 보고 있다 손을 풀고.
기춘호, 형사증을 내보이며.

기춘호 은서경찰서에서 나왔습니..
추명근 (말을 끊으며) 기춘호 형사님... 이셨던가요?

기춘호	!
추명근	기자회견에서 봤습니다. 근데, 여기는 무슨 일로...
기춘호	유광기업 잘 아시죠?
추명근	(의아한 표정으로) 압니다만, (뭔가 말하려는데)
기춘호	(말 끊으며) 오택진 회장 비서에게서 비자금 장부가 발견되었습니다. 거기에 송일재단 이름이 있어서요.

말을 마치고 추명근의 표정을 슬쩍 살피는 기춘호.
그러나 표정 변화가 없는 추명근.

추명근	비자금 장부라... 제가 아는 사실은 유광기업이 우리 재단을 후원하는 많은 기업 중 하나라는 것뿐입니다.
기춘호	... 천억대의 금액을 비밀리에 보내는 게 후원인가요?
추명근	그건 제가 알 수 없죠. 여기 와서 물을 내용도 아니고.
기춘호	...
추명근	용건은 이제 끝인가요?
기춘호	아직 남았습니다. 이건 물을 만한 내용일지 모르겠네. 설화, 아십니까?
추명근	... 누구요?
기춘호	화예에서 일했던 설화라고 기억하시죠?
추명근	... 저는 기억에 없는데... 그분이 그러던가요? 저를 만난 적이 있다고?
기춘호	묻고 싶은데, 안타깝게도 이미 사망했습니다. 처참하게 살해당했죠.
추명근	(안타깝다는 듯) 저런.. 요즘 세상이 참 흉흉하죠. 조심해야겠어요.
기춘호	(싸늘한 미소) 그래야죠. 세상을 이렇게 흉흉하게 만든 놈, 꼭 잡아야죠.
추명근	(뼈가 있다) 항상 그랬듯, 경찰을 응원하겠습니다.
기춘호	응원에 보답해드려야겠군요.

담담히 웃는 추명근. 노려보는 기춘호.
둘의 시선이 마주치는 데서.

S# 4. 송일재단 건물 앞/ 오후

건물을 나오며 전화 거는 기춘호.

기춘호 어, 난데 송일재단 CCTV 확보해봐. 김선희 실종 당일부터 사체 발견 당일까
지. 열흘 치면 될 거야. 그리고, 이형사 너는 송일재단 파보고, 김형사는 지능
범죄수사대에 연락해서 유광 쪽 자금 흐름 캐보고.

기춘호, 전화를 끊고는 송일재단 건물을 뒤돌아본다.

S# 5. 송일재단 이사장실 안/ 오후

자리에 앉은 채 생각에 잠긴 추명근. 이때 도착하는 메시지. 보면 사진이다.
보고서를 들고 서 있는 도현의 모습. 손에 든 보고서에 〈블랙베어 사업 검수
보고서〉란 제목이 명확히 보인다.
사진을 보는 추명근의 얼굴이 일그러지더니 인터폰을 누르고.

추명근 당장 기무사령부 3처장한테 연락해서 나한테 전화하라고 하세요.

추명근. 깍지 끼고 앞을 노려보는.

S# 6. 납골당 벤치/ 오후

양인범과 도현, 벤치에 앉아 있다.

도현   ... 미행이요?
양인범 나도 누군지는 몰라...
도현   근데 왜 제게 알려주시는 거죠? 부장님은.... 저와 다른 길을 가고 계신 걸로
알는데...

대답 않고, 하늘을 보는 양인범.

양인범	하늘 좋네. 너무 새파랗지도 않고... 구름도 좀 끼어 있고...
도현	...
양인범	(도현을 보며) 사람도 말이야. 너무 고고하고 바르면 이 혼탁한 세상... 살아가기 힘들어.
도현	(보는) ...

다시 고개를 돌려 하늘을 보는 양인범.

(플래시백 - 10년 전 검찰청 앞 공원 벤치)
검찰청을 바라보며 앉아 있는 젊은 양인범. 술이 꽤 취한 상태다.
노선후, 다가오고. 손에 약봉지를 쥐고 있다.

노선후	(약과 같이 마실 병을 건네며) 버티지도 못할 술을 왜 그리 마셔.
양인범	(받아서 마시며) 술자리도 업무잖냐. (노선후 얼굴 힐끗 보고) 넌 왜 이렇게 멀쩡해? ... 이거, 이거, 출세할 생각이 없구만.
노선후	(웃는) 출세가 주량순일 줄은 몰랐네.
양인범	술자리 정치도 모르는 놈이 무슨 검사를 하겠다고... 넌 그게 문제야. 혼자 고고하고 혼자 바른 소리.
노선후	그래서 형이 나 좋아하잖아.

양인범, 어이없다는 듯 실소하고.
두 사람, 검찰청 건물을 올려다본다.

노선후	... 형이 출세해서 나 지켜주면 되겠네.
양인범	그래. 내가 부장! 차장! 검사장! 돼서 너 확실히 지켜줄게.
노선후	아, 좋네. 출세할 형 있어서.

서로 웃는 두 사람.

(CUT TO)

납골당 벤치.

회상에서 돌아오는 양인범. 먹먹하다.

양인범	(화제를 돌리듯) 여기 누구 모신 분 있나?
도현	... 어머니가 계십니다.
양인범	... 그렇군.
도현	부장님은요.
양인범	(고개 돌려 앞을 보며) ... 아는 동생... 최변도 아는 사람일 거야.
도현	?
양인범	... 노선후 검사.
도현	!!!
양인범	몸조심하게...

양인범. 걸어가고.

잠시 멀어지는 양인범의 뒷모습을 바라보던 도현, 고개를 돌려 납골당 건물을 본다.

S# 7. 납골당 안/ 오후

환하게 웃고 있는 선후의 사진. 그 앞으로 도현이 서 있다.

도현	... 이제야 찾아뵙네요. 이렇게 지척에 있었는데... 비록 조기탁은 잡혔지만 이제 시작입니다. 제가 노선후 검사님을 죽음으로 몰아넣은 자들... 꼭 밝혀내겠습니다. 그리고 여사님 모시고 다시 찾아뵙겠습니다.

목례를 하듯 선후의 영정사진 앞에서 고개를 숙이는 도현.

손에 든 '블랙베어 사업 검수 보고서'가 보인다.

S# 8. 박시강 사무실 방 안/ 오후

박시강, 소파 탁자에 발을 올리고 눈을 감고 있다.
노크도 없이 다급하게 수행비서 들어오고.

수행비서 저... 의원님.
박시강 (짜증 나는 투로) 뭐야, 노크도 없이.
수행비서 ... 언론사에서 계속 연락이 오고 있습니다. 재판 증인 출석할 거냐고...
박시강 안 나간다고 했잖아!
수행비서 ... 시민단체들도 진상을 요구하고 있습니다.
박시강 그 새끼들이야 맨날 하는 게 그거고.
수행비서 이러다 여론이 계속 시끄러워지면 문제가 좀...
박시강 (생각하다) 대충 연예인 하나 터트려서 덮어. 좀 큰 걸로다.
수행비서 네.

박시강, 짜증 난다는 표정.

S# 9. 도현 사무실 안/ 오후

유리, 들어온다.

유리 아.... 타이밍 한번 기막히네.

진여사, 유리에게 다가가고.

진여사 무슨 일 있어요?
유리 지금 제이 오 기사로 난리 났어요.
진여사 제이 오요?

노트북을 열어 기사들을 보여주면,

(인서트 - 노트북 모니터)

'아이돌 스타 제이 오 공개연애 중이던 여배우 A 외에 여자친구 또 있어!'

'나도 제이 오의 숨겨진 여자친구다. 제이 오 거미줄 연애 논란.'

'제이 오 삼각관계 감싸던 팬덤, 결국 돌아서나.'

'제이 오의 여자친구는 나다! 폭로는 몇 명까지 갈 것인가?'

(CUT TO)

유리   아이돌 그룹 멤버인데 여사님도 얼굴 보면 아실 거예요. 지금 실시간 검색어 10위까지가 몽땅 애 관련된 것밖에 없어요. 박시강은 이제 1도 관심을 안 가져요.

실망스런 표정의 유리.

진여사   저쪽에서 작정하고 언론 플레이를 하고 있는 거네요.

유리   트래픽 유입 수가 압도적이에요. 보나 마나 들고 있다 터뜨린 거지. SNS 트렌드에도 갑자기 도배가 됐고...

국민 청원 사이트로 들어가는 유리.

유리   박시강을 증언대로 불러내라는 청원도 9만 명에서 멈췄어요.

진여사   설마... 그것도 막고 있을까요?

유리   글쎄요... 암튼 지금 우리가 할 수 있는 건 사그라든 불씨를 다시 키우는 거겠죠.

진여사   (보면)

유리   저희가 할 수 있는 데까진 해봐야겠죠.

유리, 각오를 다지듯 길게 숨을 내쉬는...

(시간 경과)

'현역 국회의원, 증인 출석 거부. 그 이유를 밝힌다'

노트북 모니터가 보이고,
섬네일에는 문구와 함께 박시강의 국회의원 당선 사진이 있다.
노트북 엔터 키를 누르는 유리.
진여사, 다가와서.

진여사 잘될 거 같아요?
유리 기대해봐야죠. 분명 반응이 있을 거예요.

S# 10. 은서경찰서 사무실 안/ 저녁

기춘호, 들어온다.
이형사, 자리에서 모니터를 보고 있다.

기춘호 어떻게 됐어?
이형사 (고개 들며) 송일재단 측은 CCTV 제출 거부했고요. (모니터 가리키며) 이 건 주위 건물 CCTV 복사해 온 거예요. 말씀하신 김선희 죽기 전 열흘 치요.

기춘호, 이형사에게 다가가고. 이형사, 캡처해놓은 장면을 보여주며.

이형사 박시강 의원도 왔다 갔고.... 오택진 회장도 보입니다. 김선희는 아직이구요.
기춘호 (혼잣말처럼) 박시강, 오택진... 열흘 동안 들락거렸다..?
제니 송 입국 이후 CCTV도 확보해서 찾아봐줘.
이형사 네.

이형사, 다시 CCTV 화면을 보고. 기춘호, 돌아서는데,

이형사 어? 반장님!

이형사의 모니터에 캡처된 장면.
이형사가 화면을 확대하면, 걸어가다 잡힌 김선희의 얼굴!!!

기춘호, 도현에게 전화 거는.

기춘호　　나야... 사라졌던 김선희 행적, 찾았어. (사이) 최변 사무실에서 만나지.

S# 11. 도현 사무실 안/ 저녁

책상 위에 '블랙베어 사업 검수 보고서'가 놓여 있고
그 앞으로 도현, 기춘호, 유리, 진여사가 앉아 있다.

도현　　... 이게 차승후 중령 살인사건의 핵심이었어요. (보고서의 핵심 페이지 가리키며) 차중령과 아버지는 검수 결과, 오택진과 박시강이 들여오려던 블랙베어를 반대했던 거죠.
기춘호　　처참하구만. 그 결과 한 명은 죽고, (도현 보며) 아버님은...
유리　　기무사령관이었던 오택진은 가짜 보고서를 제출하고 블랙베어를 들여왔겠죠.
기춘호　　오택진, 박시강 뒤에서 이 모든 플랜을 지휘하는 사람...

다들, 기춘호 보면.
품에서 사진 한 장을 꺼내 탁자 위에 놓는 기춘호.

기춘호　　이자가 바로 송일재단의 이사장 추명근이야. 우리가 찾던 그 비선 실세이기도 하고.
모두들　　!!!

도현, 사진을 들어 보면, 액자 안에 근엄한 표정의 추명근이 있다.
도현이 사진을 내려놓으면 진여사와 유리도 본다.

기춘호　　김선희가 사라진 날 이곳을 찾았더군. 그리고 열흘 후, 다들 알다시피 사체로 발견됐지.
진여사　　김선희...... 추명근...

진여사 뭔가 생각났다는 듯, 갑자기 자리로 가 노트북을 들고 오는.
뉴스 클립 중 하나를 누르면, 불우이웃돕기 성금자 명단에 '송일재단 추명근
총괄 이사장 외 임직원 1억 원'이 뜬다.
다들 놀라고!!!

진여사 김선희씨가 본 게 이거였던 것 같아요.
유리 박시강을 만날 수 없자 추명근을 찾아갔던 거네요.
도현 (고민하는 표정) ...
기춘호 추명근과 유광기업의 연결고리는 우리가 더 파고 있어. 주고받은 비자금 리
스트도 있고. 근데 이게 차중령을 죽인 진범을 밝힐 직접적 증거가 될 순 없
고... 박시강은 어쩌고 있어?
도현 ... 아직까진 증인 출석할 생각이 없어 보입니다. (한숨)
유리 아뇨. 나올 거예요. 반드시.

유리의 말에 다들 의아한.

S# 12. 박시강 사무실 방 안/ 저녁

수행비서 다가와 태블릿 PC로 유리가 올린 방송을 보여준다.
박시강, 방송을 보고 인상 쓰는.

수행비서 네티즌들이 빠르게 퍼 나르고 있습니다. 이게 국민 청원으로 이어지고 있고
요.
박시강 몇 명인데?
수행비서 몇 시간 만에 12만 명으로 늘었습니다. 20만이 넘으면...
박시강 나도 알아!
수행비서 ...
박시강 (고민하다) 애들 동원시켜. 쓸 수 있는 애들 모두.

인상 쓰는 박시강.

S# 13. 도현 사무실 전경/ 아침

S# 14. 도현 사무실 안/ 아침

책상에 엎드려 있는 도현. 유리도 책상에 엎드려 있다.
진여사, 소파에 누워 있고.
쾅! 쾅! 쾅! 문을 두드리는 소리.
다시 쾅! 쾅! 쾅! 진여사가 일어나려 하는데 만류하며 문으로 가는 도현.
유리, 졸린 눈으로 보고.
도현이 문을 열자 들이닥치는 기무사 요원들.

기무사1   기무사령부에서 나왔습니다.
도현   (의아한) 기무사령부요?
기무사1   여기 군 기밀문서를 보관하고 있다는 정보가 들어왔습니다.
도현   그런 거 없습니다.
기무사1   (요원들을 돌아보며) 뭐해! 수색해!
도현   잠깐만요!

도현이 막아서고, 진여사도 일어나 손을 들어 요원들을 막는다.
멀뚱하게 보고 있던 유리 자리에서 후다닥 일어나고.

진여사   당신들! 뭐하는 거예요!
기무사1   상황 파악이 안 되시나 본데, 지금 간첩죄 혐의를 받고 있는 겁니다. 비켜서
         십시오.

진여사, 비켜서지 않는다.

유리　　간첩죄 좋아하네! 당신들! 신고할 거야!

　　　　위협적으로 다가서는 기무사 요원들.

기무사1　다칩니다. (요원들 보며) 한 시간 준다. 찾아내!
도현　　(진여사의 팔을 잡으며) 여사님. 물러서세요. 유리야. 너도!

　　　　요원들 사방으로 흩어져 수색하기 시작하고.
　　　　유리, 기무사1을 노려보며 눈싸움을 하는.
　　　　기무사 요원이 도현 책상의 잠긴 서랍을 부수며 뒤지다 보고서를 들어 보인
　　　　다.
　　　　기무사 요원, 가져와 기무사1에게 건네고.
　　　　기무사1, 휘리릭 넘겨서 확인하고는 고개를 끄덕인다.

기무사1　철수해! (도현 쪽을 보며) 실례했습니다. (뒤로 돌아서는데)
유리(E)　야, 이 새끼들아!!! 그거 두고 가!!!

　　　　기무사1, 멈춰 서고, 돌아본다. 도현, 유리 앞에 서서 말리고.
　　　　기무사1, 유리를 향해 비웃어주고는 돌아서서 나간다.

유리　　저 도둑놈들, 가만둘 거야?!

　　　　발로 차며 흥분하는 유리. 말리는 도현.

S# 15. 송일재단 이사장실 안/ 아침

　　　　전화를 받는 추명근.

추명근　그래요. 수고했어요. 전역하면 사업이나 같이 합시다. (사이) 유광기업 같은
　　　　회사요? (사이, 웃고는) 그래요. 도와드리리다.

전화 끊는 추명근. 비릿한 미소.

S# 16. 황비서 구치소 조사실 안/ 오전

앉아 있는 기춘호. 황비서가 교도관과 같이 들어온다. 황비서, 기춘호 앞에 앉고.

황비서 저는 할 말이 없는데요.

기춘호 이걸 보고도 그런 말이 나올지 모르겠네.

기춘호, 수첩의 페이지를 열어 보여주는데, 황비서가 장부 내용을 써 넣은 것이다.

황비서 !!!

기춘호 자, 이제 얘기 좀 해보지. 어떤 방식으로 전달한 거야? 한두 푼도 아니고, 이 많은 돈을.

황비서 ... 할 말 없습니다.

기춘호 (헛웃음) 네가 돈 보낸 곳 중에 이 SI, 송일재단 말이야.

황비서 !!!

기춘호 좀 쉽게 가자. 어차피 다 밝혀질 건데, 질질 끌면 서로 피곤하잖아.

황비서 ... 제 입에서 들을 말 없으니까.

기춘호 너... (찔러보는) 설마 추명근을 믿고 그러는 거야?

황비서 !!! (눈빛이 흔들리고)

기춘호 (걸렸다는 듯) 경찰 우습게 보지 말라니까.

황비서 (교도관을 보며) 저 가겠습니다.

기춘호 이거 면회 아니야. 경찰 조사지.

황비서 ... 추명근이 누군지 모릅니다.

기춘호 우린 김선희가 송일재단에 다녀간 것도 다 확인했어.

황비서 (또 눈빛이 흔들리고, 하지만 말이 없다)

기춘호   조기탁이 무기징역 받은 거 알 거 아냐? 그럼 너도 최소 무기징역이야. 교사
        범도 실행범하고 형이 같아. 그리고 이 분위기면 오회장도 빠져나가고 니네
        둘만 무기징역으로 끝날 수도 있어. 억울하지 않아? 시킨 대로 했을 뿐인데.

        황비서, 기춘호를 가만히 본다.
        기춘호, 품에서 비닐에 싸인 핸드폰 꺼내며.

기춘호   암호!
황비서   (어림없다는 듯 피식... 웃는)
기춘호   이것도 못하시겠다... 잘 생각해봐. 어쩌면 이게 당신한테 주는 마지막 기회일
        수도 있어.

황비서   ?
기춘호   경찰 수사에 상당히 협조적이었다... 생각보다 판결에 있어서 굉장히 중요한
        부분이거든.

        흔들리는.... 하지만 황비서, 애써 외면하는...

S# 17. 최필수 교도소 접견실 안/ 오후

        접견을 하고 있는 도현과 최필수. 마주 앉아 있다.

도현   아버지. 이 사진 좀 확인해주세요.

        도현, 사진을 내밀고. 보는 최필수.

최필수   !!!
도현   ... 맞는 것 같군요.
최필수   그 자리에 있었다. 누구냐. 이 사람.
도현   전 정부의 비선 실세로 추측되는 사람입니다.
최필수   ... 그렇다면 이 사람이 블랙베어 사업을 통과시킨 사람이겠구나.

도현	그 당시 이 사람의 권력이라면요.
최필수	앞으로 어떻게 할 거냐.
도현	말씀드렸듯이 법정에 세울 겁니다. 한 사람씩. 그 사람이 가진 힘이 얼마가 됐든.
최필수	... 몸조심해야 한다, 도현아.
도현	아버지도 조심하세요. 교도소 안은 무슨 일이 벌어져도 이상하지 않은 곳이잖아요.
최필수	.. 나는 걱정 마라.

최필수, 걱정스럽게 보는 도현에게 미소로 답해주는.

S# 18. 교도소 주차장 안/ 저녁

면회를 마치고 차에 오르는 도현.
이때 도현에게 걸려오는 전화.

도현	예, 최도현입니다.

놀라는 도현의 표정과 함께,

S# 19. 양인범 부장검사실 안/ 저녁

책상에 앉아 있는 양인범.
문을 열고 들어와 소파에 가서 앉는 지창률.
양인범, 별 표정 없이 바라본다.

지창률	뭐해? 안 오고.

양인범, 내키지 않지만 소파로 가서 앉고.

지창률	양부장. (양인범이 보면) 양부장은 이번 재심엔 아예 관심도 없나봐.
양인범	... 아닙니다.
지창률	아니긴. 재판정에서 입도 뻥긋 안 하던데?
양인범	... 재심... 솔직히 이기기 쉽지 않습니다.
지창률	누가 이기래? 솔직히 우린 최필수가 풀려나든 말든 관심 없어. 우리 사람들만 안 다치게 하면 되는 거야. 무슨 말인지 알아?
양인범	최도현 변호사 그렇게 녹록하지 않습니다.

(플래시백 – 10년 전 지창률 부장검사실 안)

지창률, 책상에서 서류를 보고 있다.
양인범, 들어와 책상 앞으로 온다.

양인범	경찰 감식반에서 보내온 건데 좀 보십시오. (서류를 건네는)
지창률	뭔데?
양인범	최필수의 총기 잔사물 검사 결과입니다.
지창률	(받아서 보는)
양인범	이상하지 않습니까.

지창률, 보다가 서류를 구겨 휴지통에 버린다.
양인범, 당황하는.

양인범	부장님. 최필수가 살인하지 않았다는 직접적인 증거물입니다.
지창률	본인이 죽였다는데 왜 니가 나서서 그래? 여기에 누가 엮여 있는지 몰라?
양인범	그래도 이건... 아니지 않습니까.
지창률	너, 그 사람들 한마디면 바로 옷 벗어. 눈 한번 감으면 니 앞날 펴는 거고.

(CUT TO)

양인범 부장검사실 안.
지창률, 양인범 노려보고.

지창률	녹록하지 않다... 그래서? 나는 아주 녹록해 보이나 보지. 우리 양부장님 눈엔.
양인범	그런 뜻 아닙니다.
지창률	아니다.... 그럼, 나한테 떠넘기는 거야? 지금?
양인범	... 선배님이 지키려는 그들이... 노선후 검사도 죽였습니다.
지창률	그래서! 죄책감 느낀다? 부장 달 때까지는 가만히 있다가? 이제야?
양인범	... 네.
지창률	네? (어이없는) 아주 인생 편하게 사네, 우리 양부장님. 그땐 뭐하고 이제 와서 지랄이야?
양인범	...
지창률	그래서! 그 사람들 검찰 조사라도 하겠다는 거야? 그럼 어떻게 되는지 몰라? 너도 끝장이야!
양인범	...
지창률	쓸데없는 소리 말고! 정 뭐하면 오회장, 위증죄 정도 처벌받게 하고 끝내. 알았어. (그대로 자리를 박차고 나가는...)

양인범, 지창률이 나가고 잠시 생각에 잠기는...
일어서서 금고로 가 외장하드를 꺼내 들어 본다.

양인범	... 약속을 못 지켰다. 선후야. 미안하다....

금고에 손을 짚은 채 고개를 숙이는 양인범.

S# 20. 기산대학병원 병실 안/ 밤

누군가가 고개를 돌린 상태로 침대에 누워 있다.
심각한 표정으로 바라보고 있는 도현.

S# 21. 도현 사무실 전경/ 오전

S# 22. 도현 사무실 안/ 오전

도현, 가방을 챙기고 나가려는데 문을 두드리는 소리.
문을 열면 기다렸다는 듯 우르르 사무실 안으로 몰려드는 사내들.

도현　　무슨 일입니까.
사내1　변호사 사무실에 사건 의뢰하러 왔지, 다른 일이 뭐 있겠어요?
도현　　(화 누르고) 전 지금 재판이 있어서요. 나가봐야 하니 다음에 오십시오.
사내1　뭔 소리야? 변호사가 의뢰인이 왔으면 사정을 들어줘야지.
도현　　(시간을 보며) 죄송합니다. 다음에 오시죠.
사내1　못 가. 정 가고 싶으면, (다른 사내들 보며) 쟤네들도 다 사건 의뢰하러 왔으
　　　니까 다 들어주고 가든지.

도현, 그냥 나가려는데, 험악한 인상을 쓰며 문을 막고 비켜주지 않는 사내
들.
도현, 노려보다 책상 쪽으로 가서 전화를 한다.

도현　　반장님. 저 좀 도와주셔야겠어요.

S# 23. 법정 안/ 오전

자막) 차승후 중령 살인사건 재심 2차 공판

판사들 다 앉아 있고, 지난번과 비슷한 재판정 안 풍경이다.
하지만 변호인석에 도현의 모습은 보이지 않고 최필수만이 앉아 있다.

나판사　변호인은 아직입니까?

최필수, 걱정스런 표정.
방청석에 진여사, 유리. 의아한 표정이다.

S# 24. 도현 사무실 안/ 오전

소파를 점거한 채 앉아 있는 사내들.
시계를 보는 도현. 걱정스런 표정.
이때, 문을 열고 사무실 안으로 들어오는 기춘호.

기춘호   너희들, 뭐하는 놈들이야?

사내1   (기춘호를 빤히 보다 시계를 보고) 이만하면 된 것 같다. 가자.

사내들, 괜히 있는 집기들 발로 툭 차며 나가는.
책상에 앉아 있던 도현. 일어나 나온다.

기춘호   괜찮아?

도현   네.

기춘호   저 자식들 뭐야?

도현   아무래도 박시강, 오늘 증인 출석할 모양입니다. (시간을 확인하곤) 먼저 가 보겠습니다. (서둘러 나가는...)

S# 25. 법정 안/ 오전

도현의 빈자리. 초조한 듯 연신 뒤쪽 출입구를 보는 최필수.

나판사   (시간을 보고) 자, 시작하겠습니다. 이번 증인이.... 박시강... (고개를 들며) 박 시강 증인 나오셨습니까.

방청석을 보는 나판사. 방청객들도 두리번거린다.

그때, 재판정 문이 열린다. 모두의 눈이 문 입구로 향하고.
들어서는... 박시강!!!
방청석이 웅성거리고. 보는 오회장도 놀란다.
박시강, 방청석을 지나 한쪽 증인석으로 걸어가는....

S# 26. 도현 차 안/ 오전

이리저리 차선을 바꿔가며 빠르게 운전 중인 도현.
따르릉~ 울리는 전화. 보면... 유리다.
하지만 받질 않고 그대로 액셀을 눌러 밟는 도현.

S# 27. 법정 안/ 오전

증인석에 앉는 박시강.

박시강   빨리 끝내주시면 좋겠습니다. 요새 북한의 도발에 맞서 안보 상황을 챙겨야
        하는 국방위 소속 국회의원으로서...
나판사   (말을 끊으며) 알겠습니다.
박시강   (말을 끊자, 기분 나쁜)
나판사   (무시하고, 현준 보며) 검사 측?
현준   신문할 사항이 없습니다.

박시강, 웃음 짓고.
나판사, 다시 한 번 비어 있는 변호인석을 보고는...

나판사   더 이상 신문할 게 없으면 증인은 내려가셔도 좋습니다.

박시강, 일어나서 오회장 쪽으로 간다.

박시강	먼저 갑니다. 잘하세요.

못마땅한 오회장, 고개 돌리지 않고 정면만 보고,
박시강, 오회장 옆에 앉아 있는 지창률에게 고개를 끄덕이며 만족스런 웃음
짓고는 재판정 문으로 가고. 오회장, 인상 쓰는.
박시강이 재판정 문을 열려는데, 밖에서 열리는 문.
도현이 들어선다. 박시강, 흠칫하고.
박시강을 노려보는 도현.
서로 바라보다 박시강 코웃음 치며 나가려는데, 도현 막아선다.

도현	아직 갈 수 없습니다.
박시강	어쩌지... 난 증언이 끝났는데.
도현	(나판사를 향해 외치듯) 재판장님! 박시강을 신문할 수 있게 해주십시오.
나판사	오늘은 이미 끝났습니다.
박시강	(피식 웃는)
도현	재판장님! 박시강이 사건 장소에 있었다는 걸 확인시켜줄 중요 참고인이 오고 있습니다. 박시강을 재판정 안에 있게 해주십시오.
박시강	참고... 인??? (어이없다는 듯 피식...)

박시강, 무시하고 나가려는데 도현, 다시 막아서고.

나판사	... 박시강 증인. 잠시 계셔주시기 바랍니다.

박시강, 나판사 쪽을 돌아보고.

박시강	말씀드렸을 텐데요. 제가 지금 급히 국회에 가봐야 한다고.
나판사	여긴 제 재판정입니다. 지시에 따라주세요.

박시강. 짜증스런 표정으로 지창률 옆으로 가서 앉는.

박시강	(지창률에게 속삭이듯) 누가 온다는 거야?

지창률, 모르겠다는 듯 고개를 젓는.
도현, 자리로 가 최필수에게 괜찮다는 표정을 지어 보이고 앉는.
하지만 시간을 보고는 조급한 표정의 도현.

나판사 변호인. 참고인은 언제 옵니까.
도현 금방 도착할 겁니다.
나판사 5분 기다리겠습니다. 그 시간까지 오지 않으면 오늘은 더 이상...

그때, 재판정 문이 열리고...
문 쪽을 바라보는 현준, 의아한 표정이다.

현준 (혼잣말로) ... 저 자식이... 왜 여기에...

최필수도 살짝 놀라는 기색이다. 나판사도 들어오는 쪽을 보고.
박시강, 돌아보며 의아한 표정.
오회장, 질끈 눈을 감는다. 반면, 도현의 눈이 빛난다.
교도관이 끄는 휠체어가 천천히 방청석 사이로 들어가다 멈추고,
앉아 있는 누군가가 드러나는데.... 한종구다!!!
현준, 여전히 의아한 표정.
도현, 한종구를 보는...

(플래시백 - 15회 18씬에 이어서, 교도소 주차장 안)
면회를 마치고 차에 오르는 도현.
이때 도현에게 걸려오는 전화.

도현 예, 최도현입니다.
소리(F) 예, 여긴 기산대학병원입니다.
도현 !!!

(플래시백 - 15회 20씬에 이어서, 기산대학병원 병실 안)

침대에 누운 누군가를 심각한 표정으로 바라보고 있는 도현.
누군가가 고개를 도현 쪽으로 돌리면…. 한종구다.

도현   … 마지막 순간, 한종구씨가 언급했던 차중령 사건. 그 진실을 알릴 수 있는
마지막 기회이자 그들을 처벌할 수 있는 마지막 기회입니다. 증언을 부탁드립
니다.

물끄러미 도현을 바라보는 한종구. 그의 얼굴 위로 묘한 미소가 지어진다.

(CUT TO)
법정 안.
나판사를 향하는 도현.

도현   재판장님! 당시 차승후 중령의 운전병이었던 한종구를 재정증인으로 신청합
니다!
나판사   차승후 중령의 운전병이요?
도현   그렇습니다. 운전병이었던 한종구는 사건 당일, 사건 장소인 화예까지 차승
후 중령과 함께 움직였습니다. 사건 장소에 누가 있었는지 증언이 엇갈리는
상황에서 한종구의 증언이 꼭 필요합니다.

방청객, 웅성거리고.

현준   (벌떡 일어서며) 재판장님! 한종구는 현재 모친 살해죄로 구속된 상태입니
다. 전에도 거짓 자백을 한 경력이 있습니다. 증언을 신뢰할 수 있는 증인이
아닙니다.
도현   당시 피고인이었던 한종구가 자백을 번복한 것은 본인에게 이익이 되는 행위
였기 때문입니다. 지금 이 재판은 한종구에게 어떠한 이익을 가져다주지 않
습니다. 한종구는 박시강의 증언을 확인해줄 중요한 증인일 뿐입니다. 또한,
한종구는 박시강과는 아무런 이해관계가 없습니다.
나판사   … (생각하다 배석판사들과 잠시 의논하고는) 인정합니다. 한종구 증인. 증언
하시겠습니까.

한종구	.. 네.
현준	재판장님! 갑작스런 재정증인 신청입니다. 잠시 휴정을 신청합니다.
나판사	(배석판사들과 상의하고는) 휴정하겠습니다. 재판은 삼십 분 후에 재개하겠습니다.

S# 28. 법정 밖 복도/ 오전

지창률이 현준과 얘기하고 있다.

지창률	아니, 한종구가 차중령 운전병이었던 걸 몰랐다?
현준	... 네.

지창률, 한숨을 쉬며,

지창률	일단은 한종구의 정신상태로 몰아붙여요.
현준	알겠습니다.
지창률	근데 양부장은 왜 안 보여요?
현준	... 어제 사직서 냈습니다.
지창률	뭐요?
현준	... 저기... 재판부가 오회장 증언을 거짓으로 판단한다면... 최필수가 풀려날 수도 있겠는데요....
지창률	최필수가 풀려나든 말든 그게 문제가 아니에요.
현준	네?
지창률	박시강 저 양반이 증인 출석을 한 게 문제란 말이야. 손발이 맞아야 뭘 하든 하지...

S# 29. 송일재단 이사장실 안/ 오전

뉴스가 보여진다.

앵커　　오늘 정부가 유리온 노후화에 의한 차세대 전투 헬기로 독일 엠비테사의 UBU-54를 선정했다고 발표했습니다. 예상됐던 시기보다 보름이나 빠른 발표입니다. 사업자 선정 초기에만 해도 미국 플라이워크사의 HH-X가 유력한 것으로 알려졌으나 예상을 뒤엎는 결과라 국방 전문가들도 당황스럽다는 반응들입니다. 독일 엠비테사의 UBU-54는 대전차 공격용 및 지상 지원용 공격 헬기로서 트라이갓 대전차 미사일 8발, 스팅어 자위용 공대공 미사일 4발...

　　　　뉴스를 보고 있는 추명근. 전화를 거는.

추명근　수고했어요. 조만간 선물이 갈 겁니다. 장관님에게도 잘 전달해주세요.

　　　　전화를 끊는데, 걸려오는 전화. 지창률이다.

추명근　(멈칫) 누가 왔다고요.... 한종구요?

　　　　잔뜩 구겨지는 추명근의 인상...

S# 30. 법정 안/ 오전

　　　　아직 재개 안 한 법정.
　　　　안계장이 들어온다. 현준, 보는.
　　　　재빨리 다가와 서류를 건네주는 안계장. 도현, 그 모습을 본다.
　　　　판사들 들어오고. 한종구가 증인석에 앉아 있다.

현준　　(일어서서 서류를 들어 보이며) 한종구는 현재 정상이 아니라는 신경외과 담당 전문의의 소견서입니다. 한종구의 증언 능력에 의구심을 표할 수밖에 없습니다.

현준, 나판사에게 가서 병원 소견서를 내밀고. 한종구, 어이없다는 듯 크큭거린다.
도현, 역시 소견서를 제출하며.

도현   이건 한종구씨에 대한 정신과 전문의의 소견서입니다. 아직 완전하게 회복된 상태가 아니지만 인지 능력과 기억력 등 기본적인 판단은 지장이 없다는 의견입니다.

현준, 지장률을 보면... 구겨지는 인상.

나판사   (고민하다) 한종구씨. 본 재판장을 기억하십니까?

한종구, 느리지만 또렷한 말투로,

한종구   ... 김선희 재판 때... 거기.. 계셨잖아요. 저 무죄 때릴 때.
나판사   그때 어떤 법률 원칙을 적용해서 무죄를 받은지 아십니까.

한종구, 잠시 기억을 더듬는...,
긴장감이 감도는 법정 안.

한종구   (생각하는) ... 일사부재리 원칙인가 뭔가요.
도현   (안도하는) ...
나판사   (현준을 향해) 증언 능력에 큰 이상은 없어 보이네요.

현준, 실망한 기색...
도현, 한종구 앞에 선다.

도현   사건이 일어났던 날 차중령을 태우고 화예에 가셨습니까.
한종구   네.
도현   사건이 일어난 시간에 어디 있었죠?
한종구   차 안에서... 대기 중.. 이었습니다.

도현	사건 직후에 별채 대문으로 나온 사람을 봤습니까?
한종구	(고개를 끄덕이며) 네.
도현	혹시 그 사람이 이 자리에 있습니까?
한종구	(둘러보고는 고개를 끄덕이는) 예.

인상 쓰는 박시강.

도현	누군지, 손으로 가리켜보세요.

한종구, 뒤를 돌아보며 손가락으로 박시강을 가리킨다. 방청석, 웅성거리고.

한종구	손에 뭐가 묻었던 거 같아요. 옷에 손을 닦으면서 나왔어.
박시강	(벌떡 일어서며) 나 아니라니까. 이건 모함이야!
나판사	(단호한 목소리로) 조용하세요!

박시강, 흥분한 표정. 자리를 박차며 나가려는데, 법정 경위들이 막아선다.

박시강	어쭈! 이것들이 어디서 감히 날 막아서? 안 비켜?
나판사	지금 나가면 법정 구속하겠습니다. 그리고... 말씀 조심하세요.
도현	박시강 증인! (박시강 보면) 가셔도 좋습니다. 단, 1차 공판에서 손바닥 사진에 대한 대조는 해주셨으면 합니다. 괜찮으시죠?

모니터에는 차중령이 쓰러져 있는 옆 바닥을 찍은 사진이 확대되어 있다.

박시강	(돌아보며 버럭) 뭐하는 짓들이야, 이게!!! 나, 국회의원이야! 면책 특권이 있다고!
나판사	여긴 법정이지 국회가 아닙니다. 면책 특권이 적용되지 않습니다.

박시강, 지창률을 보면...
지창률, 나판사 얘기가 맞다는 듯 고개를 끄덕인다.
박시강, 나판사를 노려보다 할 수 없다는 듯 다시 자리로 와 앉는. 불만인 표정.
이때, 오회장의 비서가 슬며시 오회장에게 다가와 귓속말로 뭔가를 전하면...
구겨지는 오회장의 얼굴.

도현　증인. 모니터를 봐주십시오.

도현, 모니터에 사진을 띄우는데, 김선희의 사진이다.

도현　이 사람이 나오는 것도 봤습니까?

한종구, 사진을 보는...

(플래시백 – 10년 전 화예 주차장 한종구 차 안)
한종구, 차 안에서 무료한 듯 하품을 하는데, 차가 한 대 서고 바로 출발하는 것을 본다.

한종구　(혼잣말로) 이제 끝났나?

자세를 바로 하며 준비를 하는데,
별채 대문으로 서둘러 박시강이 나온다.
박시강, 피 묻은 손을 와이셔츠에 닦고 있고. 바로 차가 입구에 선다.
서둘러 차에 타는.
다음 차가 서기 전, 대문 앞에 서 있는 한복 차림의 설화(김선희). 두려운 표정.
한종구 보고 있다. 차가 와서 서고 운전수가 나와 문을 열면, 뒤에 서 있던 누군가(추명근) 차 안으로 김선희를 떠밀고.
차가 출발하는데, 옆 창문으로 보이는 김선희의 얼굴이 한종구의 시선에 꽂힌다.

(CUT TO)
법정 안.

증인석에 앉아 있는 한종구.

한종구   예. 분명히... 봤습니다.
도현   재판장님! (김선희 사진을 가리키며) 당시 화예의 종업원이었던 김선희씨는
     바로 그날 현장에 이들과 함께 있었던 목격자였습니다! 하지만 김선희씨는
     얼마 전 여기 있는 오택진 회장의 비서인 황교식씨의 교사로 인해 죽었습니
     다. 과연 이게 무엇을 의미하는 것일까요!

     나판사, 놀라는.
     방청석, 웅성거리고.

도현   ... 이제 다시! .. 오택진을!... 증인으로 신청합니다!!
나판사   오택진 증인? (대답이 없다) 오택진 증인!

     방청객들 두리번거리지만 오회장은 모습이 보이지 않는다.

S# 31. 법원 주차장 + 오회장 차 안/ 오전

     차에 오르는 오회장.

오회장   당장 송일재단으로 가!

     출발하는 차와 함께 분을 못 이기고 씩씩대는 오회장.
     법원을 나서는 오회장의 차와 함께,

S# 32. 법원 앞/ 오전

     박시강이 나오고 있다. 몰려드는 기자들.

기자1   사건 장소에 계셨던 거 맞습니까?!

박시강, 째려보고. 수행원, 기자들을 밀치며 박시강을 안내하는.

기자1   의원님. 한 말씀 해주시죠. 인정하시는 겁니까!
박시강   (차에 타려다 돌아보며) 뭘 인정해?!! 나 없었다니까!! 어디서 있지도 않은 말을 지어내고...

멀리서 지켜보는 도현, 기춘호.

기춘호   언제까지 버틸까?
도현   오회장 증언에 따라서죠. 거짓으로 짜 맞춘 진실은 말 한마디에도 금이 가는 법이니까요.
기춘호   추명근은 어떻게 재판에 끌어낼 거야?
도현   그것도 일단은 오회장 증언이 좌우하겠죠. 그들 중 지금 가장 궁지에 몰린 건 오택진 회장입니다. 분명 입을 열 겁니다.
기춘호   그래. 자신들의 이익을 위해 모인 자들이니 의리 따위를 지킬 리는 없겠지.

주차장 쪽에서 웃으며 손을 흔드는 유리. 옆에 진여사.
도현과 기춘호가 둘의 모습을 보며.

기춘호   좋은 팀이야. 최변한텐 가족같이 보이기도 하고.
도현   (표정이 밝지 않은)
기춘호   내가 말을 잘못했나?
도현   ... 저 웃음. 저에겐 빚입니다. 웃으면 웃을수록...
기춘호   좀 쉽게 받아들여. 저 두 사람, 최변에게 빚 받을 게 있다고 생각하지 않을 거야.
도현   ...
기춘호   (도현의 어깨를 툭 치며) 기다리잖아. 가자고.

S# 33. 은서경찰서 사무실 안/ 오후

기춘호 들어오고, 서팀장 맞이한다.

서팀장 재판 어떻게 됐어요?

기춘호 최변이 잘 풀어가는 거 같아. (김형사를 보며) 송일재단 기금에서 뭐 나온 거 없어?

김형사 지능 수사대 말로는 합법적으로 운영됐다는데요? 근데, 송일재단에 기부한 기업들이 쟁쟁하답니다. 웬만한 대기업은 다 있다는데요.

서팀장 이거 협박해서 삥 뜯은 거 아니에요?

기춘호 권력 실세였다니까 그럴 만도 했겠지. 정책 하나에 기업들 목숨줄이 달려 있으니까.

이형사, 들어온다.

이형사 반장님. (기춘호 보면) 제가 예전 화예 사장을 찾아가봤거든요. 당시 사장으로 되어 있던 김미희씨는 병으로 이미 사망했는데요... 딸 얘기가 자기 엄마는 그냥 얼굴마담이었다는 겁니다.

기춘호 실소유주가 따로 있었다는 얘기군.

이형사 (등기부 등본을 내밀고) 차중령 살인사건 이후에 화예가 팔렸는데, 보세요.

기춘호 (등기부 등본을 보며) 박태주? 박태주가 누구야?

이형사 박시강의 8촌 친척이에요.

기춘호 ... 그래서 화예 별채를 자기 안방처럼 사용한 거군. 그들이...

S# 34. 송일재단 이사장실 안/ 오후

수행비서 추명근 앞에서 보고하고 있다.

수행비서 1분기 장학 기부금 들어온 게 15억 정도입니다. 4분기까지는 80억 정도 예상되고 있습니다.

추명근	지출은?
수행비서	올 한 해 다 해서 5억 정도 예상하고 있습니다.
추명근	장학 사업에 그 정도까지 필요해요? 반으로 줄이세요.
수행비서	... 네. 그리고 밖에 이번 장학금 수혜 학생들 대기하고 있습니다.
추명근	... 그래요... 곧 들이시고 독일 출장 준비해줘요. 한 일주일 걸릴 거예요.
수행비서	예. 알겠습니다.

이때, 문밖에서 시끄러운 소리가 들린다. 문이 확 열리며 들어오는 오회장.
수행비서 막아선다.

추명근	됐어요. 나가서 준비나 해줘요.

인사하고 나가는 수행비서.

오회장	어떻게 된 겁니까!
추명근	... 나도 방금 전에야 알았어요.
오회장	독일 엠비테라니.. 왜 제 뒤통수를 치신 겁니까.
추명근	... 이쪽에서 회사 하나 세워주겠소. 정부 일감도 몰아주고. 그러니 이번은 그냥 넘어갑시다.
오회장	(화가 풀리지 않는 표정)
추명근	뭐하면 재단이나 하나 운영해요. 회사 그거 골치만 아프고, 이런 재단이 더 실속이 있어요.
오회장	... 왜 그러신 겁니까.
추명근	(가만히 보다) ... 몰라서 묻습니까. 다 같이 살자고 한 거잖아요.
오회장	저 하나만 죽이고 말이죠.
추명근	허... 오회장님도 참... 생각해보세요. 제니 송이 살아서 증언이라도 하면. (오회장의 표정을 보고) 다 같이 죽는 거잖아요.
오회장	지금 재판도 불리하게 돌아가고 있습니다.
추명근	... 그래봐야 최필수가 풀려나는 거밖에 더 있어요?
오회장	최필수가 검수 보고서를 가지고 있습니다. 만일 그 보고서를 공개한다면요?
추명근	... 그럴 일은 없을 겁니다.

오회장	???

서류 뭉치를 보여주는 추명근.

추명근	내 손에 있으니까. (미소 짓는)
오회장	!!!
추명근	이젠 블랙베어 사업으로 구설수에 오를 일은 없어요.
오회장	... 차중령 사건으로 저한테 위증죄가 적용될 겁니다. 그럼 진범이 누군지 검찰이 다시 수사할 거고.
추명근	검찰이... 다시 수사할 생각은 없을 거요. 오회장님이야 잠깐 다녀오면 되는 거고.
오회장	(어이없다는) ... 제가 감옥에를요.
추명근	그쯤에서 끝냅시다. 다녀오면 내가 다 마련해놓겠소.
오회장	(일어서며) 10년을 갖다 바친 대가가 이겁니까.
추명근	다 나랏일에 쓴 거잖아요. (오회장이 계속 보자) 왜요. 아깝습니까.

오회장, 노려보다 뒤로 돌아서서 문 쪽으로 간다.

추명근(E)	오회장!

오회장, 돌아보고. 추명근, 사람 좋은 미소를 지으며.

추명근	남은 인생도 생각하세요.

째려보다 휙 돌아서서 나가는 오회장.

추명근	(오회장의 태도가 못마땅한 듯) 쯧쯧쯧...

S# 35. 송일재단 이사장실 앞 복도/ 오후

문을 열고 나오는 오회장. 거칠게 닫는다. 걸어가다 멈춰 서서 문 쪽을 보며.

오회장   다 지들 뱃속에 처넣은 주제에. 나랏일? 웃기고 자빠졌네.

S# 36. 도현 사무실 안/ 오후

책상에서 재판에 관한 서류를 보고 있는 도현.
나란히 서서 창 너머로 밖을 주시하고 있는 진여사, 유리.
슬쩍 두 사람의 눈이 마주치고 이제는 됐다는 식의 고갯짓을 하는 진여사,
유리.

유리   (도현을 보며) 이 정도 지났으면 다시 찾으러 오진 않겠지.
도현   ... 그럴 겁니다.

사무실 도현 숙소 쪽 비밀스런 공간에서 뭔가를 꺼내는 유리.
바로 '블랙베어 사업 검수 보고서'!!!

유리   진여사님 아니었으면... 정말 큰일 날 뻔했어요.
진여사   무슨... 유리씨나 최변이 연기를 잘한 거지.
유리   여사님도 만만치 않았어요.
진여사   그랬나...

활짝 웃는 모습에서...

(플래시백 - 도현 사무실 안)
소파에 세 사람 앉아 있다.

도현   카피본이요???
진여사   그때 미행이 붙었다고 했잖아요, 최변이. 그렇다면 최변이 보고서를 가지고
있다는 걸 알고 있다는 건데... 과연 그들이 가만있을까요.

유리	그러네! 모르면 모를까 알고도 가만있을 놈들이 아니지, 그놈들이.
도현	(책상 위에 놓인 보고서를 보는...)

(블랙베어 보고서 카피 몽타주)

반쯤 펼쳐진 블랙베어 보고서.

그 옆으로 보고서의 내용을 똑같이 워드로 치고 있는 진여사와 유리.

출력되어 나온 보고서를 모아 작업 중인 도현과 유리, 진여사.

어느새 창밖이 밝아온다.

각자 책상에 엎드려 있는 도현과 유리. 진여사, 소파에 누워 있고.

쾅! 쾅! 쾅! 문을 두드리는 소리에 번쩍! 눈을 뜨는 세 사람.

(CUT TO)

현재.

책상 위에 놓인 검수 보고서를 보며 생각 중인 도현.

S# 37. 유광기업 회장실 안/ 오후

거칠게 문을 열고 들어오는 오회장. 소파에 가서 털썩 주저앉는다.

노크 소리와 함께 급하게 들어서는 재무이사.

재무이사	회장님! 큰일 났습니다!
오회장	???
재무이사	한주은행에서 어음 만기 연장을 받아주지 않습니다.
오회장	일단 다른 은행으로 돌려봐!
재무이사	(대답하기 난처한) ... 저... 다른 은행들도 다...

오회장, 열받은 표정.

| 재무이사 | 전투 헬기 도입 사업이... 독일 쪽이 선정됐다는 소식에 어음 지급 요청이 쇄 도하고 있습니다. |

화가 치미는 오회장, 탁자 위에 화병을 던지는. 와장창!!!

S# 38. 도현 사무실 안/ 저녁

테이블 주변으로 모여 앉은 도현, 기춘호, 유리, 진여사.

기춘호   (화예의 등기부 등본 꺼내 보이며) 박시강 친척이 화예 소유주야.

유리   (어이없다는 듯) 참 나... 별걸 다 가지고 있었네.

기춘호   어지간히 드나들면서 작당들을 했으면, 친척 앞세워서 사들였겠어?!
잇속으로 뭉친 게 10년이 넘었으니...

도현   비밀이 지켜지는 가장 안전한 장소...

하는데, 이때, 쿵쿵 문 두드리는 소리.
유리, 가서 열면.

퀵   최도현 변호사 사무실 맞죠?

유리   예, 맞습니다.

퀵   (봉투 건네고 간다)

유리   (봉투 보면) 여사님께 온 건데요.

진여사 외 일동, 유리 보면.

(CUT TO)
테이블 주변에 모여 앉은 네 사람.

진여사   (봉투 보면 보낸 사람, 양인범) 양인범 검사가 보냈어요.

긴장하는 네 사람.
진여사, 봉투를 열어 보면... 외장하드와 접힌 종이 들어 있다.

유리   뭘까요, 그게? (진여사를 보면)
진여사   (길게 숨을 한번 내쉬고) ... 글쎄요.

진여사, 외장하드를 유리에게 넘기고, 종이 펴 보는.
외장하드를 노트북에 연결하는 유리.
진여사가 종이에 적힌 메모를 읽는다.

진여사   선후가 떠나기 전 조사하던 사건과 관련된 녹음 기록입니다. 제게 맡겨졌었
         는데, 10년 만에 돌려드립니다. 죄송합니다.
도현   !! (진여사 표정 살피는)
진여사   ... 괜찮아요. 들어보죠.

유리, 클릭하면....
모니터에 2009년 02월 00일, 2009년 02월 00일....... 여러 개의 녹음 파일
이 뜬다.
파일명은 일주일 단위의 숫자로 되어 있다.
노선후 검사 죽기 며칠 전이 마지막 파일.

기춘호   (유리에게) 첫 번째 파일부터 들어보죠.

유리, 첫 번째 파일을 클릭한다.
노트북에서 대화 내용이 흘러나오는.

박시강(E)   대체 제니 송은 언제 들어오는 거야?
오회장(E)   이번 주에 들어온다고 했으니까 곧 들어오지 않겠습니까.
박시강(E)   곧은... 벌써 금요일이면 이번 주 다 갔구만...
유리   이건.... 박시강하고 오회장 목소리 같은데...
추명근(E)   너무 채근하지 말아요. 때가 되면 들어오겠죠.
유리   (파일 재생 멈추고) 어?? 근데 이건 누구 목소리지?
기춘호   추명근 목소리야.

도현   !!!

모두들 긴장. 유리, 다시 재생 버튼을 누른다.

(플래시백 - 10년 전 화예 별채 방 안)
카메라 천장 쪽 녹음기에서 틸 다운하면, 모여 있는 박시강, 추명근, 오회장.

박시강   자기네 거 써주겠다는데 빨리빨리 답을 줘야지. 미적대기는... 씨, 그러길래
        딴거 하자고 했잖아요!
추명근   ... 덩치가 커요. 한 번에 천억 정도는 남아요. 국방이라는 명제가 사라질 일
        은 없지 않습니까? 설사 통일이 된다 해도 한반도 위치가 바뀌지 않는 한..
        (하는데)
박시강   좋지. 오래 오래.
추명근   그나저나 검수 보고서는 아직입니까, 오회장
오회장   조만간 작성될 겁니다.
박시강   언제까지 질질 끌 거요? 대체.
오회장   ... 조금 문제가 생겨서요.
박시강   청와대에도 다 얘기해놨는데, 잘못되면 내 꼴이 뭐가 돼!
오회장   금방 해결될 문제입니다.

(CUT TO)
도현 사무실 안.
파일 재생 끝나고. 다들 조용하다. 진여사, 표정.

기춘호   아 이 새끼들... 녹음된 내용이 직접적으로 범죄를 진술하는 건 아닌데... (도
        현을 보면)
도현   ... 어차피 도청은 증거 능력이 없어요.
진여사   그래도 저 정도면 정황 증거로는 쓸 수 있는 거 아닌가요?
도현   ...
유리   왜 다들 법만 생각하는지 모르겠네.

다들 보면,

유리　　때론 법보다 여론이 더 무서운 무기라고요.

진여사　… 그래서 양검사가 집이 아닌 여기로 보낸 걸 거예요. 이 사무실에 유리씨가 있는 것도 알거든요.

기춘호　검찰엔 추명근의 입김이 닿을 거고...

유리　　(들뜬) 어떻게... 당장 할까요?

도현　　... 내 생각은 조금 더 상황을 지켜보는 게 나을 거 같은데, 유리야.

유리　　조금 더?

기춘호　내 생각도 그래. 오회장이 추명근 쪽으로 리베이트 자금 넘긴 증거 확보, 거의 마무리되고 있으니까... 수사 속도, 재판 상황 보면서 시기 맞추자고.

도현　　황교식은 아직입니까?

기춘호　응... 아직까진 입을 닫고 있어. 하지만 추명근까지 증언대에 서게 된다면 그땐 달라지겠지.

도현, 고개를 끄덕이고는 생각에 잠기는.

S# 39. 유광기업 회장실 안/ 밤

책상 의자를 돌려 앉아 밖을 보고 있는 오회장.
창밖 화려한 야경이 빛나고...
오회장, 허망한 표정으로 보고 있고.

(시간 경과)
어느새 날이 밝아온다.
여전히 창밖을 보며 앉아 있는 오회장.
결심이 선 듯 전화기를 들어 추명근에게 전화를 거는. 소리샘 멘트가 흘러나온다. 녹음 메시지를 전하는.

오회장　원래대로 돌려놓으시오. 오늘 재판 날인 거 잊지 마시고. 안 그러면 다 같이 죽게 될 겁니다.

통화 끊는 오회장. 그의 앞에 서류 한 장이 놓여 있다.
바로 제니 송이 도현에게 보낸 것과 같은...
10년 전, 〈블랙베어 사업 협약서〉 이면 계약서.

S# 40. 은서경찰서 사무실 안/ 아침

전화를 받고 있는 김형사.

김형사   팀장님. 지능 범죄 수사대에서 연락 왔는데요. 유광기업 차명 계좌들하고, 뇌물 수수 혐의 포착했답니다. 어떻게 하겠냐고 하는데요?
서팀장   뭘 어떻게 해?
김형사   자기네가 검거하러 가도 되냐구요.
이형사   뭔 소리야! 우리가 다 소스를 준 건데.
서팀장   이것들이 어디다 숟가락 얹으려고. 가자, 회장님 잡으러!

소파에 앉아 있다 벌떡 일어나는 기춘호 외 3인.

S# 41. 송일재단 이사장실 안/ 아침

오회장(E)   원래대로 돌려놓으시오. 오늘 재판 날인 거 잊지 마시고. 안 그러면 다 같이 죽게 될 겁니다.

핸드폰에서 녹음된 소리가 흘러나오고.
추명근, 헛웃음이 나오고...
울리는 인터폰

인터폰   이사장님. 바로 출발해야 한답니다.

추명근 (잠시 생각하다...) 알았어요.

핸드폰을 품에 집어넣고 일어서는 추명근.

S# 42. 법정 안/ 오전

자막) 차승후 중령 살인사건 재심 3차 공판

나판사와 배석판사들 앉아 있다.

나판사 오택진 증인. 나오셨습니까.

방청석, 주위를 보며 두리번거린다.

나판사 변호인 측, 어떻게 하시겠습니까.
도현 목격자인 오택진의 증언이 거짓으로 밝혀진 이상 강제 구인영장을 발부해주시기 바랍니다.
현준 증언이 거짓이라는 것은 변호인 측의 주장일 뿐입니다. 아직 사실 관계가 명확히 밝혀지지 않았습니다.
나판사 ... 변호인 측의 주장이 아니더라도 오택진 증인은 이 법정에 출석해서 본인의 위증 여부를 가려야 하지 않을까요? (그렇지 않냐는 듯) 검사 측?

현준, 힘없이 앉는다.

S# 43. 유광기업 건물 앞/ 오전

형사들과 유광기업 건물 쪽으로 걸어가는 기춘호.
입구 앞에 서는 순간, 하늘에서 뭔가가 떨어진다.
기춘호, 옆을 보면,

기춘호   !!!!!!

누군가 바닥에 떨어져 피가 새어 나오고 있다.
지나가던 사람, 비명소리가 들리고. 기춘호, 반대편 쪽으로 가 얼굴을 확인하
면, 오회장이다!!!

기춘호   (급하게) 이형사! 당장 가서 CCTV 확보해. (이형사, 뛰어가고)
         (김형사에게) 바로 119에 전화하고, 건물 출입 통제해.
김형사   예.

119에 전화하는 김형사.
옥상을 주시하는 기춘호. 건물 안으로 튀어 들어가는 서팀장.

S# 44. 도로 위 + 추명근 차 안/ 오전

차가 달리고 있고, 도로 표지판이 인천공항을 가리키고 있다.
뒷자리에 앉아 생각에 잠긴 추명근.
옆자리에 작은 여행용 가방이 놓여 있다.
그러다 뭔가 연락을 기다리는 듯 슬쩍 핸드폰을 보는...

S# 45. 법정 안/ 오전

여기저기서 진동벨이 울린다. 방청객 중 기자 하나가 일어선다.
현준에게서도 진동벨이 울리고.

나판사   다들 핸드폰 전원을 꺼두시기 바랍니다.

유리, 문자 메시지 확인하고는, 변호인석 쪽으로 급히 다가간다.

도현, 의아한.

나판사	(이상함을 느끼고) 뭡니까.
유리	변호인에게 급히 전할 말이 있어요.
나판사	... 짧게 하세요.

유리, 도현에게 속삭이듯 얘기한다. 도현, 놀라는.

도현	재판장님! 공판 연기를 요청드립니다!
나판사	(의아한 표정으로) 이유가 뭡니까.

S# 46. 추명근 차 안/ 오전

차 뒷좌석에 앉아 눈을 감고 있는 추명근.
흘러나오는 뉴스 소리에 눈을 뜬다.

앵커	속보를 전해드리겠습니다. 조금 전 유광기업 오택진 회장이 건물 옥상에서 투신 자살했다는 소식이 들어왔습니다. 유광기업은 자금 압박으로 회사가 부도 위기에 몰렸던 것으로 알려졌으며 고 오택진 회장은 이를 비관하여 자살한 것으로 추측되고 있습니다만 자세한 건 경찰 조사에서 밝혀질 것으로 보이며...
추명근	(안됐다는 듯) 아이고... 오회장, 쯔쯔쯔... 사람이 왜 그렇게 약해. (운전석 향해) 그만하고 음악이나 들읍시다.

창밖으로 공항 표지판 보이고, 흘러나오는 올드 팝송(프랭크 시내트라 마이 웨이 류)을 흥얼거리더니 아무렇지 않게 다시 눈 감는 추명근.

S# 47. 법정 안/ 오전

판사들 퇴정하고,
최필수도 나가려다 걱정스러운 듯 도현을 본다.

도현   걱정하지 마세요. 오회장 증언이 없어도 이 재판 이길 수 있어요.

최필수   내가 걱정하는 건 그게 아니다. 사령관님이 죽었다는 건...

도현   ... 그러니까 밝혀내야죠. 누군지 밝혀내서 반드시 죄를 물을 겁니다.

최필수, 그래도 걱정 가득한 눈으로 보고.
안심하라는 듯 애써 미소를 지어 보이는 도현.

S# 48. 은서경찰서 사무실 안/ 오후

기춘호 들어온다. 서팀장, 책상에서 일어나 기춘호에게 다가오고.

서팀장   검시의가 뭐래요?

기춘호   특별히 타살 혐의점을 발견 못했어. 그렇다고 갑자기 자살이라니 웃기는 일이지.

서팀장   CCTV에서도 별다른 게 나온 게 없어요.

기춘호   ... (분한 표정)

김형사   (반대편에서 오며) 반장님, 추명근 오전에 출국했답니다.

기춘호   (화가 나는) 뭐?! 이런... 행선지는 독일이고?

김형사   (고개 끄덕이는)

기춘호   귀국일은 파악했어?

김형사   일단 돌아오는 비행기 표는 일주일 후에 예약이 되어 있습니다.

기춘호   계약도 진행하면서 일단 소나기는 피하겠다 이거지... 누구 맘대로.

이형사   (일어서며) 반장님. 여기 와서 이것 좀 보세요.

기춘호와 서팀장, 이형사 쪽으로 가고.

이형사   (CCTV 화면을 가리키며) 여기 이거 제니 송 같은데요.

기춘호, 보면. 송일재단에서 나오는 제니 송(10회, 추명근과의 만남 후의 모습) 보다가 순간, 멈칫하고 유심히 화면을 보는.

기춘호 저 자식!
서팀장 왜요.
기춘호 그놈이야.

화면이 보여지면 운전석으로 가는 경호의 모습. 고민하는 기춘호.

기춘호 (김형사 쪽을 보며) 김형사. 추명근 탑승한 비행기에 혹시 동승자가 있는지 알아봐.
김형사 네.

심각한 표정의 기춘호.

S# 49. 도현 사무실 안/ 오후

다들 들어온다.
허탈한 듯 소파에 주저앉는 유리. 도현, 책상으로 가 가방에서 서류들을 꺼내고.

유리   (도현에게) 이제 재판은 어떻게 되는 거야?
도현   ...
유리   오회장의 위증이 인정돼야 하는 거 아니었어?
도현   ... 그렇긴 한데...
진여사 그래도 박시강이 거기 있었다는 게 증명된 거 아닌가요?
도현   재판부가 한종구씨 증언을 받아들이느냐에 따라 달라지겠죠. 그렇다고 해도 박시강 의원이 차중령을 살해했다는 건 증명이 안 돼요. 그리고...
유리   그리고 뭐?

도현	(유리에게) ... 아버지 증언에 의하면 세 발의 총알 중 첫 발은 박시강 의원이 쐈어. 나머지 두 발의 총성은 박시강 의원이 나간 뒤에 들린 거야.
유리	그럼, 오회장이 쐈을 수도 있고.
도현	...
진여사	추명근일 수도 있죠.
도현	... 증명할 방법이 없네요. 박시강 의원이 입을 열 리는 없고. 아버지도 그걸 보지는 못했다고 하고.

기춘호에게 전화가 온다. 도현, 전화 받고.

도현	네, 반장님.
기춘호(F)	추명근, 오늘 오전에 독일로 출국했어. 오회장은 죽고, 추명근은 뜨고... 3차 공판 어렵겠는데. 10년 전도, 지금도 변한 게 하나도 없어.
도현	... 아니요. 지금은 다릅니다. 10년 전 일을 반복하게 돼선 안 되죠. 이번만큼은 진실이 덮이게 두지 않을 겁니다.... (전화를 끊는...) 유리야, 여사님, 오늘은 그만 들어가시죠.
유리	(가방 메며) 혼자 집중하고 싶구나?
진여사	(외장하드 도현에게 주며) 이건 변호사님께 맡길게요.
도현	...

인사하고 나가는 유리와 진여사.

(시간 경과 - 밤)
사무실엔 도현 혼자 있다.
컴퓨터에서 흘러나오는 소리.

박시강(E)	언제까지 질질 끌 거요? 대체.
오회장(E)	... 조금 문제가 생겨서요.
박시강(E)	청와대에도 다 얘기해놨는데, 잘못되면 내 꼴이 뭐가 돼!
오회장(E)	금방 해결될 문제입니다.

도현, 파일을 끄고 폴더 안에 든 녹음 파일들을 본다.
파일명에 적힌 각각의 날짜들을 보며,

도현   (혼잣말로) 2월 11일... 18일... 25일... 일주일 단위로 녹음돼 있어... 일주일마
        다 녹음기를 회수해서 파일을 저장했다는 건데... 마지막 녹음 파일이 2월
        25일. 차승후 중령 살인사건이 벌어지기 전이라 결정적 내용은 녹음이 안
        됐고... 노선후 검사가 사고를 당하지 않았다면... (생각하는) 그다음은 3월
        4일... (파일을 보며) 그런데.. 없다?

도현, 서둘러 기춘호에게 전화를 거는.

도현   반장님, 노선후 검사는 사고를 당해서 3월 4일에 녹음기를 회수할 수 없었어
        요.
기춘호(F) 그렇지, 근데 그게... (하다가) 아...! 녹음기를 숨겨둔 곳은 노선후 검사만 알고
        있었을 테니...
도현   네! 화예에 가봐야겠어요!!!

S# 50. 화예 대문 앞/ 밤

화예 대문 앞으로 빠르게 멈추는 차와 함께 차에서 내리는 도현과 기춘호.
관리인이 눈을 비비며 대문을 열고 나온다.

관리인   (투덜거리듯) 이 야밤에 대체 뭔 일이래.

도현, 기춘호. 기다리고 있다.

도현   죄송합니다. 뭣 좀 확인할 게 있어서요.
관리인   (불만인 듯) 아침에 허시지. 야기해보소.
도현   혹시 그 살인사건 이후에 녹음기 같은 거 본 적이나 치우거나 하신 적 있으
        신가요?

관리인   녹음기? (고개를 가로저으며) ... 그런 거 없는디?

기춘호   (도현에게) 10년이 지났잖아. 그새 누가 치워도 치웠겠지.

관리인   (뭔 말이냐는 듯) 별채 저 방은 지금까정 내 담당인디... 그딴 게 나왔음 내가 모를 리 없지이.

도현   ... 방 한 번만 더 살펴볼 수 있을까요?

관리인   지금?

도현   부탁드리겠습니다.

관리인   (귀찮다는 듯) 에이... (도현과 기춘호, 번갈아 보다) 들어오슈.

S# 51. 화예 별채 방 안/ 밤

들어오는 기춘호와 도현.

기춘호   있었다 해도 지금까지 남아 있겠어? 우리가 여기 한두 번 본 게 아니잖아.

도현   아뇨. 10년 동안 내부 공사도 한 적 없다고 했어요. 그렇다면 분명 어딘가에 있을 거예요.

다시 살펴보기 시작하는 두 사람.

기춘호, 문가 벽면 나무기둥 쪽에 조그만 구멍 하나를 발견한다. 뭔가 싶은데...

도현, 천장을 뚫어지게 보는데... 천장 기둥 위로 뭔가가 보인다.

(CUT TO)

천장 위 기둥 위에 먼지 쌓인 뭔가가. 바로 녹음기다. !!!

- 제15회 끝 -

16회

S# 1. 화예 별채 방 안/ 밤

도현의 손에 들려 있는 녹음기.

도현/기춘호　!!!

녹음기에 쌓인 먼지를 손으로 닦아내는 도현.

S# 2. 도현 사무실 안/ 밤

말소리가 들린다.

오회장(E)　자네... 아들 살리고 싶지 않나?
최필수(E)　무슨 말씀이십니까.
오회장(E)　내가 제안 하나 하지. 선택은 최준위 몫이야.
최필수(E)　???
오회장(E)　최준위 목숨과 아들 목숨을 바꾸는 거.

듣고 있는 도현, 기춘호. 표정이 심각해지고...

최필수(E) 그게 무슨...

오회장(E) 여기 최준위가 책임지면, 아들은 내가 책임지지. 심장이식 수술을 받게 해주 겠다는 거야.

최필수(E) !!! 하지만... 어떻게...

오회장(E) 그건 나한테 맡겨. 만약 내가 자네 아들 목숨을 못 살리면 그땐 다른 선택을 해도 돼.

도현의 표정이 어둡다. 도현을 보는 기춘호의 안타까운 표정.
종료 버튼을 누르는 도현의 손.

기춘호 최변 아버지 말이 다 사실이었어.

도현. 아는 사실이지만 마음이 아프다.
한동안 사무실에 정적이 흐르고,

기춘호 곧 공판이지? 증거로 제출할 거야?

도현 (생각하는)

기춘호 추명근이 재판에 나올까?

도현 증인 소환은 해놨지만... 불응하겠죠.

기춘호 그럼... 강제 구인까지 기다려야 하나? 시간이 많이 걸릴 텐데...

도현 고민하는 데서,

S# 3. 도로 위 + 추명근 차 안/ 새벽

차가 도로 위를 달리고 있다.
뒷자리에 앉아 톡톡... 손가락을 튕기며 지그시 눈을 감고 있는 추명근.
차가 지나가면, 서울 방향을 가리키는 표지판이 보인다.

S# 4. 송일재단 이사장실 안/ 아침

문이 열리며, 박시강이 들어온다.

박시강	좀 걸린다더니 일찍 왔네요?
추명근	날파리들이 설친다 해서 일정을 앞당겼어요.
박시강	날파리? 뭐... 알아서 하시고. 일은 잘된 거요?
추명근	스위스 계좌로 입금하기로 했어요.

서류 봉투를 건네는 추명근.
서류를 꺼내서 보는 박시강. 리베이트 조건이 담긴 계약서다.
사인란에 추명근과 박시강 사인이 같이 있다.

박시강	... 요새 스위스 은행도 비밀 유지 안 되고 그러던데. 괜찮겠죠?
추명근	20년 넘게 거래했어요. 안심해도 될 겁니다. 그거 집어넣으세요. 지대표 올 겁니다.

그때, 노크 소리와 함께 들어오는 지창률.
박시강, 서류를 급히 봉투 안에 넣는.

추명근	어서 오세요.
지창률	네. (자리에 앉고)
추명근	(법원 증인 소환장을 들며) 법원에서 이게 왔어요.
지창률	(보고는) 어떻게 하시겠습니까. 뭐... 안 나가도 지장은 없습니다만...
추명근	최도현 쪽에서도 그렇게 생각하고 있겠지요. 그래서 나가볼까 합니다.
지창률	??? 어떻게 하실...
추명근	... 증언해야지요. 그날 본 걸.

박시강, 이해 못하고 추명근을 보면...

추명근   오회장이 죽이고 최필수에게 덮어씌운 건데. 나라도 가서 진실을 밝혀야죠.

박시강, 그런 뜻이냐는 듯 고개를 끄덕이는.

지창률   오회장이 쐈다고 박의원님과 실장님이 증언하면 (이해가 안 된다는 듯) 최필
        수는 무죄로 풀려납니다.
추명근   내가 원하는 게 그겁니다. 그럼 재심은 끝나는 거고.. 더 이상 신경 안 써도
        되고.
박시강   그래! 골치 아픈 거 빨리 끝냅시다! 재판 때마다 기자들한테 시달리는 거 못
        해먹을 짓이라고.
지창률   (고개를 끄덕이고)
박시강   잠깐! 그럼 내가 위증한 게 되잖아.
지창률   다시 증인으로 나가서 정정하면 처벌받지 않을 겁니다.
박시강   그럼 내가 쏜 걸 최필수가 본 건?
추명근   쏜 걸 본 건 아니지요. 총소리를 들었지.
지창률   ... 이번 재심은 최필수가 살인을 했느냐 안 했느냐를 따지는 겁니다. 진범을
        찾는 게 아니고.
박시강   그래? 확실하죠?

지창률, 고개 끄덕이고.

추명근   자! 그럼 그렇게 하기로 합시다.

박시강, 흡족한 표정.
추명근은 의미심장한 표정을 짓고.

S# 5. 법원 입구 계단 앞/ 오전

박시강, 입구 쪽으로 걸어 올라가고. 기자들이 의원님! 의원님! 부르며 뒤쫓

아 간다.
귀찮다는 듯 걸음을 재촉하는 박시강.
뒤를 이어 도현이 계단을 올라오고 있다.
박시강을 쫓던 기자들 다시 도현에게 몰려들고, 말없이 기자들 사이로 걸어
가는 도현.
한쪽에서 이를 가만히 지켜보는 양인범.
계단 밑에서 추명근이 올라오지만 별로 관심 갖는 사람들이 없다.
추명근을 본 양인범, 의외라는 표정을 짓고...
추명근, 슬쩍 양인범을 의식하지만 그대로 지나쳐 간다.

S# 6. 황비서 구치소 안 복도/ 오전

구치소 조사실로 걸어가는 기춘호.

S# 7. 법정 문 앞/ 오전

법정 문 앞에 서 있는 도현.
심호흡을 길게 하고는 천천히 문을 여는.

S# 8. 법정 안/ 오전

자막) 차승후 중령 살인사건 재심 4차 공판

변호인석에 앉은 도현, 문이 열리고 증인 대기석으로 들어오는 추명근.
추명근을 보는 도현, 추명근도 도현을 본다.
부딪치는 두 사람의 눈빛...
판사들 들어오고...

(CUT TO)

증인석에 지창률이 앉아 있다. 앞에 서 있는 도현.
총기 발사 잔여물 검사지를 들고 있다.

도현	증인. 당시 담당 검사로서 증거를 고의로 누락시킨 점 인정하십니까.
지창률	인정하지 않습니다. 고의가 아니었습니다.
도현	그럼 이렇게 묻겠습니다. 증거가 누락되었다는 건 인정하십니까.
지창률	.... 검사는 유죄를 확신하면 기소하는 게 주된 업무입니다. 설사 사소한 증거 하나가 누락되었다 하더라도 유죄를 입증 못하는 건 아닙니다. 이 차승후 중령 살인사건처럼요.
도현	사소하다는 판단은 어떤 기준으로 가능합니까?
지창률	검사가 알아서 합니다.

노려보는 도현.
지창률, 뭐 어쩌겠냐 하는 표정으로 보고.

(CUT TO)

증인석에 양인범이 앉아 있다.

도현	증인. 좀 전에 지창률 증인에게 했던 질문을 그대로 드리겠습니다. 검찰이 당시 증거를 고의로 누락한 점 인정하십니까.
양인범	.... 인정합니다.

방청석, 웅성거리고. 나판사도 의외라는 표정이다.
현준, 당황하는...

나판사	증인. 직무 유기죄가 인정될 수 있습니다. 신중히 답변하세요.
양인범	증거를 고의로 누락했습니다.

다시 웅성거리는 방청석. 최필수, 가만히 양인범을 보고 있다.
박시강, 지창률, 인상 쓰고 있고.

도현	왜 증거를 누락시킨 겁니까.
양인범	... 대답을 거부하겠습니다.
도현	(양인범을 가만히 쳐다보다) ... 이상입니다.

자리로 돌아가는 도현.

나판사	검사 측, 반대신문 하시겠습니까.
현준	... 없습니다.
나판사	다음, 검사 측 증인 신청하세요.
현준	박시강을 증인으로 재신청합니다.
나판사	박시강 증인, 나오세요.

방청석의 박시강. 일어선다.

(CUT TO)
박시강, 증인석에 앉아 있고. 현준, 앞에 서 있다.

현준	증인 말씀하시죠.
박시강	사실... 제가 그 자리에 있었습니다.

도현, 의아한 표정. 방청석도 수군거리고...

현준	그때 상황을 말씀해주시죠.
박시강	... 차승후 중령과 오택진 회장이 말다툼을 벌였어요. 그러다 오택진 회장이 흥분해서 총을 쐈고... 내가 말리려고 총을 뺏었는데, 그때 갑자기 문이 열렸어요. 그 바람에 나도 모르게 총을 쏘게 된 거예요. 그리고 나선, 난 바로 그 자리를 떴습니다.
현준	이상입니다.
나판사	(의아한) 지금 검사 측은 피고인이 무죄라는 걸 증명하고 싶은 겁니까?
현준	(약간 당황하는) ... 진실을 밝히고자 하는 것입니다.

| 나판사 | (이상하다는 눈빛으로 현준을 보고는 도현에게) 변호인 측, 반대신문 하실 건가요? 박시강의 증언으로 미루어보건대 반대신문 하실 건 없어 보입니다만. |
| 도현 | 저도 진실을 밝히고자 신문하겠습니다. |

나판사, 최필수가 무죄라고 증언했는데, 변호인이 신문하겠다는 게 이상하다. 의아한 표정...

(CUT TO)
박시강 앞에 서 있는 도현.

도현	... 그럼 왜 이제까지 증인은 사건 현장에 없었다고 증언하신 겁니까.
박시강	사람이 죽은 자리에요. 내가 거기 있었다는 게 알려지면 난리 났을 거요. 내가 문제가 아니라 당시 대통령한테 해가 갔을 거란 말이에요.
도현	좋습니다. 그렇다면 이제 와서 증언을 번복하는 이유라도 있습니까.
박시강	(최필수를 손으로 가리키며) 저 사람. 억울하잖아요. 늦었지만 지금이라도 내가 바로잡아야지... 하는 생각이 들었습니다. (미소 짓는)

최필수, 박시강을 보는.

| 도현 | ... 목격자였던 오택진 회장이 사망했습니다. 혹시 그걸 이용해서 증인은 사자에게 모두 덮어씌우려는 건 아닙니까. |
| 현준 | 이의 있습니다. 지금 변호인은 증인을 진범이라고 추궁하고 있습니다. |

나판사 검사 변호사 역할이 바뀐 것이 어이없다는 듯 약간의 실소,

| 나판사 | 인정합니다. 변호인. 주의하세요. |
| 박시강 | (혼잣말처럼) 최필수가 안 죽였다고 해줘도 뭐라 하네. 허... (헛웃음) |

도현, 노려보는.

S# 9. 도현 사무실 안/ 오전

노트북에 빠르게 손을 움직이며 문서 작성을 하는 유리.
진여사, 복합프린터기 앞에서 서류의 마지막 장을 꺼내 서류 위에 놓는다.

진여사   스캔 다 끝났어요.
유리   (노트북 모니터 폴더를 보고) 확인했어요. 이제 메일에 첨부하고, 보내면 끝나요.

지켜보는 진여사. 유리, 끝난 듯 책상을 두 손으로 탁! 친다.

진여사   이제 진짜 시작인가요?
유리   이걸 무시하면... (두 주먹을 쥐고) 내가 언론사들 폭파라도 시켜버릴 거예요.

진여사, 웃는

진여사   이제 가요. 재판 끝나겠어요.

서둘러 사무실을 나서는 유리, 진여사.

S# 10. 법정 안/ 오전

나판사   변호인 측, 증인 신청하시겠습니까.
도현   네.

추명근을 보는 도현, 추명근도 도현을 본다. 부딪치는 두 사람의 눈빛.

도현   송일재단 이사장 추명근을 증인으로 신청합니다.

추명근, 천천히 증인 대기석에서 일어나고. 모두의 눈이 추명근에게 쏠린다.

(CUT TO)
도현, 추명근 앞에 서 있고.
무표정하게 도현을 보고 있는 추명근.

추명근   박시강 의원이 말한 대로요. 오택진 회장은 박시강 의원이 나간 뒤에 총을 두 발이나 더 쏩디다. 내가 말렸는데, 소용없었어요. 무슨 원한이 그렇게 있었는지 원...

방청석, 웅성거리고.

도현   증인은 왜... 사건 현장에 계셨던 겁니까.

추명근   뭐... 그냥 모였던 겁니다. 안부 인사 겸해서.

도현   기무사령관 오택진, 대통령 조카 박시강, 무기 로비스트 송재인, 무기 도입 검수 업무를 담당하던 기무사 3처 차승후 중령. 이 사람들이 그냥 안부 인사를 겸해서 모였다는 겁니까?

현준   이의 있습니다. 저 질문은 본 재심 사건과는 아무런 관련이 없습니다.

나판사   인정합니다. 변호인. 본 재판에서 증명하고자 하는 본질에서 벗어나지 마세요.

도현   (돌아보며) 재판장님. 사건이 일어나게 된 동기에 대해 묻고 있는 겁니다.

나판사   그게 본 재심 재판과 관련이 있습니까.

도현   이 사건의 배경이 피고인의 무죄를 밝히는 것과 무관하지 않기 때문입니다.

나판사   (고민하는)

도현   (고민하는 나판사를 설득하듯) 이 사건의 배경에는 10년 전, 일명 블랙베어 프로젝트로 불렸던 유리온 전투 헬기 사업이 있습니다. 차승후 중령은 그 일과 관련해서 죽임을 당했습니다. 증인이 있었던 자리는 단순한 모임이 아니었습니다.

현준   재판장님! 근거 없는 추측일 뿐입니다!

방청객들 웅성거리며 궁금해하고. 박시강, 인상을 쓰고 있다.

나판사   ... 일단 들어보죠.

불편한 기색의 추명근.
도현, 나판사에게 고개를 가볍게 숙여 인사하고는 다시 추명근에게,

도현   증인. 그 자리가 블랙베어 프로젝트 때문에 만난 자리, 맞습니까?
추명근   처음 듣습니다. 그런 얘기는. 그 자리는 말씀드렸듯이 단순한 모임이었을 뿐입니다.

도현, 자리로 가서 서류를 들고 와 추명근에게 보여주는.
추명근, 순간 움찔하고.
표지가 보이면, 블랙베어 검수 보고서!!!

도현   그럼, 이 보고서도 보신 적 없습니까?
추명근   ... 처음 봅니다.

도현, 손에 블랙베어 검수 보고서를 들고 방청석에 보여주며,

도현   이건 당시 유리온 전투 헬기를 검수했던 보고서 원본입니다. 여기에는, 핵심 부품의 검수 결과가 대부분 부적합으로 표시되어 있습니다.

박시강, 인상이 구겨지는
도현, 추명근을 향해

도현   그런데, 유리온 전투 헬기는 그대로 수입이 되었습니다. 어떻게 된 일일까요.
추명근   내가 그걸 어떻게 알겠습니까.

도현, 다시 나판사를 향해

도현   작성된 보고서의 내용이라면 불량투성이인 유리온 전투 헬기가 수입되지 않

았어야 합니다. 그런데 왜 수입되었을까요? 그건! 그 당시 권력을 가진 몇몇 사람에 의해, 보고서가 조작이 되었기 때문에 가능한 일이었습니다.

방청석, 웅성거리고.

현준   재판장님!
나판사 (손을 들어 만류하고) 기각합니다. 좀 더 들어보죠.
도현   기무사령관이었던 오택진! (손으로 가리키며) 저기 앉아 있는 전 대통령 조카 박시강! 그리고 청와대를 마음대로 들락거렸던 비선 실세! (추명근을 똑바로 보며) 증인! 추명근! 이 세 사람의 주도하에 보고서가 조작되었습니다.

방청석, 다시 웅성거리고.

추명근 (어이없다는 듯 웃으며) 내가 뭐라고 그런 중요한 사업에 관여한단 말입니까? 증거라도 있습니까?
도현   (노려보다) … 있습니다.
추명근 ???

도현, 주머니에서 USB를 꺼내 들어 올리며,

도현   여기에 담겨 있습니다.
추명근 !!!
도현   (나판사를 향해) 재판장님! 바로 여기에 모든 사건의 진상이 녹음되어 있습니다.

방청석이 술렁인다.

현준   (벌떡 일어서며) 재판장님! 저 USB 녹음은 증거 목록에 포함되지 않았습니다!
나판사 검사 측. 진범을 밝힐 의무는 검사 측에 있습니다. 만약 저기에 사건의 진상이 담겨 있다면 오히려 검사 측이 들어보기를 원해야 하는 거 아닌가요?

현준   (할 말이 없고)

나판사   일단 들어보겠습니다.

도현, 법원 서기에게 USB를 제출하고
이를 심각하게 바라보는 추명근과 박시강의 표정에서,

S# 11. 황비서 구치소 조사실 안/ 오전

황비서와 마주 앉아 있는 기춘호.

기춘호   니 마지막 동아줄 끊어지게 생겼다. 추명근, 이제 끝났어.

황비서   ...

기춘호   니 처지하고 똑같이 된다고.

황비서   ... 몇 번이나 얘기해야 합니까. 전 할 말이 없습니다.

기춘호   그래? 이걸 듣고도 그런 소리가 나오는지 한번 보지.

기춘호, 자기 핸드폰을 꺼내 녹음 재생 버튼을 누르는.
나오는 목소리.

오회장(E)   (타박하듯이) 군복은 왜 입고 온 거야? 이 자리가 무슨...

차중령(E)   비상 상황을 수습하고 바로 오느라 그렇습니다.

추명근(E)   그만하세요... 나라를 위해 일하는 군인이잖습니까.

오회장(E)   예...

누구의 목소리인지 바로 아는지 놀라는 황교식의 얼굴에서,

S# 12. 법정 안/ 오전

법정 안이 조용하다.

진여사와 유리도 어느새 들어와 맨 뒷자리를 차지하고...
녹음이 재생되고, 흘러나오는 소리. (구치소 안 소리와 같은)

오회장(E)   (타박하듯이) 군복은 왜 입고 온 거야? 이 자리가 무슨...
차중령(E)   비상 상황을 수습하고 바로 오느라 그렇습니다.
추명근(E)   그만하세요... 나라 위해 일하는 군인이잖습니까.
오회장(E)   예...

이후부터 녹음 소리에 맞춰 영상이 보여진다.

S# 13. (과거) 화예 별채 방 안/ 저녁

문이 열리며 박시강이 들어온다. 이미 술에 취한 모습.
방 안에는 양복 차림의 오회장. 맞은편에 군복 차림의 차중령. 차중령 옆에
제니 송이 앉아 있고, 제니 송 맞은편에 추명근이 앉아 있지만, 추명근의 얼
굴은 보이지 않고.

박시강   내가 좀 늦었죠? (새끼손가락을 들어 흔들며) 요게 놔주질 않아서.

다들 불편한 표정.
박시강, 오회장 옆으로 가 털썩 주저앉는다. 반대편 모서리에 앉아 있는 제니
송을 본다.

박시강   자주 보네.
제니 송   ... (상대하고 싶지 않은 표정이지만 비즈니스 미소로 까딱) 네.

박시강, 병을 들어 스스로 잔을 채우다 맞은편에 앉은 군복 차림의 차중령
을 본다.

박시강   아, 그 검수 보고서? 옷은 일부러 그렇게 입고 온 거야?

차중령   (꼿꼿하게 앞만 보고 박시강을 보지 않는) ......

좌중에 침묵이 흐르고 차중령을 한 번씩 쳐다본다.

오회장   차중령, 자네 대답만 다들 기다리고 있잖나.
차중령   (입을 굳게 다문 채) ......
박시강   (오회장에게) 말 못해요? 이 군바리?

대꾸하지 않는 차중령. 심기가 점점 불편해지는 박시강.
오회장, 박시강의 눈치를 보는.

추명근   송대표, 잠깐 나 좀 봅시다.
제니 송   그러세요.

일어서서 안쪽에 연결된 미닫이문을 열고 들어가는 추명근과 제니 송.
차중령의 권총이 박시강의 눈에 들어온다. 일어서서 차중령 옆으로 건너가
는.
차중령, 딱딱한 표정으로 자신 옆에 앉는 박시강을 본다.
박시강, 차중령의 권총에 손을 대는.

차중령   (손으로 막으며) 뭐하는 겁니까!
박시강   이거 진짜 총인가? (보는 차중령에게) 진짜냐고오.
차중령   그렇습니다.
박시강   그래? 나 한 번만 보여줘봐.

차중령, 오회장을 보는. 오회장, 고개 젓는다.

박시강   만져만 본다니까!

차중령, 여전히 권총집을 손으로 방어하는,

오회장	(할 수 없다는 듯) 건네드려. 탄창은 빼고.
차중령	하지만... (오회장의 날카로운 눈빛에) 알겠습니다.

차중령, 권총집에서 총을 빼 탄창을 제거하려는데, 휙 뺏어가는 박시강.
당황하는 차중령.

박시강	야! 실탄 빼면 이게 장난감이지. 총이냐?

화병을 향해 쏘는 시늉을 해보는 박시강.

박시강	(총을 살펴보며) 이거 커미션 올려달라고 똥폼 잡는 거 아냐? 까라면 깔 일이지 뭔 말이 그렇게 많아?
차중령	(박시강을 무시하고, 오회장을 보며) 수명이 10년도 남지 않은 부품들로 만들어진 전투기입니다. 이걸 용인한다면 산업 폐기물을 수거하는 겁니다.
오회장	... 차중령도 별 달아야지. 내가 확실히 밀어주겠다.
박시강	(총을 만지작거리며, 코웃음 치고는) 검수 보고서 숫자 몇 개 바꿔놓는 게 무슨 일이라고 생색이야. 결국 오케이할 거잖아? 얼마나 더 챙겨줘야 튕기는 연기 그만둘 거야?
차중령	(박시강을 보며) 그 숫자 몇 개 바꾸는 것 때문에 앞으로 어떤 참사가 일어날지 생각이나 해봤습니까? 돈으로 바꿀 수 있는 게 아니란 말입니다!
박시강	뭐? 뭐라고 했냐. 이 군바리 새끼가! (총을 겨누며) 너 내가 누군지나 알아? 내 말 잘 듣는 게 나라 잘 지키는 거고 애국이야!
차중령	총이나 쏴보셨습니까? 돌려주십시오. 아무나 만질 수 있는 물건이 아닙니다!
박시강	아무나? 이 새끼가!
오회장	진정하세요! 차중령도 그만하고 나가서 바람이나 쐬고 와.
차중령	사령관님! 이건 정말 아닙니다! (박시강에게 손을 내밀며) 총 내놔!
박시강	내놔? 이 씨!

탕! 발사되는 총.
차중령, 총 맞은 곳을 보는. 피가 배어 나오고...
고개를 돌려 맞은편의 오회장을 보다 탁자 위로 쓰러진다.

막상 총이 발사되고 차중령이 쓰러지자 박시강, 놀라 뒤로 물러나고.
그때, 방문이 확 열린다. 문에 서 있는 김선희. 놀라 비명을 지르는.
박시강, 문이 열리고 놀라는 소리 들리자 얼떨결에 총을 발사하고.
뒤에서 김선희를 덮치며 방 안으로 쓰러지는 최필수.
최필수, 바로 몸을 일으켜 박시강을 향해 손을 들어 내보이며,

최필수　총, 내려놓으십시오.

박시강, 어쩔 줄 몰라하다 총을 탁자 위에 툭 던져놓는. 일순 정적.

최필수　사령관님. 괜찮으십니까.
오회장　난 괜찮아.

최필수, 방 안을 재빨리 둘러보는데, 차중령이 쓰러져 있다. 다가가려는 순간,
정적을 깨고 들려오는 낮고 근엄한 목소리.

추명근　오중장님. 저 두 사람 일단 나가 있으라 하세요.

최필수, 소리 나는 쪽을 보지만, 추명근의 모습은 볼 수 없다.

오회장　(최필수에게) 문밖에 있어. (고갯짓으로) 그 아이도 같이.
최필수　네!

최필수, 설화의 팔을 부축해 문밖으로 나가며 쓰러져 있는 차중령에게 눈이
간다.
차중령의 손가락이 움직이고.
최필수, 다시 차중령에게 다가가려는데,

오회장　최준위! 나가 있으라니까!

최필수, 할 수 없다는 듯 나가서 문을 닫고.

추명근과 제니 송, 미닫이문 쪽에서 나타나 안으로 다가오며,

제니 송　이 상황에서 나는 빼줘요. 더 이상 엮이긴 싫으니까.

　　　　오회장, 추명근을 보고. 이미 제니 송이 문을 열고 나간다.
　　　　추명근, 박시강을 보는데, 박시강은 아직도 정신이 없는 표정이다.

추명근　박대표도 이만 돌아가세요.

　　　　박시강, 얼떨떨한 표정으로 보고.

추명근　사람 하나 죽었다고 어떻게 되지 않아요.
박시강　… 그치?! 이딴 군인 새끼 하나 죽었다고 내가 쫄아야 해?

　　　　바닥에 손을 대며 벌떡 일어서는 박시강.
　　　　바닥을 보면 피가 튄 곳에 박시강이 손을 대며 일어난 흔적이 있다.
　　　　박시강, 문으로 다가가 열고 나가는.

S# 14. 법정 안/ 오전

　　　　듣고 있는 재판정 안 사람들.
　　　　표정 관리가 어려운 추명근, 눈을 감았다 바로 뜬다.
　　　　안절부절못하는 박시강, 안경을 만지작거린다.

S# 15. (과거) 화예 별채 방 밖/ 저녁

　　　　문이 열리며 나오는 박시강. 서 있는 최필수와 옆에 쪼그려 앉아 있는 설화
　　　　를 흘깃 보고는 문을 닫고 구두를 급하게 신고 걸어간다.
　　　　뛰듯이 걸어가는 박시강.

박시강의 뒷모습을 보는 최필수.

S# 16. (과거) 화예 별채 방 안/ 저녁

추명근, 탁자 위에 있는 총을 들어 오회장 앞으로 간다.
차중령을 겨누는 추명근.
몸을 움직이며 신음 소리를 내는 차중령.
탕! 추명근이 그런 차중령의 등을 향해 총을 쏘고.
놀라는 오회장.
추명근, 총을 오회장에게 내미는.
오회장, 의아스러운.

오회장   이게... 무슨 뜻입니까?
추명근   오중장님은 VIP와 함께 일을 하고 있는 겁니다. 각하 입장을 생각해야죠. 한
          배를 타려면 확실히 해주셔야겠어요.

          오회장, 머뭇거리는.

추명근   (강요하는 투로) 이미 죽은 사람이에요.
오회장   실장님이 쏘기 전에는 살아 있었습니다.

          추명근, 오회장을 쏘아보고.
          오회장, 총을 받아 들고. 그래도 머뭇거리며 추명근을 보는데, 강요하는 투로
          오회장을 계속 쏘아보는 추명근.
          할 수 없다는 듯, 총을 당기는 오회장.
          탕! 차중령 등에 총알이 박힌다.

추명근   (오회장에게) 이젠 이 일이 알려지면 다 같이 끝나는 거요.
오회장   ... 앞으로 어떻게 하면 좋겠습니까.
추명근   문밖에 있는 친구, 이용할 방법은 없겠소?

오회장	(생각하는) …
추명근	그 사람 좀 잘 구슬러봐요. 돈이야 얼마를 들여도 관계없으니까.
오회장	돈으로 움직일 사람은 아닙니다만…
추명근	(오회장에게) 같이 자멸하는 길을 택하시겠어요?
오회장	(고민하는) … 방법이 있을 것 같긴 합니다.
추명근	그래요. 잘해보세요.
오회장	… (할 수 없다는 듯) 오늘 이 자리엔 저와, 문밖에 있는 최준위, 그리고 (쓰러진 차중령을 가리키며) 저 친구만 있었던 걸로 하겠습니다.

추명근, 고개를 끄덕이는. 문을 열고 나가고.
들고 있던 총을 보는 오회장의 복잡한 심경….

S# 17. 황비서 구치소 조사실 안/ 오전

오회장(E)	오늘 이 자리엔 저와, 문밖에 있는 최준위, 그리고 저 친구만 있었던 걸로 하겠습니다.

녹음 재생이 끊기고. 황교식의 표정이 심란하다.

S# 18. 법정 안/ 오전

녹음 재생이 끝나고, 재판정 안이 한동안 정적에 싸인다. 다들 충격에 빠진 모습.
최필수, 추명근을 노려본다.
이때, 박시강 갑자기 일어서며,

박시강	내가 쐈을 때까진 살아 있었어!
나판사	조용하세요!
박시강	(개의치 않고) 아까 오회장이 얘기했잖아! 추명근이 쏘기 전에 살아 있었다

고!

나판사　박시강 증인! 한마디만 더 하면 법정 구금하겠습니다.

박시강, 자리에 털썩 주저앉고.
증인석에 앉아 있는 추명근. 심각한 표정이다.

도현　들은 바와 같이 첫 발을 쏜 후에도 차승후 중령은 살아 있었다는 오택진의
　　　증언이 있었습니다.

추명근　...

도현　증인은 차승후 중령에게 두 번째 총을 쐈습니다. 인정하십니까.

추명근　...

도현　차승후 중령을 죽인 사실을 인정하십니까!!

법정 안, 정적에 싸이고.
모두 숨죽여 추명근의 대답을 기다리는데, 결국 입을 여는 추명근.

추명근　... 대답하지 않겠소.

도현　(노려보다) ... 이상입니다.

방청석, 웅성거림이 커진다.
박시강, 얼굴이 찌푸릴 대로 찌푸려지고.
지창률, 고개를 절레절레거린다.

나판사　잠시 휴정하겠습니다. 증인들은 법정 밖을 나가실 수 없습니다.

(CUT TO)
추명근, 증인 대기석에서 눈을 감고 팔짱을 낀 채 생각 중인.
갑자기 뭔가 생각났다는 듯, 눈을 뜨고는 지창률을 부르는 추명근.
지창률, 현준과 얘기를 나누다 추명근 옆으로 오고. 추명근, 속삭이듯 얘기
하는.

추명근   노선후예요.

지창률   ... 노선후요?

추명근   그래요. 노선후는 죽기 전에 설화와 연락을 하고 있었어요. 저거 설화를 이
용해서 노선후가 녹음한 거예요.

지창률   노선후 검사가 녹음을 했다... (해결책을 찾았다는 듯) 일반인이 한 것도 증거
능력이 인정될까 말까입니다. 하물며 수사기관인 검사가 불법 녹음을 했다
면... 절대 증거 능력으로 인정 안 됩니다!

추명근, 고개를 끄덕이는. 지창률, 현준에게 가고.
추명근, 도현 쪽을 보는.

S# 19. 황비서 구치소 조사실 안/ 오전

황비서와 마주 앉아 있는 기춘호.

기춘호   어때? 추명근이 끝났다는 내 말, 이젠 믿어져?

황비서   (생각하다) ... 그럼 왜 제 핸드폰이 필요한 겁니까.

기춘호   저건 차중령 사건이고, 난 김선희를 죽이라고 한 놈을 잡고 싶으니까.

황비서   ... 그럼 본인한테 직접 들으시죠.

기춘호   (황비서 보다가) 답답하네. 저걸 듣고도 느껴지는 게 없어?

황비서   ...

기춘호   (한숨을 쉬고는) 그렇게까지 죄를 뒤집어쓰고 싶다면 그렇게 해. 너 아니라도
추명근은 어차피 구속이야. 그리고 너도... 됐다. 더 얘기해봐야 내 입만 아프
지...

황비서   ...

더 이상 할 말 없다는 듯 자리에서 일어나는 기춘호.

S# 20. 법정 안/ 오후

법정경위(E)	잠시 후, 재판을 재개합니다.

방청객, 하나 둘씩 다시 들어오는...

(CUT TO)
현준, 일어서서 발언한다.

현준	재판장님! 변호인 측이 제시한 녹음 증거의 출처를 밝히라고 해주십시오.
나판사	(도현을 보며 대답하라는 듯) 변호인?
도현	... 정확히 누가 녹음했는지는 모릅니다.
현준	(나서며) 검사가 설치한 겁니다. 불법 녹음에 의한 증거입니다!
나판사	검사요? 지금 검사라고 하셨습니까? (도현을 보면..)
도현	... 당시 청와대 친인척 비리를 조사하던 검사와 연관되어 있는 건 맞습니다. 하지만 검사가 직접 설치했는지는 알 수 없습니다.
현준	정황상 검사가 설치했다고 보는 게 맞습니다. 당시 그 검사가 사건 현장인 화예를 조사하고 있었다는 증거가 있습니다. 그렇다면 위법 수집 증거 배제 원칙에 따라 저 녹음본 역시 재판의 증거로 쓰일 수 없습니다!
도현	재판장님! 대상이 되는 범죄가 중대한 범죄일 때는 재판관의 판단에 따라 위법한 절차에 따라 수집한 증거일지라도 인정될 수 있다고 되어 있습니다.
나판사	... 증거 능력이 있다고 볼 수 없습니다.

방청석, 웅성거리고.

박시강	(지창률에게 속삭이듯) 이제 그럼 어떻게 되는 거요?
지창률	(역시 속삭이듯) 차중령 사건으로 구속당할 염려는 없다는 뜻입니다.

박시강, 그나마 다행이라는 표정... 무표정으로 앉아 있는 추명근.
도현, 나판사를 향해 서 있다.

도현	재판장님! 박시강과 추명근이 차승후 중령을 살인한 증거로 쓰일 수 없다 해

도 피고인이 살인을 하지 않았다는 것은 명확해졌습니다.

현준   안 됩니다! 위법으로 취득한 증거입니다. 그로 인해 파생되는 어떠한 사실도 인정될 수 없습니다. 기록에서 지워주실 것을 요청드립니다.

나판사   (고민하는) ... 잠시만 기다려주세요.

나판사, 배석판사들과 의논하는. 다들 긴장된 모습으로 쳐다보고.
나판사, 배석판사들을 향해 고개를 끄덕이는.
드디어, 결정한 듯 입을 천천히 입을 연다.

나판사   통신비밀보호법 제4조 불법 감청에 의하여 취득, 또는 채록된 전기 통신의 내용은 재판에서 증거로 사용할 수 없다!

도현   재판장님!

나판사   (손을 들어 만류하며) 다만!! 증인들이 진범이라는 증거 능력을 인정하지 않을 뿐, 피고인이 유죄가 아니라는 증거로는 사용할 수가 있습니다. (현준이 보면) 검사 측. 재수사를 통해 진범을 밝혀내도록 권고를 드리겠습니다.

현준   네...

추명근, 증거 효력이 없다고 나왔지만 심정은 복잡하다.

(CUT TO)
판사들이 나가고. 최필수, 나가며.

최필수   고생했다.

도현   ... 네.

최필수, 추명근 쪽을 한번 쳐다보고는 나간다.

S# 21. 법원 계단 앞/ 오후

계단에서 내려오는 박시강에게 달려드는 기자들.

기자	한 말씀 해주십시오!
박시강	법원에서 잘 판단해주셨습니다.
유리	녹음 내용엔, 의원님은 살인 공범인데요! 총을 쏜 건 사실이니까요.

박시강, 보면 유리가 기자들 틈에 섞여 있다.

| 박시강 | (인상 쓰며 노려보는) 녹음, 그거 다 조작된 거요! (다른 기자들을 향해 환하게 미소 지으며) 영상도 다 조작하는 세상인데 녹음 정도야 우습지 않겠어요? 자, 그럼... |

기자들 질문이 여기저기서 날아들고,
박시강, 유리와 기자들을 밀치며 차에 올라타려는데... 차 문을 잡는 유리.

유리	(비꼬듯) 그럼 조작인 줄 알면서도 아까 그렇게 벌벌 떠셨던 겁니까?
박시강	뭐!!! 벌벌... 떨어?
유리	아까 그러셨던 거 같은데... 내가 쏠 때만 해도 살아 있었어! 하면서....
박시강	(인상 구겨지며) 이게 진짜...

잡아먹을 듯 노려보는 박시강.
하지만 유리, 그러거나 말거나,

| 유리 | 한마디만 더 듣고 가시죠. 박시강씨. (속삭이듯) 당신... 이제 끝났어. |

당장이라도 한 대 때릴 듯 부들부들 떠는... 박시강.
기자들, 카메라 터뜨리고.
박시강, 유리를 노려보다 차에 올라타는.
차 떠나고, 차의 뒷모습을 바라보는 유리.

S# 22. 몽타주/ 오후

각 언론사 책상에 앉아 있는 기자들.
메일을 클릭하면, '청와대 비밀문건 공개' '블랙베어 사업 검수 보고서 조작'
'박시강과 비선 실세 추명근의 정체' 제목이 뜬다.
심상치 않음을 아는지 놀라는 기자들의 표정과 함께,

S# 23. 법정 안/ 오후

추명근, 나가지 않고 눈을 감고 생각 중인. 앞으로의 심경이 복잡하다.
변호인석에 서서 추명근을 바라보고 있는 도현.
추명근, 생각이 끝났는지 눈을 뜨고, 무릎을 양손으로 치며 일어나는.
자기를 보고 있는 도현과 눈이 마주치는 추명근.
서서 서로를 노려보는 두 사람.
추명근, 도현을 보다 돌아서서 가려는데....
기춘호가 앞에 서 있다.
추명근, 기춘호임을 알아보고.
고개를 살짝 까닥하고는 옆으로 비켜가려는데, 막아서는 기춘호.

추명근   (언짢은 투로) 뭡니까?
기춘호   추명근!
추명근   ??!!! (쳐다보고)
기춘호   당신을 김선희 살인 교사 혐의로 체포합니다.
추명근   뭐요?

기춘호, 핸드폰을 들어 녹음을 튼다.
추명근의 목소리가 나오고...

추명근(E)   황비서, 나요. 설화, 아니 김선희. 그 아이 처리하세요. 확실하게.

추명근, 흠칫하는!! 녹음을 끄는 기춘호.

기춘호　당신은 묵비권을 행사할 수 있고! 변호인을 선임할 권리가 있다! 당신의 모든 발언은 법정에서 불리하게 작용할 수 있다!

추명근, 인상을 찌푸리고.
서팀장과 김형사, 이형사 다가온다.

기춘호　체포해!

이형사, 추명근에게 수갑을 채우려 하자 팔을 뿌리치고.

추명근　내 발로 가겠소.
기춘호　(수갑을 꺼내며) 무슨 헛소리야. 체포하는 건데.

추명근, 기춘호를 매섭게 노려본다.
기춘호도 지지 않고 노려보다 수갑을 들어 보이는.
그리곤.... 철컥! 추명근의 손에 수갑을 채우는 기춘호.

S# 24. 법원 건물 입구 앞/ 오후

서팀장과 형사들에 이끌려 건물을 나오는 추명근.
기자들이 갑작스런 광경에 몰려든다.
카메라 세례가 터지고.

S# 25. 법원 로비/ 오후

추명근을 태운 차가 떠난다.
로비에서 보고 있는 도현과 기춘호.

기춘호	차중령 죽인 진범으론 못 잡는 거, 예상했지? 그 녹음이 유죄 증거능력이 없다는 것쯤은 알았을 테니까.
도현	그래도 듣고 싶었습니다... 그들의 입에서... 내가 했다. 이 한마디 정도는...
기춘호	... 그렇게 쉽게 자백할 인간들이야?
도현	... 그러게요... (기춘호를 보며) 황비서가 결국 입을 열었군요?
기춘호	그래. 약간의 수를 쓰긴 했지만.

(플래시백 – 16회 19씬에 이어서, 황비서 구치소 조사실 안)
황비서 앞에 앉아 있는 기춘호.

기춘호	(한숨을 쉬고는) 그렇게까지 죄를 뒤집어쓰고 싶다면 그렇게 해. 너 아니라도 추명근은 어차피 구속이야. 그리고 너도... 됐다. 더 얘기해봐야 내 입만 아프지...
황비서	...

더 이상 할 말 없다는 듯 자리에서 일어나는 기춘호.
때마침 전화 오는. 기춘호 받고.

기춘호	어, 왜. (놀라는) 그래? 살인 혐의로 구속됐다고?
황교식	!!!
기춘호	(핸드폰을 막고) 재판 때 보자고... (슬쩍 발걸음을 떼는...)

황교식, 눈빛이 흔들리고..
기춘호, 통화하며 막 문을 열려는 찰나....

황교식	저기요, 형사님...

기춘호, 돌아보고.

황교식	... 경찰에 협조했다고 증언해주실 수 있습니까.

기춘호, 고개를 끄덕이고는 전화를 끊는.

(CUT TO)
법원 로비.

도현   ... 거짓말을 하신 거예요?

기춘호   옆 팀에서 잡은 살인범이 구속됐다는 얘기였어. 추명근이라고 말한 건 아니
니까 거짓말은 아니지.

도현, 신기하다는 듯 기춘호를 보는.

기춘호   왜 그런 눈빛이야?

도현   아닙니다.

기춘호   아니긴. 나도 머리 쓰네 하는 표정이었잖아.

도현, 입구로 가는. 기춘호, 따라가며.

기춘호   그런 거야? 말을 해봐!

도현, 걸음을 빨리하고.

S# 26. 박시강 사무실 안 + 박시강 사무실 방 안/ 오후

씩씩대며 사무실로 들어서는 박시강. 사무실에 아무도 없다.

박시강   다 어디 간 거야?

수행비서   연락해보겠습니다.

(CUT TO)

방 안으로 들어와 넥타이를 풀어헤치며 소파에 가서 주저앉는 박시강.

박시강   (문을 향해) 시원한 것 좀 가져와!

아무 소리도 들리지 않고,

박시강   마실 것 좀 가져오라고!

반응이 없자, 성이 난 표정으로 문을 열고 나서는 박시강.

박시강   (문을 열고) 야! 김비서!

사무실 안에 김비서도 없다. 사무실에 틀어져 있는 TV. 뉴스가 보인다.

앵커   오늘 열린 차중령 살인사건 재심 공판에서 진범을 유추할 수 있는 녹음 파일이 공개됐습니다. 10년 전, 유리온 전투 헬기 도입 당시 박시강 국회의원과 추명근 송일재단 이사장이 비리를 저지른 정황도 담겨 있다고 하는데요. 그런 가운데, 이런 내용을 뒷받침하는 제보 메일이 각 언론사에 전해졌습니다. 제보 메일에는 블랙베어 검수 보고서가 조작된 내용과 청와대 비밀문건이 담겨 있어...

뉴스 하단에 속보 자막이 흐른다.
'송일재단 추명근 이사장, 살인 교사 혐의로 체포'

박시강   !!!

S# 27. 도로 위 + 경찰차 안/ 오후

자신의 손에 채워진 수갑을 내려다보는...
신호등에 멈춰 있는 경찰차. 고개를 들어 창밖을 보는 추명근.

지나가는 사람들 중 김선희 비슷한 여자가 보이는 듯하다.

(플래시백 - 송일재단 이사장실 안)

살짝 긴장한 표정으로 들어와 인사하는 김선희.

추명근	오랜만이에요. 그동안 어디 있었어요.
김선희	... 여기저기요.
추명근	앉아요.

쭈뼛거리며 의자에 앉는 김선희.

추명근	그래, 무슨 일로.
김선희	(겨우 말을 여는) ... 돈을 좀...
추명근	돈이라...

추명근, 빤히 보는. 김선희 부담스러운 듯 고개 숙이고.

추명근	왜 나한테 돈을 달라는 거지요?
김선희	... 제가 입을 열면... 실장님이... 사람을 죽인... (말을 다 못하는)
추명근	... 뭔가 잘못 알고 있는 거 아니에요? 그날 쏜 건 박의원인데.
김선희	(추명근을 보며) ... 제가 봤거든요. 문틈으로요.... 실장님이... 쏘시는 거... 그 군인... 살아 있었는데...
추명근	잘못 본 거예요.

김선희, 잘못 보지 않았다는 듯 고개를 가로젓는.

추명근	(미소 지으며) 알았어요. 마련해줍니다.
김선희	(갑자기 생기가 도는) ... 정말요?
추명근	전화번호 하나 주고 가요. 밑에 사람이 연락 갈 거예요.
김선희	네!
추명근	오해는 말아요. 처지가 딱해서 도와주는 거예요. 내가 쐈다는 건.. 잘못 본

거예요.

김선희, 고개를 몇 번이나 끄덕이는.

(CUT TO)
경찰차 안.
창을 통해 김선희와 비슷한 여자를 보고 있는 추명근.
자세히 보면 김선희와는 다른 여자다.
눈을 감는 추명근.
차가 다시 출발하고.

S# 28. 은서경찰서 전경/ 아침

S# 29. 은서경찰서 모니터실 안 + 은서경찰서 취조실 안/ 아침

팔짱 끼고 취조실 안을 노려보는 기춘호.

(CUT TO)
취조실 안.
눈을 지그시 감은 채 꼿꼿하게 앉아 있는 추명근.
맞은편에 앉아 있던 서팀장 일어서서 취조실을 나가고.

(CUT TO)
모니터실 안.
취조실 안의 추명근을 보고 있는 기춘호.
서팀장, 지친 기색으로 모니터실로 들어온다.

서팀장 저 양반 계속 묵비권 행사시네.
기춘호 ... 그래봐야 끝났어.

그때, 이형사, 모니터실 문을 열며,

이형사   수색영장 떨어졌습니다!
기춘호   가자.

S# 30. 송일재단 건물 앞/ 오전

송일재단 건물 앞에 멈추는 경찰차들과 함께 우르르 차에서 내리는 기춘호
와 형사들.

S# 31. 송일재단 회의실 안 몽타주/ 오전

압수 수색하는 기춘호와 형사들.
비밀금고를 발견한다. 서류들도 챙기는 형사들.
따로 복장을 갖춘 요원, 비밀금고를 여는.
이형사, 서류 한 장을 들고 기춘호한테로 오고.
기춘호, 보면. 독일과 맺은 협약서.

기춘호   !!!

S# 32. 박시강 사무실 방 안/ 오전

창밖을 보며 인상 쓰고 있는 박시강,
피켓을 들고 있는 사람들, 창문 밖으로 보인다.
'살인자 국회의원, 우리 지역에서 물러가라.'
'비리 온상, 박시강은 국회의원 사퇴하라' 등등.
씩씩거리며 소파에 털썩 주저앉는다.

박시강   젠장! 이거야 어딜 나돌아 다닐 수가 있나.

전화가 오고.

박시강   뭐라고? 당에서 제명? 누구 맘대로! 언론이야 떠들든 말든! 신경 안 쓴다고!
(거칠게 전화 끊는)

그때, 문이 열리며 들어오는 기춘호와 서팀장, 형사들.

박시강   뭐야!?
기춘호   경찰입니다.
박시강   그 녹음 때문에 나온 모양인데! 다 조작이고, 모함이야! 모함!

기춘호, 독일과 작성한 리베이트 계약서를 들어 눈앞에 들이민다.
박시강 보면, 추명근 사인 밑에 자신의 사인이 있는.

기춘호   전투 헬기 도입 사업 리베이트 수수 혐의로 체포합니다. 같이 가주시죠. 영장
은 저기.

서팀장이 체포영장을 들고 서 있다.

박시강   나, 국회의원이야! 경찰 따위가 어디 감히 날!
기춘호   (비꼬듯) 국회의원도 법 어기면 잡아갑니다.
박시강   뭐!!! 니네 서장 이름 뭐야?! 아니다. 경찰총장 오라고 해!
기춘호   (어이없는) 하... (이형사 보고) 데려가자.

이형사, 박시강 팔을 잡으려는데. 이형사 팔을 확 뿌리치며

박시강   어딜 만져! 이 새끼가! 어딜 만져! 이 버러지 같은 새끼가! 나, 대통령 조카라
고!!!

기춘호, 욱하고. 주먹을 쥐어 달려드는데, 흠칫 놀라는 박시강.
서팀장 기춘호의 팔을 잡고 말리고.

기춘호 놔봐!

서팀장, 안 된다고 고개를 가로젓고.

기춘호 대통령 조카가 아니라 대통령이 와도 잘못했으면 벌받는 거야! (주먹을 들어
칠 듯이) 확! 씨!

서팀장, 형사들에게 잡으라고 눈짓하고.
형사들 달려들어 박시강을 잡는.
"이거 안 놔~~" 발악하며 몸부림 치는 박시강. 꼴이 좀 추레하다.

S# 33. 법원 전경/ 오전

S# 34. 법정 안/ 오전

나판사와 배석판사들 모습이 보인다.

나판사 피고인. 최후진술 하세요.

최필수, 일어서서 나오는. 변론 전 도현을 보는. 도현, 고개를 끄덕이고.
심호흡을 길게 하는 최필수.

최필수 저는... 어떤 판결이... 내려져도... 죄인입니다.

다들 웅성거리고.

최필수   저는... 아들의 목숨을 살리기 위해, 해서는 안 되는 선택을 했습니다. 그 선택 때문에 수술을 받지 못하고... 사망한 피해자에게... 진심으로... 진심으로... 사죄드립니다.

목이 메는 최필수. 바라보는 도현의 표정이 먹먹하다. 다들 조용히 듣고 있다. 겨우 감정을 추스르는 최필수, 말을 잇는다.

최필수   그리고 블랙베어 사업은... 통과돼서는 안 되는 사업이었습니다. 보고서 조작을 고발하지 않고, 비리를 방조한 결과, 국가에 큰 손실을 끼쳤을 뿐만 아니라 전투 헬기 추락 사고로 안타까운 생명이 희생되었습니다. 또, 그로 인해 박시강, 추명근 같은 자들의 권력이 연장되는 결과를 만들었습니다...

법정 안이 숙연해지고... (F.O)

(CUT TO)
자막) 차중령 살인사건 재심 선고 공판

다들 숨죽인 채 나판사를 바라보고 있다.

나판사   .... 피고인이 국가 안보에 심각한 영향을 끼치는 사안을 인지하고도 방조한 점은 인정됩니다. 그러나 본 재판이 블랙베어 사업 비리 재판이 아닌 상태에서 피고인에게 본 재판정에서 죄를 물을 수는 없습니다.

눈을 감고 한숨을 내쉬는 최필수.

나판사   2019 재고합 1451번 차승후 중령 살인사건에 대한 재심 판결을 선고하겠습니다. 주문! 피고인 최필수. 무죄!

탄성이 터지는 방청석.
최필수의 표정이 밝지가 않다.

담담한 도현의 표정에서.... F.O

S# 35. 최필수 교도소 대문 앞/ 오후

문이 열리며, 최필수가 걸어 나온다. 서서 기다리고 있는 도현.
서로를 바라보는 표정이 복잡하다. 기쁘거나 반가운 표정이 아닌.

도현　　... 괜찮으세요...
최필수　... 아직 치를 칫값이 많이 남아 있는데... 마음이 무겁구나.

침묵이 흐르고,
필수가 들고 나온 가방을 받아 드는 도현.

도현　　... 엄마한테 가보셔야죠.
최필수　그 전에 먼저 들르고 싶은 곳이 있다.
도현　　...

S# 36. 수목장 안/ 오후

막걸리를 들고 나무 주위에 뿌리고 있는 최필수.
옆에 도현이 묵묵히 보면서 서 있다.
다 뿌리고 나무 앞에 무릎 꿇는 최필수.
나무에는 하명수 이름과 살았던 기간이 적혀 있다.

최필수　... 정말... 정말... 미안합니다.

고개를 숙이는 최필수. 어깨가 들썩인다.
도현, 최필수의 어깨에 가만히 손을 대는.
수목장 안으로 들어오다 도현과 최필수를 보는 유리. 급히 나무 뒤로 몸을 숨긴다.

도현과 최필수 쪽을 슬쩍 보고는, 나무에 기대어 서서 한숨을 쉬는 유리.

(CUT TO)

도현과 최필수가 수목장을 빠져나가는 모습을 보고 있는 유리.

(CUT TO)

하명수의 나무에 기대어 앉아 있는 유리.

유리   아빠, 나... 여행이나 다녀올까 봐... 힘들어서 피하는 거 아냐. 조금 시간이 필요할 뿐이야.

일어나는 유리.

유리   (나무를 보며) 추억거리 많이 만들어 올게. 아빠한테 하루 종일 얘기해도 질리지 않을 만큼.

미소 짓는 유리에서...

S# 37. 도현 차 안/ 오후

차를 타고 가는 도현과 최필수.
물끄러미 창밖을 바라보는 최필수.
운전을 하던 도현, 슬쩍 고개를 돌려 최필수를 보고... 다시 운전을 한다.
잠시 후.... 도현의 손 위로 슬쩍 포개지는 최필수의 손.
고개를 돌려 최필수를 보면... 도현을 보는 최필수.
도현, 엷은 미소를 지어 보이는....

S# 38. 도로변 식당 안/ 오후

평범한 밥상. 반찬 하나를 최필수 앞에다 옮겨놓으며,

도현   드셔보세요. 아버지 좋아하시는 거잖아요.
최필수   너도 어서 먹어.
도현   먹고 있어요.

보란 듯이 한 숟가락 크게 입에 넣는 도현.
최필수도 도현이 건네준 반찬 하나에 한 숟가락 떠서 입에 넣고...
오물거리며 같이 식사를 한다는 것이 아직 믿기지 않는 표정으로 도현을 보는.
필수, 옆자리 보면, 가족이 식사를 하고 있다. 아버지에게 술을 따르는 아들을 보고.

최필수   ... 술 좀 시킬까?

(CUT TO)
술을 들어 공손히 따르는 도현. 잔을 받는 필수, 흐뭇하게 보고 있다.
최필수, 잔을 탁자 위에 올려놓고 마실 생각이 없다.

도현   왜 안 드세요?
최필수   아직 술을 마실 마음은 못 되는구나.
도현   그럼 왜...
최필수   그냥 네게 술 한 잔 받고 싶었다.

도현, 어떤 의미인지 알고 먹먹해지는.

도현   또 하시고 싶으신 일 있으세요. 아들하고?
최필수   ... 목욕탕도 같이 가고 싶고, 용돈도 주고 싶고... 또 뭐가 있을까...
도현   그런 거야 이제부터 하시면 되죠. 어려운 일 아니잖아요.
최필수   ... 나한테는 쉬운 일이 아니구나. (자조하듯) 지금 나한테는...

도현	(뜻을 알겠다는 듯) ... 아버지...
최필수	미안하구나, 괜히...
도현	... 제가 죄송해요...
최필수	... 유리라고 했지?
도현	... 네.

허공을 바라보는 최필수의 모습에서...

S# 39. 카페 안/ 저녁

테이블 위 해외 도시 안내 책자들.

| 유리 | (지도 보여주며) 여기에서 여기 이 코스가 완전 환상이거든요. 배낭 메고 다리 아플 때까지 걸어보려구요. |

애써 밝은 유리를 안쓰럽게 보는 진여사.

진여사	언제 돌아올 거예요?
유리	걷다가 지치면요.
진여사	변호사님하고는....
유리	(말을 끊으며) 도현이도 같이 가면 좋은데, 걔는 바쁘니까... (미소 지으며) 갔다 올 동안 저 대신 잘 보살펴주세요.
진여사	(끄덕이는) ...... 밥 한번 해줄게요. 그건 먹고 가요.
유리	(웃으며) 네, 꼭 먹고 갈게요.

안내 책자들을 주섬주섬 챙기는 유리. 바라보는 진여사, 안타까운 표정이다.

S# 40. 은서경찰서 전경/ 오전

S# 41. 은서경찰서 안 복도/ 오전

씩씩대며 서장실을 향해 걸어가는 기춘호.

S# 42. 은서경찰서 서장실 안/ 오전

벌컥! 문이 열리면서 들어오는 기춘호, 흥분한 표정이다.
보고는 의자를 돌리는 서장.

기춘호   뭐하자는 겁니까!

서장   ... 대충 됐잖아. 이만하면.

기춘호   되긴 뭐가 돼요! 이제부터 시작인데!

서장   김선희 교사범으로 추명근, 잡았으면 됐지. 박시강도 잡았잖아.

기춘호   그래서, 지금, 여기서 끝내자는 소리예요? 이번 방산 비리는 덮고?

서장   (달래듯) 야, 야. 검찰이 난색을 표하고 난리다. 엮여 있는 국회의원만 20명이 넘어. 그것만이냐? 국방부 차관도 있잖아.

기춘호   국회의원이나 차관이면 뒷구멍으로 돈 처먹어도 된다는 겁니까?

서장   그 말이 아니잖아. 잘못하면 나라가 뒤집힐 판이야. 적당히 하자. 쫌!

기춘호   뒤집힐 판이면 뒤집어야지! 그게 무서워서 홀라당 검찰에 넘긴 겁니까! 해보지도 않고!

서장   (알지 않느냐는 듯) 검찰이잖아. 검찰. 다 넘기라는 데 어쩔 거냐고.

기춘호   에이, 진짜!

뒤돌아 나가는 기춘호. 문이 쾅! 닫힌다.

서장   저 자식 진짜... 성질머리하곤. 그 정도 했으면 됐지. 뭘 더 바라는 거야?

S# 43. 도현 사무실 안/ 오전

홍분이 가시지 않은 채 들어오는 기춘호.
진여사, 표정을 보고는 다가와서.

진여사   찬물 한 잔 드릴까요?
기춘호   네. 부탁합니다.

(시간 경과)
소파에 앉아 있는 세 사람. 표정들이 밝지 않다.

기춘호   기사들도 죄다 추명근, 박시강 개인 비리로 몰아가고 있네. 이거 완전 조직적
으로 은폐하고 있다는 건데.
도현   예상됐던 일이긴 합니다...
진여사   ... 국회의원들이 관련돼서 쉽지 않은 거군요.
기춘호   검찰도 국회는 무시할 수 없으니까요. 거기다 정부 고위 관계자들도 엮여 있
으니 덮고 싶겠죠. (도현을 보며) 뭐, 방법 없어?
도현   (생각하다) ... 특검법이 발의된다면...
진여사   특검법요?
도현   네. 그러려면 정치권이 움직여야 하는데, 나서지는 않겠죠.
기춘호   나서도 국회의원 한두 명으론 안 될 거야. 당 대표 정도는 움직여야 할 텐
데...
진여사   (생각하다) 저.. 반장님. (기춘호 보면) 경찰 조사한 거요. 저한테 알려주실 수
있으세요?
기춘호   ???
진여사   인연이 있는 중진 국회의원들이 몇 있어요. (다들 보면) 너무 기대는 마시구
요.

S# 44. 국민번영당 당사 건물 앞/ 오후

'국민번영당' 간판이 보이고. 그 앞으로 두툼한 서류 봉투를 들고 서 있는 진

여사.
긴장한 듯 길게 숨을 한번 몰아쉬고는 들어가면....

S# 45. 몽타주

전광판 뉴스 헤드라인에
'국민번영당, 추명근 게이트 특검법 발의, 국회 공방 치열'
'각종 여론에 등 떠밀린 국회, 특검법 제정'
'강재철 대통령, 특별검사에 김형국 변호사 임명.'
특검이 결정되기까지 헤드라인이 보여진다.

S# 46. 추명근 구치소 면회실 안/ 오후

앉아 있는 기춘호. 추명근 들어온다.

추명근　뭡니까.
기춘호　여전히 미안한 생각은 없는지 궁금해서 말이요.

기춘호를 천천히 보는 추명근.

추명근　누구한테 말입니까.
기춘호　누구긴. 당신 때문에 희생된 피해자들이지.
추명근　내가 왜 그래야 합니까.
기춘호　(어이없다) 허...
추명근　... 이봐요. 형님. 우리가 같은 공기를 마시고 있다고 같은 세상을 살고 있다고 착각하면 곤란해요. 이 세계라는 곳은 말입니다. 그렇게 단순하지가 않아요.
기춘호　아니. 아주 단순해. 우린 같은 세상에 살고 있어.

기춘호의 말에 빠히 보는 추명근.

기춘호 물론, 당신 같은 인간들은 또 나타나겠지. 그러면 난 계속 잡아넣을 거야. 잡고, 또 잡고. 아주 씨가 마를 때까지.

팽팽하게 마주치는 두 사람의 눈빛에서.

S# 47. 추명근 구치소 안 복도/ 오후

교도관의 호위를 받으며 걸어가는 추명근. 반대편에서 걸어오고 있는 조기탁.
추명근, 멈춰 서서 조기탁이 지나가는 것을 보고 있다.
조기탁, 스쳐 지나가다 이상한 듯 돌아보는.

조기탁 나 알아요?
추명근 아닙니다.
조기탁 근데, 왜 그런 눈으로 사람을 째려보는 거요?

교도관이 시비 걸지 말라는 듯 채근하며 조기탁을 데려가고.
추명근, 조기탁 뒷모습 보며.

추명근 (혼잣말로) 저놈이 설화만 제대로 처리했어도... 쯔쯧..

돌아서서 걸어가는 추명근.

S# 48. 납골당 주차장/ 오후

차에서 내리는 도현, 진여사.
도현, 뒷자리에서 국화꽃 다발을 꺼낸다.

진여사	여기까지 왔는데... 진짜 같이 안 가실 거예요?
도현	... 노선후 검사님과 약속했어요. 끝나면 찾아뵙겠다고.
진여사	... 아직 끝나지 않았다는 뜻이군요.

도현, 살짝 고개를 끄덕이는. 진여사도 알았다는 듯 고개를 끄덕이며 화답한
다.
꽃다발을 진여사에게 건네는 도현.
진여사, 도현에게 아쉬운 미소 보내고는 돌아서려는네,

도현	여사님.
진여사	???
도현	... 저 처음 여사님 뵀을 때부터... 사고당하는 꿈을 꿨어요.
진여사	... 혹시 선후의...
도현	네.
진여사	!!!
도현	... 그리고...

(플래시백 - 10회 61씬, 도현 사무실 안)
도현의 심장이 쿵쿵 요동친다.

진여사	... 그 심장은 뭐라 하던가요? 제 아들의 심장은.... 자신을 죽인 사람을 변호
	할 수 있다 하던가요?

진여사, 슬픈 표정을 짓다 나가고.
도현, 망연자실한 표정으로 진여사의 뒷모습을 바라보는.

(CUT TO)
납골당 주차장.

도현   ... 마치... 저보다... 제 심장이 우는 느낌이었어요...

도현, 슬픈 눈빛. 바라보는 진여사, 감정을 억누르고 있다.

진여사   ... 다녀올게요.

돌아서서 납골당으로 향하는데... 북받친 듯 눈에서 눈물이 흐른다.
닦지 않고 그냥 걸어가는 진여사.

S# 49. 은서경찰서 사무실 안/ 오후

책상에서 짐을 가방에 챙기는 기춘호.
서팀장, 다가오고. 이형사, 김형사도 온다.

서팀장   형님. 그동안 정들었는데... 잘 가슈.
기춘호   ...
서팀장   나, 궁금한 게 있는데 말이에요.
기춘호   뭐.
서팀장   왜 나 같은 인재를 놔두고 하필 형님이냐 이거죠.
김형사   에이...
이형사   (반복하며) 에이... 그건 아니죠.
서팀장   알아, 알아! 해본 소리야.
이형사/김형사   잘 다녀오십시오.
기춘호   그래. (서팀장에게) 책상 치우지 마라. 서팀장님.
서팀장   가서 제대로 못할 거면 돌아오지 마쇼.
기춘호   간다.

기춘호, 가방을 둘러메고 나가는.

S# 50. 특검 건물 앞/ 오후

'추명근 게이트 특별검사 수사본부' 명패가 건물 입구에 붙어 있다.
한번 슥 보고는 입구로 들어가는 기춘호.

S# 51. 도현 사무실 전경/ 아침

S# 52. 도현 사무실 안/ 아침

도현, 책상에 앉아 서류를 보고 있고.

진여사(E) 좋은 아침이에요~

슥 고개를 들어보면... 환하게 미소를 지으며 사무실로 들어오는 진여사.
도현의 얼굴도 따라 환해진다.

도현 오셨어요, 여사님!
진여사 아침 안 드셨죠?

채 대답을 기다리지도 않고 책상 위에 턱하니 올려놓는 도시락.

도현 (마지못해) ... 아, 예....
진여사 아침밥을 챙겨 먹어야 뇌도 잘 돌아가는 법이에요.

도시락을 열면 먹음직스런 음식들이 가득하다.

도현 잘 먹겠습니다, 여사님.
진여사 아쉽네요. 유리씨가 있었으면 좋아했을 텐데.
도현 ...

고개를 돌려 한쪽을 보는 도현, 도현이 보는 곳을 따라 보는 진여사.
사무실 한쪽. 〈에이스뉴스〉란 명패와 함께 칸막이가 쳐진 한쪽 공간. 마치 숍처럼 한 공간이지만 독립된 공간. 그 안에 책상과 컴퓨터. 그리고 각종 비품 등이 구비되어 있다.

진여사   이렇게 만들어놓은 거, 와서 보면 놀라겠죠?
도현   ... 다시 와줄까요?
진여사   올 거예요. 누구보다 여길 좋아하니까요.
도현   ... 괜히 제가 같이 있자고 한 건 아닌지 모르겠어요...
진여사   유리씨는 그저 받아들일 시간이 좀 더 필요한 것뿐이에요.
도현   ...
진여사   실은.... 저, 유리씨, 벌써 보고 싶어졌어요.
도현   ... 저도 그러네요...
진여사   (미소 짓고는) 자, 이제 그만 들어요. 식겠어요.

서둘러 젓가락을 들어 전을 하나 집어먹는 도현. 표정이 애매하다.

진여사   왜 그런 표정이에요?
도현   (당황하는) 아닙니다. 맛있네요. (웃어주는)

진여사, 흐뭇한 표정으로 보고.

S# 53. 특검 건물 전경/ 오전

'추명근 게이트 특별검사 수사본부' 명패가 보이고.

S# 54. 특검 건물 안 복도/ 오전

복도를 걷는 누군가의 발소리. 사무실 문 앞에 서고.
명패를 보면 추명근 게이트 특검 조사실이다. 문을 열고 들어가는 누군가의
뒷모습.

S# 55. 특검 조사실 안/ 오전

추명근이 앉아 있다. 누군가가 들어오는 소리에 고개를 드는.
추명근, 의아한 표정으로 보고.
서류를 책상에 올려놓고 자리에 앉는 누군가. 보면, 도현이다!!!

도현　특검 보좌 검사로 임명된 최도현입니다.

추명근, 놀라는!
담담하게 바라보는 도현.

(플래시백 - 도현 사무실 안)
양인범과 마주하고 있는 도현.

양인범　이번 특검에 최변을 특검보로 추천했어. 내가 특검 김형국 변호사와 안면이
　　　　좀 있어서 말이야.

도현　... 직접 하시지 그러십니까.

양인범　난 그럴 용기가 없어. 예전에도 그랬어.

도현　... 법정에서 인정한 건... 용기가 있었기 때문 아닙니까.

양인범　(허탈한 웃음 짓고) ... 내가 용기가 있었으면 검사일 때 재조사를 했겠지. 여
　　　　전히 겁이 많은 거야, 나는.

도현　...

양인범　특검에 어울리는 놈이 있었는데... (도현 보며) 최변도 잘 어울릴 것 같아.

도현　...

(CUT TO)

특검 조사실 안.
도현, 추명근을 보고 있고.
팔짱을 낀 채 눈을 감고 있는 추명근. 도현 서류를 한 장 꺼내는.
10년 전 블랙베어 사업 이면 계약서다.

도현   이건 보셔야 할 겁니다.

도현, 서류를 추명근 눈앞에 들고 있고.
추명근, 눈을 게슴츠레 떠서 보다 눈이 커진다.

도현   추명근씨가 입을 다물고 있어도, 저희가 박명석 전 대통령을 조사하는 데는
별문제가 없습니다.
추명근   ... 그건 도대체 어디서...
도현   추명근씨 같은 사람들 잡으라고, 송재인씨가 보내준 겁니다.

추명근, 가만히 도현을 보다 팔짱을 끼고 생각에 잠긴다.
도현, 일어서며.

도현   추명근씨.

추명근 보면,

도현   ... 한 검사가... 사고사를 당하지만 않았다면... 10년 전 이미 당신은 이곳에
있었을 겁니다. 당신들의 권력욕을 멈춰 세웠을 테니까요.
추명근   ...

노려보는 도현에서, 화면이 바뀌며.

도현(E)   그 검사의 의지가 당신을! 그리고 당신과 같은 사람들을 바로 여기에! 있게
한 겁니다.

S# 56. 법정 안/ 오전

증인석에 앉아 있는 추명근.

도현   ... 그래서 묻겠습니다. 추명근씨. 당신은... 모든 범죄 사실을... 인정하십니까.
추명근   ...

도현, 추명근 노려보고. 추명근, 도현의 시선을 외면하는.
카메라, 빠지면,
추명근 옆으로 피고인석에 앉은 박시강과 다른 국회의원 등 나머지들...
뒤로는 방청석을 가득 메운 방청객과 함께... 기춘호. 진여사. 그리고.... 유리의
모습.
서서 노려보고 있는 도현과 앉아서 시선을 외면하는 추명근의 모습에서.....
컷!!!

- 최종회 끝 -